Virtudes de los Feroces

Martin Wilsey

Tannhauser Press

Esta es una obra de ficción. Todos los personajes y eventos retratados en esta novela son ficticios. Cualquier semejanza con personas o eventos reales es pura coincidencia.

VIRTUDES DE LOS FEROCES

ISBN: 978-1-945994-37-1

Portada: Chica con Cuero por Duncan Long
Diseño de portada por Heidi Sutherlin

Editado por: Jessica Johnson

Publicado por *Tannhauser Press*
Primera Edición

www.tannhauserpress.com

DEDICATORIA

Para Brenda Reiner y todas las mujeres fuertes, inteligentes e independientes de mi vida, las que me inspiran todos los días.

Virtudes de los Feroces

CAPÍTULO UNO: TORRES Y CABLES

"Ha sido difícil determinar cuándo fue que se realizaron los primeros disparos de las Guerras de IA. Algunos historiadores afirman que los ataques iniciales fueron sutiles asesinatos económicos para asegurar que los monopolios continuaran. Este historiador cree que comenzó a la medianoche del 22 de junio del 2668. Ese disparo fue realizado por Elizabeth Cruze".

–Azul Peridot, El Momento Decisivo: La Historia de las Guerras IA

La Prisión Municipal de Detroit tenía esas viejas y anticuadas celdas sin cámaras funcionales. Sólo había un prisionero por celda, y cada celda tenía dos metros de ancho, tres metros de profundidad, y dos metros y medio de alto. Todas las superficies eran de cemento en bruto. La luz era tenue, desde la pared transparente hasta el atrio central. No le había molestado los últimos cuatro meses sin privacidad porque nadie la estaba mirando. Los guardias vivían gobernados por la apatía.

Y se alegró de que nunca estuviera completamente oscuro. Se estremecía con solo pensarlo.

Cruze descifró que ninguna inteligencia artificial dirigía el lugar, como lo hacían en las nuevas prisiones. Detroit tenía muy poco dinero para eso. Sólo tenía los usuales corruptos al mando. Su corazón se aceleró. Para calmarse, revisó mentalmente su lista de nombres, como si fuera una lista de cosas por hacer. *Braxton. Hold. Dante. Y cada jodido Talón Rojo. ¡Bastardos!*

Cruze estaba sentada en un delgado colchón apoyado sobre el estante que estaba incorporado a un lado de la celda. La pared trasera tenía una combinación de inodoro/fregadero incorporada directamente frente a la pared transparente de una pulgada de grueso. Estaba escudriñando las agrietadas y sucias paredes de la celda como si nunca las fuera a volver a ver.

Por milésima vez ese día, pensó en Del y en Harper, que la esperaban en Marte. *Cuatro meses y ni una palabra. Especialmente Harper. No sabrían que Kade y Hall están muertos. John Delmore, Del, mantendría la calma. Y ayudaría a Harper.*

La imagen del reloj digital en la pared transparente seguía contando. **21 de septiembre del 2636 - 23:58:33.**

Cruze pensó que era cruel. Se lo infligían intencionalmente a los 120,000 prisioneros alojados en la torre de la prisión rascacielos. En esta prisión sólo pasaba el tiempo. El reloj les recordaba a los prisioneros, cada día, hora, y minuto.

En la pared transparente había un área a nivel de los ojos en la cual mostraban anuncios, ocho horas al día de telenovelas no violentas y programación religiosa. Cada sábado pasaban una película, la cual elegía el guardián.

Cruze se hizo una trenza francesa con su largo pelo castaño mientras miraba el reloj llegar a la medianoche. Sólo llevaba un camisón de encaje negro hecho de verdadera seda. Un atuendo muy diferente al habitual traje de color amarillo brillante.

Recién había sacado la etiqueta del precio de la ropa, sin siquiera leerla. Se puso las chancletas, las que usaba como sandalias de ducha. Sus zapatos de prisionero estaban justo frente a la puerta de su celda. Había una abertura en la parte inferior de la puerta transparente, donde cada preso tenía que deslizar sus zapatos hacia el pasillo. El castigo era demasiado severo para arriesgarse a no hacerlo. A las 9 pm se apagaban las luces. Pero en el atrio las luces nunca se apagaban.

A la medianoche oyó el chasquido.

Se levantó y, bajo la luz del reloj digital, abrió silenciosamente la puerta y entró en el balcón del pasillo antes de cerrar la puerta detrás de ella. Se movió rápida y silenciosamente hacia la escalera de emergencia más cercana. Esa puerta también estaba abierta.

Estaba en el sexto nivel, por lo cual se apresuró a bajar. Las luces eran muy tenues en la escalera, y ninguna de las cámaras de seguridad tenía las luces rojas encendidas. Se calmó y se enfocó mientras se movía.

Siguió bajando, pasando el nivel G hasta el B1. Esta puerta tampoco estaba cerrada. Se abría hacia un largo pasillo con más cámaras inactivas. Corrió los ciento veinte metros hasta la otra puerta de escalera, la cual también estaba abierta. Subió otros siete niveles. No había más puertas en el camino, excepto en el nivel más alto.

Se detuvo frente a esa puerta por dos minutos, tratando de tranquilizarse. Cuando la abrió, él estaba allí.

–Hola, Jane –dijo Bergman, el guardia de la torre, mirando el reloj–. Trece minutos. Un récord. Nada mal para tu primera vez. –El guardia estaba de uniforme y era guapo, de una manera clásica, con un mentón cuadrado y fuerte.

Antes de que pudiera pararse de su silla, ella cruzó la habitación y rápidamente se trepó sobre él. Comenzó a besarlo ferozmente.

– ¿Recibiste el cable de extensión? Tienen una baja en el nivel de la lavandería, y necesitan energía. Méndez lo instaló. Esa chica es algo especial. Me dará protección a cambio.

Bergman asintió.

Jane Doe, pensó para sí misma, *estos tontos nunca descubrieron mi verdadero nombre*. Cruze le aflojó la corbata y empezó a desabrocharle la camisa. Besó su cuello desesperadamente, bajando por su pecho hasta sus pezones.

Miró por encima de su hombro y vio el pesado carrete en la esquina. No podía creer que ese tipo de cable de extensión existía en esos tiempos.

Él recorrió sus manos sobre su cuerpo, sus senos, primero sobre su camisón, y luego debajo de él. Ella gimió cuando sus dedos la encontraron empapada.

–Más lento, cariño. –El aliento de Bergman se sentía caliente sobre su cuello–. Tenemos seis horas. Hay que hacer que dure. –Ella se controló lentamente.

–Ha sido tanto tiempo. Nunca había soportado tanto tiempo. –dijo ella moviéndose más despacio. Cuando finalmente abrió su camisa por completo, añadió– Gracias por el camisón de seda. Sentirlo sobre mi cuerpo me ha enloquecido por horas. –Recorrió sus dedos dentro del borde superior de sus pantalones, con una clara intención. *Los hombres son unos idiotas.* Comenzó a trazar su erección entre sus dedos, mientras él masajeaba sus pechos sobre la seda.

Le bajó el cierre mientras se levantaba de su regazo, para pasar a estar de rodillas entre sus piernas. Él dejó caer su cabeza hacia atrás para respirar profundamente, anticipando su hermosa boca.

Esto será más fácil de lo que pensaba.

Lo que ella le dio fue un tiro con su propia pistola paralizante, la cual provocó un enorme golpe que llegó hasta sus costillas.

Eran las **12:21 am**.

***

Elizabeth Cruze sostuvo la combinación de linterna y pistola paralizante hacia su pecho desnudo por cinco segundos extra, antes de levantarse.

- Idiota. Mi verdadero nombre es Elizabeth Cruze. - Ella lo empujó de la silla hacia el piso. Buscó en sus bolsillos y no encontró nada excepto una billetera con una tarjeta de identificación universal. Su cinturón también estaba vacío. Sin esposas, llaves, intercomunicador, arma, nada. Ella vio la caja fuerte en el mostrador.

–Bueno, por lo menos eso fue inteligente, Bergman. Te podría haberte matado, estúpido. Eres tan afortunado. Te despertarás en dos horas y ya me habré ido.

Encontró un marcador permanente y comenzó a escribir una nota en su vientre:

Bergman. Lo siento, tuve que irme temprano. No notarán mi ausencia hasta el conteo de las 6 am. Recuerda, estás cubierto con mi ADN. Sólo actúa bien, y estarás bien. Sé que vives en la Avenida Poplar 237, apartamento 6239. No me hagas querer ir a visitarte. No pierdas la razón.

Besos,

Jane Doe 857263

La adrenalina fluía por venas. Tomó el largo cable de extensión y trepó hacia el balcón de la torre. De por sí, la prisión era una torre sin ventanas exteriores. No sabía que tan alta era. Estaba rodeada por una serie de patios y por un muro exterior de unos veinticinco metros de altura.

Bajando por el lado de la torre que daba a la calle, había una acera. Bajó un extremo del cable hacia la acera. Y lanzó el carrete hacia el otro lado de un poste oxidado

Ojalá este poste oxidado aguante.

Mientras bajaba silenciosamente hacia la acera, trepando con las manos, se sintió agradecida por las viejas y obsoletas estructuras que aun utilizaban esa antigua energía estándar. Apenas sus pies tocaron el suelo, tiró rápidamente de un lado del cable, y todo el cable cayó a la acera.

Lo enrolló, riéndose de lo absurdo que era el cable de extensión. Entró a la ciudad y se perdió de vista en menos de un minuto.

Se podía ver la horrible condición del exterior desde el suelo. Todos los postes de luz estaban apagados. Las paredes desmoronadas parecían estar unidas sólo por capas de graffiti.

El monolito de la prisión había sido construido hace mucho tiempo por robots de segunda mano. Sin lujos. Ahora la mezcla de concreto y espuma tenía anchas manchas negras. Cada cámara rota a lo largo de la pared exterior estaba cubierta con mierda de pájaro.

La acera estaba agrietada y desigual. Había cristales rotos por todas partes.

Se suponía que el vidrio sería renovable. Leyes estúpidas. Esto es lo que obtienen.

Cruze se alejó para esconderse en la calle lateral más cercana mientras miraba el horizonte. El área alrededor de la prisión no tenía luz, como si hubiera sufrido un apagón. Toda una sección central de la ciudad estaba a oscuras, excepto por las luces intermitentes del techo. *Todo hecho de la misma mezcla de concreto y espuma. Que feo.* Intentó recordar las hermosas cúpulas de concreto y espuma de su colonia de origen. *El mismo material. Y sin embargo, no es lo mismo. Mi hogar tenía cielos azules. La lluvia caía dulce directamente desde el cielo. Ningún ácido se comía y ennegrecía la mezcla de concreto y espuma.*

Mientras lanzaba el cable de extensión hacia un contenedor de basura, pudo ver el reloj de la torre del Banco ICC a la distancia.

Eran las **12:37 am**.

***

Correr en chanclas no funcionaba bien. Detroit había dejado de reparar las acercas en estos barrios muertos. Era una ciudad con un núcleo podrido. El centro de Detroit había sido abandonado cuando empezó el éxodo a las colonias. Las altas y manchadas torres de concreto y espuma se asomaban en el cielo como dientes rotos.

Estaba acercándose a la parte viva de Detroit. Los edificios aquí estaban hechos de vidrio y tenían vida. Las torres estaban encendidas. Se levantaban como grandes espirales de vanidad. Para Cruze, la arquitectura se veía bastante frívola. No había un solo árbol a la vista. Todo miraba hacia abajo, al núcleo abandonado y podrido de la ciudad. El cáncer de la despoblación.

Dobló en una esquina, y pudo ver que había vida en la siguiente calle. Se acercó y entró en un callejón para descansar y recuperarse.

Era libre.

Estaba sola en un vecindario de mierda en Detroit.

Sólo llevaba un camisón de encaje negro y sus zapatos de ducha de la prisión.

–¿Estás bien? –Escuchó la voz de un hombre venir desde la entrada del callejón. Tenía un ligero acento asiático.

Dejó escapar un sobresaltado grito y retrocedió para adentrarse más hacia el callejón.

Así idiota. Ven hacia Cruze.

–Todo esta bien. No te haré daño. Te vi desde el otro lado de la calle. Parece que necesitas ayuda. –Su silueta la siguió, adentrándose en el callejón mientras le hablaba en un tono tranquilizante.

Un poco más.

–Debes tener frío. Déjame ayudarte. Tengo un lugar donde podemos ir. Comer algo, beber algo. Tal vez drogarnos un poco si lo necesitas.

Trató de congelarse cuando mencionó drogas, indicando interés. *Así es, sigue, piensa que las necesito.* Dejó de retroceder. Estaba en una pequeña área de luz, abrazándose, mirando sus pies. *Mi pelo está trenzado como el de una puta de la colonia.*

–Por favor… –susurró–. Por favor… –sollozó.

Él no notó que se había quitado las sandalias cuando retrocedió.

Apenas entró bajo el rayo de luz, Cruze explotó en un rápido movimiento. Su talón aterrizó en su sien tan rápidamente que no necesitó hacer más.

–¿Por qué son tan estúpidos los hombres? –le preguntó al hombre inconsciente mientras rebuscaba sus bolsillos rápidamente. Era un hombre flacucho. –Incluso hoy en día, piensan que las mujeres son más débiles. Escucha, idiota. He pasado la mitad de mi vida en 2G en barcos sólo para mantenerme en forma, para poder patearle el culo a tipos como tu. –Lo rodó sobre su estómago y le quitó la chaqueta, luego las botas. También tomó sus pantalones a tirones. Eran vaqueros negros, y casi le quedaban debido a su pequeña estatura.

–Hombre, ¿cuándo fue la última vez que te duchaste? Es el peor sudor que he olido en años, y he estado en la Prisión Municipal de Detroit por los últimos cuatro putos meses. –Dejó de hablar. Se mordió la lengua cuando notó que lo estaba haciendo de nuevo.

Deja de hablar cuando tienes miedo, maldición.

Se puso los pantalones y se metió el camisón dentro de ellos. Luego se puso la camisa, y también la metió. El exceso de tela se salía por los lados, y el cinturón tenía suficientes agujeros como para sostenerle los pantalones. Se puso los calcetines y las botas, le quedaban un poco grandes. Pateó sus chancletas debajo de un basurero.

–Escucha, idiota. –Lo arrastró detrás de un basurero–. Cuando te despiertes por lo menos tendrás un intercomunicador. –Dejó caer su teléfono sobre su vientre–. Llama a tus amigos de tragos o toma un taxi a casa. –Sacó su billetera de su bolsillo y sacó un montón de créditos. Se guardó una buena parte y le dejó un billete de $100 en la billetera–. Eso debería cubrir la tarifa del taxi, idiota.

Se arrodilló y lo tomó del pelo para levantarle la cabeza.

–No eres un buen hombre. La gente buena no carga esto. –Del bolsillo de su abrigo, sacó un arma de mano desechable. Verificó la carga. Era de 9mm, punto explosivo, sin estuche–. ¿Por qué demonios cargas esto en el 2636?

Sabía la respuesta. Eran fáciles de hacer. Cualquier fabricante podía hacer uno en casa. Eran confiables. Eran mortales. Eran de un solo uso y difíciles de rastrear.

Salió del callejón y se dirigió al extremo ocupado de la calle sin mirar atrás. Se adentró donde había más gente. Y se encontró moviéndose hacia un distrito de entretenimiento. Vio un restaurante elegante que tenía servicio de estacionamiento. Estaba unido al distrito de entretenimiento Blue Night.

Evaluó la situación en su mente.

Era libre.

Tenía ropa.

Tenía una buena cantidad de créditos.

Estaba armada.

Tenía menos de cinco horas antes de que se activara el chip GPSS.

Era la **01:11 am**.

CAPÍTULO DOS: El mercado Nocturno

"Una de las bases de las Guerras IA fue el éxito que tenía Awareness Inc. al romper el monopolio de unidades de Inteligencia Artificial (IA). El programa Acción fue tan cruel como exitoso. Cuando sus métodos fueron revelados al público, Awareness Inc. tuvo problemas que fueron más allá de sus relaciones públicas."

–Azul Peridot, El Momento Decisivo: La Historia de las Guerras IA

Cruze entró al mercado y se sorprendió con la cantidad de personas. No se sentía fuera de lugar con los jóvenes de Detroit que trataban de verse originales. Era lo mismo por todas partes.

Su primera parada fue en una zapatería. La soñolienta recepcionista la ayudó a escoger un par de botas robustas que le entraban perfectamente y le permitirían correr si lo necesitaba. También consiguió calcetines, los cuales se puso al momento de comprarlos, botando el empaque en un triturador de basura.

En la siguiente parada, compró bragas, un sujetador, pantalones negros ajustados, y una blusa de seda blanca.

Aun cuando había botado la mayoría de la ropa que le había robado al idiota del callejón, no pudo botar la chaqueta de cuero. Era gruesa, negra y le quedaba un poco grande. Pero le gustaba.

Luego se dirigió a un salón que había pasado en el camino. *Es hora de cambiar de look.* Tres estilistas estaban sentados en sillas viendo videos en la pantalla de los muros. Apenas entro, se detuvieron y la miraron.

–Me encanta tu atuendo, querida. Debes decirme donde lo conseguiste –dijo una de las estilistas. Cruze dejó caer su chaqueta de cuero en uno de los asientos y se sentó en otro. Estaba justo frente a un gran reloj analógico.

–Por favor, córtelo hasta aquí –señaló con la mano– y le quiero cambiar el color. Lo quiero negro. Pero tiene que ser para las 2am. ¡Quiero sorprender a mi marido! –decía mientras se deshacía la trenza.

No había tiempo que perder.

–Podemos hacerlo aún más rápido si no te importa que usemos nanitos programados. –La estilista la giró hacia el espejo y comenzó a cepillarle el cabello. Lo cepilló hacia arriba en un gran puñado. La estilista entrecerró los ojos mientras estudiaba algo debajo de la línea del cabello de Cruze. Cruze sabía lo que estaba mirando. Era un tatuaje en letras minúsculas pero legibles: RENDER 3

–Hazlo –dijo Cruze rápidamente para distraer a la estilista–. Necesito un cambio. –Al mismo tiempo, una imagen de ella con su nuevo color y corte apareció a su lado, en el reflejo del espejo. Estaba rotando para que pudiera ver todos los lados.

–Serían $560 porque los nanitos son de un solo uso.

Cruze se metió la mano en el bolsillo, contó $1000 en créditos y se los entregó al estilista, quien sonrió ampliamente.

–Mi nombre es Ann Marie. Empecemos.

Ann Marie pasó unos pocos minutos trabajando con una consola antes de que un pequeño frasco fuera llenado y dispensado.

–¿Alguna vez te han hecho un Nan-Corte, cariño?

Cruze sacudió la cabeza.

–Se sentirá un poco raro. Limpia, corta y colorea. La pequeña modificación genética que hará en la raíz hará que el color se mantenga por diez meses, incluso si te crece el cabello, y luego comenzará a revertirse.

Cruze sonrió, pero no dijo nada. *Maldición apresúrate.*

El estilista los esparció sobre su coronilla. Ella los sintió extenderse como agua fría corriendo con una misión, y de repente, le comenzó a arder el cuero cabelludo. Después de un minuto, el nuevo color empezó a aparecer. Su pelo castaño león se volvió azul-negro.

El color se extendió por todo su cabello hasta cierto punto, y luego el cabello castaño restante se cayó a la longitud perfecta.

Lo hizo todo en seis minutos.

La estilista sacudió el resto del pelo que no se había caído. Luego utilizó un secador para quitar lo que quedaba y limpió el delantal.

–Excelente. –Cruze sonrió ampliamente.

Era la **01:47 am.**

***

Se observó en el reflejo de la ventana mientras salía del mercado nocturno. Caminó determinadamente de vuelta a la calle y hasta el final del bloque de la ciudad.

Los mataré a todos. El mantra resonó para calmar su mente. *Mataron a Kade y a Hall, hijos de puta.*

Cruze colgó su chaqueta de cuero en un poste a la salida de un restaurante elegante llamado La Viena. Sabría que era elegante por las plantas de la entrada. Eran las primeras plantas que veía en la ciudad. Se agachó frente a ellas. Miró desde las sombras mientras la multitud se movía y salía. Uno de los patrones que salía del estacionamiento del restaurante lanzó el *ticket* del valet por la ventana mientras se alejaba.

Cruze lo recogió y esperó.

Sólo había dos valets trabajando esa noche. Y con tanta gente llegando y saliendo al mismo tiempo, tenían algunos problemas para mantener el ritmo.

Cruze vio su oportunidad.

Un hombre conduciendo un Grendel 4500 rojo oscuro entró y Cruze corrió para abrirle la puerta del pasajero a dos hermosas mujeres. Inmediatamente, corriendo hacia el lado del conductor, le entregó el billete al hombre, quien apenas la miró. Ya estaban dentro del restaurante para cuando Cruze acercó el auto al poste, bajó la ventana, y recogió su chaqueta de cuero.

Tan sencillo.

Ya sentía que la chaqueta era suya.

Moviéndose hacia el tráfico, se dirigió hacia el sur.

Es hora de visitar a un viejo amigo.

Eran las **02:04 am.**

***

Bergman se despertó sobresaltado.

Estaba tirado de espaldas sobre el medio del piso de la torre, mientras el intercomunicador sonaba.

–Vamos, Bergman. Son las 2:05 am. Si no ingresas tu código en diez minutos, tendrás que explicárselo al alcaide. Es una perra con eso.

Se tambaleó, se acercó a la consola e introdujo su código lentamente.

–Bien, Bergman. Gracias por despertarte.

Cuando Bergman se sentó en su silla, arrugó una hoja de papel que estaba en el asiento. Su cabeza todavía se sentía nublada.

La hoja decía: *Mira tu vientre, Bergman.*

Se levantó, agarró la hoja y la apoyó sobre la consola mientras se desabrochaba la camisa. Leyó las palabras y se detuvo, congelado en el último botón.

Todo le volvía a la cabeza.

Mierda.

Ingresó su información para conectarse a la consola y pulsó el icono para reactivar todas las cámaras. Buscó por la torre entrando en pánico. El cable de extensión no estaba. La chica no estaba. Antes de meterse la camisa en el pantalón, volvió a leer la nota, dos veces más antes de ponerse la corbata.

Mientras deslizaba el nudo, comenzó a sonreír nervioso. Dijo en voz alta:

- La perra no tiene nada, soy soltero. - Trató de convencerse.

Dios mío. Estoy jodido.

Abrió la gaveta de la caja fuerte, sacó su whisky y tomó un trago grande directamente de la botella. Dejó los cigarros pero cogió el encendedor.

En el balcón, quemó la nota. Ella tenía razón. Estaría bien.

Me aseguré de que mis visitas nocturnas fueran privadas. Tranquilo.

Empezó a sudar.

Eran las **02:16 am.**

***

Cruze estaba conduciendo un auto que costaba cerca de medio millón de créditos. Lo conducía manualmente, lo cual era una locura.

–¿Por qué diablos le entregarías este auto a un completo desconocido con el sistema de seguridad apagado? –preguntó en voz alta. Las Placas-Gravitatorias hacían que fuera el auto perfecto. Fijado a 20cm para poder manejar, si pasaba por encima de una acera, ni lo sentiría.

–¿No te explicó tu madre acerca de Detroit? Es un pozo lleno de crimen y vómito. –Lo estaba haciendo otra vez. Hablando consigo misma.

Piensa. Ten cuidado. Mantente enfocada.

Sabía que sería una mala idea activar el piloto automático. Podría tener controles de seguridad. Podría tener su agenda para la tarde. Era más para llegar a casa si estaba borracho que para seguridad.

Ella sabía a dónde iba. ¿Cómo podía olvidarlo? Así que lo condujo manualmente.

Los barrios empeoraban a medida que se acercaba a su destino. Detroit era un contraste entre lo nuevo y lo viejo. La mezcla de nuevas torres de cristal sin acceso por el suelo y los mugrosos y viejos bunkers de espuma y concreto era impactante. Los ricos nunca tocaban el suelo en Detroit a menos que fueran intencionalmente, para verse original. Reconoció el graffiti que indicaba que los policías nunca iban por allí.

Eran casi las 3 am cuando llegó a la Tienda Automotriz de Holt.

Tienes que estar aquí, hijo de puta.

El cartel estaba gastado, y el área parecía generalmente abandonada, excepto por la automotriz. Era el único edificio con luces en la cuadra. Un espacio convertido en garaje, el cual se volvió innecesario después del éxodo a las colonias. La mayoría de las áreas como estas habían sido abandonadas en Detroit.

Lo mejor para el negocio sucio.

Se detuvo lentamente en la entrada. Siempre estaba abierta, hasta que no la estuviera.

Nuevamente, calma se apoderaba de ella. Calma… fría… mortal.

Estaba saliendo del vehículo cuando la puerta empezó a cerrarse detrás de ella. Supo que cuando se cerrara, sería como la Bahía de Faraday. Si el auto tratara de reportar algo, no se escucharía. El garaje no permitiría que ninguna radiofrecuencia (RF) escapara.

Holt estaba saliendo de la oficina para saludarla, con su arma en la mano. La apuntaba hacia su auto mientras hablaba.

–Elizabeth Cruze, estoy asombrado de verte de nuevo, y tan pronto. ¡Y con un Grendel!

–Me alegro de verte, Holt –mintió.

–Estoy sorprendido. Especialmente después de lo que pasó la última vez. Lo siento mucho por eso. –Holt se encogió de hombros sin sinceridad.

–Ah, Holt, no te preocupes. Así son los negocios. Mantuve la boca cerrada. Definitivamente creyeron la historia de que era una puta usada como mula de créditos por un traficante de armas. –Se rió y agregó–, Incluso creyeron la razón por la que nunca les di mi nombre. Porque no quería que mi papi en Iowa lo supiera. Por eso solo estuve en el DMP.

A veces es más fácil engañar con la verdad.

–Eso oí. Nunca les dijiste tu nombre. Ni el mío, ni el de nadie más. Aprecio tu discreción.

–Por eso vine a verte. ¿Podemos hablar adentro? –Cruze se veía amable, por fuera.

–Por supuesto. –Holt hizo un gesto expansivo con su arma–. Braxton y sus compañeros de IA realmente la tenían dura por ti. Imagino que lo sabías. Realmente se enojaron al descubrir que el hombre del cual compraste las armas se escapó con el dinero.

Y lo más probable es que mis armas llegaron a Marte hace meses.

Entraron a su sucia oficina la cual estaba justo al lado del garaje. Su tonto gorila estaba parado justo en la puerta. Y cuando Cruze se sentó, se paró un poco demasiado cerca de su silla.

Sigue así, distráete con mis tetas, idiota.

–Quiero venderte el Grendel barato –comenzó ella–, sólo necesito cinco mil y algo de información. Es un gesto de buena fe, así que no llamarás a Braxton apenas me vaya.

Te mostraré buena fe.

–¿Qué información? –preguntó Holt.

–Acabo de escapar de la Prisión Municipal de Detroit. Tengo unas tres horas para sacarme este chip. Necesito la dirección de aquel veterinario –dijo Cruze como si no fuera nada.

–¿Eso es todo? –Holt se rió. Cogió un bolígrafo y un papel, anotó un nombre y una dirección y lo deslizó hacia ella–. Y para mostrarte que aprecio tu buena voluntad, te daré diez mil.

Cruze miró al guardaespaldas detrás de ella, hacia arriba y abajo, le sonrió y él sonrió de vuelta. *Qué cagón más idiota.*

–Deberías saber –dijo Holt– que la Prisión Municipal de Detroit tiene una directora que tiene un interés especial en ti. Y se rumorea que hay una IA al mando.

MIERDA, ¡una IA! Gritó Cruze en su cabeza, pero no demostrándolo hacia afuera.

Holt giró en su silla y se tomó un minuto abriendo su caja fuerte de estilo antiguo, la cual era del tamaño de una pequeña nevera. Cogió un montón de créditos y se los lanzó a Cruze.

En lugar de atraparlos, sacó su arma y le disparó a Holt en el ojo izquierdo. Luego giró y le disparó al musculoso cuatro veces antes de que cayera.

Ahora todo está perdonado.

Pateó al musculoso en las costillas.

–Idiota. ¿Por qué diablos no me revisaste? Ya no se puede encontrar buena ayuda profesional. –Comenzó a arrastrar al musculoso hacia el garaje por los tobillos. Con el control remoto del auto, lo bajó hasta el máximo y abrió el maletero. Metió el cuerpo dentro de él y repitió el proceso con Holt después de revisarlo y quitarle las llaves y el reloj. Se puso el reloj y lo admiró.

Gracias.

Cruze regresó a la oficina de Holt y encontró una gran bolsa de lona en el casillero. Vació los créditos de la caja fuerte en la bolsa. Había un poco más de doscientos mil en créditos. También había una pistola cargada, suprimida, inoxidable, NJT de 10mm. La metió en la parte delantera de su cinturón.

Abrió el portón, miró hacia la calle y luego a su nuevo reloj. Eran las 03:05 am.

Una pandilla de chicos se deslizó en tablas flotantes rápidamente frente a ella, silbando y llamándola nombres.

–¡Ey! –exclamó Cruze–. ¿Alguno de ustedes sabe conducir?

Definitivamente el coeficiente intelectual promedio ha decaído en este maldito planeta.

Las maldiciones y los pedidos sexuales alcanzaron un nivel máximo, pero dos de los chicos salieron del grupo y regresaron.

–Yo conduzco. ¿Y qué? –Los dos se detuvieron y voltearon sus tablas en un movimiento bien practicado. Ninguno de los dos parpadeó al ver el arma en su cinturón.

–Necesito que entreguen este auto lo más pronto posible. –Metió la mano en su chaqueta y sacó un paquete de créditos–. Diez grandes para quien pueda llevar este Grendel al valet de El Viena en el Mercado Nocturno Azul. Si logran sellar el boleto de valet antes de las 4 am, obtendrán otros diez mil.

Pulsó el control remoto. El auto arrancó y se elevó a veinte centímetros.

–Lo haremos. –Uno de los chicos extendió la mano. Ella le dio los créditos, pero no los soltó. Él se inclinó hacia atrás, sorprendido por su fuerza.

–4 de la mañana. Sin paradas, sin líos, que no te detengan, sin desviarse. –Lo soltó y tiró las llaves hacia aire. El chico las atrapó y corrió hacia el auto. Se alejaron lentamente y en silencio.

Cruze se dio la vuelta y se adentró hacia el garaje, presionando el botón de inicio del control que tomó de los pantalones de Holt.

Un Kraken A10 cobró vida y se levantó. Era la versión civil de un Kraken militar, un transporte de personal estándar que era parte auto, parte nave. Se subió y lo condujo hacia la oficina. Metió el bolso de lona en el asiento trasero y se fue. La puerta se cerró detrás de ella.

Ingresó la dirección del veterinario en el piloto automático.

¿Y qué hora indica mi nuevo reloj?

Eran las **03:55 am.**

CAPÍTULO TRES: LA VETERINARIA

"Las razas de afinidad de los programas paralelos de ingeniería genética de Awareness Inc. tuvieron tantos éxitos como fracasos. Los ensayos con animales dieron como resultado que algunas especies nuevas terminaran en el mercado negro cuando debieran haber sido destruidas. El programa Acción requería de seres humanos. Los felinos creados para el programa fueron su mayor error."

–Azul Peridot, El Momento Decisivo: La Historia de las Guerras IA

–Holt, cagón idiota. Deberías haberte quedado en silencio. Deberías haber estado jugando limpio. Pero no… –Cruze le estaba hablando al auto un poco más alto de lo que quería porque el capote estaba abajo–. Te metes en problemas con Sec, y luego compras tu salida al contarles sobre el trato de armas que estaba a punto de suceder. –Arrancó un juguete en forma de Jesús del tablero y lo examinó de cerca–. Un trato de armas que tu montaste, pedazo de mierda.

Estaba hecho de marfil de verdad.

Debí haber sabido que Braxton estaba involucrado en esto.

–¡Y por eso perdí todos mis créditos, todas mis armas, mi libertad y CUATRO PUTOS MESES! –le gritó a Jesus en la cara.

–Bueno, ahora estamos a mano, tarado. Pasarán días antes de que esas estúpidas perras comiencen a oler como te pudres en el maletero. –Sostuvo a Jesús para mirarlo muy de cerca–. Espero que aparquen el auto al sol. O mejor aún, que decidan manejar hasta Las Vegas y se estacionen allí bajo el sol. –Miro dentro del auto–. Los asientos de cuero real son un bonito toque, idiota. Pero no entiendo al juguete de Jesús. ¿Te burlas de él? ¿Realmente eras un creyente?

Tiró a Jesús del auto.

Respiró profundamente. Sabía que tenía la sangre llena de adrenalina. Siempre hablaba demasiado cuando se le subía.

El Kraken se estaba moviendo hacia el carril de control expreso de diez metros, el cual estaba reservado para pilotos automáticos. Cruze levantó una mano y sintió su nuevo cabello. El Kraken recorría suavemente en el aire nocturno.

Miró su reloj.

Eran las **04:00 am**.

***

El piloto automático del Kraken llevó a Cruze a un suburbio soñoliento de Detroit. Las calles arboladas reemplazaban a las torres de espuma y concreto que habían sido estampadas hace 100 años por máquinas llamadas fabricantes. La decadencia de la ciudad interior había quedado atrás. Unos árboles antiguos bordeaban las calles empedradas que servían más como un detalle de diseño que como camino.

Ninguna de estas personas conducía automóviles con ruedas.

La población de la Tierra decayó cuando la gente emigró hacia las colonias. Esto dejó a la mayoría de los antiguos centros de las grandes ciudades vacíos y eviscerados.

El destino del Kraken era la pequeña plaza de un pueblo llamado Rochester Hills. Se aparcó directamente frente a una tienda tradicional con un letrero sobre la puerta y ventanas que decía: *Veterinarios de la Familia Franklin.* En la ventana había un clásico letrero de neón que decía: *Veterinario de Emergencia – Abierto 24/7.*

Salió del auto, se acercó a la puerta, y se abrió automáticamente. Las luces se encendieron suavemente en el área de recepción.

Colocó la mano en el mostrador y miró a su alrededor.

Una voz soñolienta sonó desde un sistema de sonido excepcional.

–Buenos días. –Pausó para bostezar–. ¿Cómo puedo ayudarla?

–Tengo una emergencia. Peter Holt dijo que podía ayudarme.

La voz se volvió instantáneamente sobria y despierta, y dijo:

–Ya vengo.

Menos de un minuto después, una mujer de la misma edad que Cruze entró por detrás de la recepción. No dijo nada, pero mantuvo la puerta abierta y le indicó a Cruze que entrara.

Cuando Cruze pasó a la moderna sala, la mujer preguntó:

–¿Estás herida?

–No.

Soltó un suspiro de alivio.

–¿Recogiendo o dejando? –Continuaron adentrándose a una instalación que era mucho más grande de lo que parecía. Debía de estar envuelta detrás de las otras tiendas más modestas.

–Ninguno.

Cruze se detuvo. Llegaron a una habitación cuyas paredes estaban llenas de gatos dormidos de varias razas.

La veterinaria se volvió cuando notó que Cruze había dejado de seguirla.

–Me llamo Vonda López. ¿Qué necesitas?

–Tengo un chip de localización de la Prisión Municipal de Detroit. Necesito que me lo quite en la próxima hora antes de que se encienda. –Cruze se desabrochó la chaqueta, revelando su arma.

–Mierda –dijo Vonda mirando su reloj–. No tenemos mucho tiempo. A las 6:00 am esa cosa transmitirá una señal, y necesitarás llevarlo muy lejos de aquí antes de que lo haga. Sácate todo de la cintura para arriba. –Activó una gran mesa de examinación.

–¿Has hecho esto antes?

–Varias veces, no es fácil. –Abrió los gabinetes y sacó los dispositivos médicos y las herramientas que necesitaba–. Súbete allí y échate boca abajo.

No me jodas perra.

El acero inoxidable se sentía frío contra sus pechos. Vonda parecía ni siquiera notar el arma en la mano de Cruze, mientras descansaba su cabeza sobre sus muñecas cruzadas.

–Primero necesitaré escanearlo. Estos pequeños chips son bastante inteligentes. Se activará automáticamente si se expone a gas de nitrógeno o oxígeno. Apenas se exponga a nuestra atmósfera, emitirá un sonido, y cada policía a los alrededores estará aquí instantáneamente con todas las armas afuera.

–¿Lo vas a destruir?

–No. Mejor que eso. –Vonda sonrió perversamente–. Lo extraeré de ti cuidadosamente y se lo pondré a uno de estos gatos. Uno salvaje. Uno verdadero, no uno de esos monstruos genéticamente modificados. Te recomiendo dejar al gato en uno de los parques. Y luego escapa. Lo más lejos posible.

–No será problema. Estaré fuera del planeta antes de que termine el día. –Cruze podía ver el chip en el monitor. Parecía una araña de seis patas–. ¿Qué quieres decir con monstruos? –preguntó.

–Recibimos todas estas mascotas genéticamente modificadas. Especialmente gatos. La gente no se los queda. Viven por demasiado tiempo y no se pueden entrenar o son malos o demasiado inteligentes. –Vonda estaba escaneando a Cruze–. Yo los odio.

Distraídas por el monitor, ninguna notó a una pata salir de su jaula, y con la ayuda de un pulgar largo, silenciosamente abrir la puerta de la jaula. Un gato siamés grande de aspecto estándar se bajó hacia el suelo y se extendió hacia la jaula del segundo nivel y la cerró antes de escabullirse por la puerta abierta hacia la recepción. Según su collar, su nombre era *Bail*.

–Te voy a poner una anestesia local para detener el dolor. Porque va a doler. Lo fijaron a una de tus vértebras.

Un área de su espalda se entumeció.

–¿Haces esto para Holt a menudo? –preguntó Cruze.

–Usualmente son heridas de bala. Él financió todo este lugar. Compró los escáneres de alta gama y medicamentos. Funcionan igual de bien con humanos que con animales domésticos. El mercado de medicamentos ha disminuido. Me llegan menos de esos pedidos. Sería una mejor vida si no tuviera que lidiar con estos sucios animales.

Que mierda de persona.

Una campana de cristal bajó sobre el espacio y creó un leve vacío, sustituyendo el aire por un gas inerte. Cuatro pequeños brazos robóticos hicieron una incisión, la extendieron, extrajeron el chip, lo colocaron en una jeringa grande y le agregaron solución salina. Después de unos pocos nanitos y un adhesivo médico ya estaba cerrada.

–¿No te gustan los animales? ¿Y eres veterinaria? –le preguntó Cruze. *No tienes ni idea del día que he tenido, cabrona.*

–Ey, es mejor que prostituirme para Holt. Al menos puedo dormir a varios de ellos todas las semanas.

Cruze se enojó, pero se quedó en silencio.

Se sentó y se vistió mientras observaba a Vonda. La mujer se acercó a una jaula aparentemente aleatoria e introdujo un dispositivo largo a través de las barras. Sonó un chasquido seguido por un maullido de dolor, y el gato cayó.

Vonda abrió la jaula, y mientras arrastraba al gato inconsciente por la piel, dijo:

–Sólo dura diez o quince minutos. Lo meteré en un portador, y puedes estar en camino para cuando despierte. Es un gato salvaje que una perra ama de casa suburbana preocupada trajo. Ya habíamos programado matarlo hoy. Será mucho más difícil de atrapar.

Puso al gran gato sobre la mesa y le inyectó el chip en la piel. Luego lo puso en un portador de cartón para gatos y lo puso sobre la mesa.

–Dile a Holt que será la tarifa usual.

Cruze permaneció allí un momento sin hablar, mientras una tormenta crecía en su rostro. Sostenía su arma.

–No se cual es la tarifa usual. –Cruze sacó un montón de créditos de su abrigo y los dejó sobre la mesa.

–Lo consideraré una propina. –Vonda sonrió.

–No, no lo harás. –Cruze levantó el arma y la apuntó hacia el rostro de Vonda–. Lo usarás como dinero de logística para vender este lugar. Maté a Peter Holt esta mañana, y si vuelvo y sigues trabajando aquí, te mataré también. Sin advertencia. Una bala de francotirador en la cabeza. –Cruze caminó lentamente alrededor de la mesa mientras hablaba–. ¿¡ENTENDIDO!?

–Sí. Sí. Por favor. No... –Vonda se desmoronó, ocultando su rostro entre sus rodillas.

Cruze agarró al portagatos y salió. Con la caja en el asiento delantero, manejó manualmente para salir del pueblo.

Nunca notó que el otro gato se había acurrucado en el piso alfombrado en la parte trasera del asiento del conductor.

Eran las **05:11 am**.

***

El gato de la caja se despertó y enojó para cuando Cruze llegó al Parque Metropolitano Stone Creek.

Antes de salir, Cruze le dijo:

–Mira, lo siento, pero no puede ser de otra manera. Va a haber un grupo de gente muy molesta buscándote. Mientras más demoren en encontrarte, mejor. Haz que valga la pena, amigo.

Puso la caja de lado y soltó las aletas que la cerraban. El gato feroz salió disparado.

Cruze no notó los ojos del siamés mirándola desde el auto.

Volvió a entrar y tocó el piloto automático diciendo:

–Vamos a San Louis, cierra el capote, despiértame cuando lleguemos.

Cruze reclinó su asiento y se durmió en menos de un minuto. Roncaba suavemente cuando *Bail* levantó la cabeza por debajo del asiento reclinado. Le olisqueó la nariz unas cuantas veces y luego se acurrucó sobre la cálida alfombra, quedándose dormido ante el calmante zumbido del poderoso motor.

Eran las **05:41 am**.

***

A las 6:01 am la alarma sonó en la Prisión Municipal de Detroit. Un conteo reveló que Jane Doe estaba *Fuera del Campus*.

El bloqueo fue automático, y los guardias fueron enviados a su celda para hacer un chequeo visual. Este tipo de problemas pasaban todos los meses, al igual que durante los ensayos. Así que no fue hasta que los guardias llegaron y notaron que las almohadas habían sido arregladas para parecer una persona, que las alarmas reales sonaron.

Bergman tenía otra hora antes de su cambio de turno. Se había pasado la noche borrando todo el código que había creado para desactivar las cámaras para permitir sus aventuras nocturnas. Ahora esperaba para reportar que todo estaba bien como se requería.

Su camisa estaba empapada de sudor.

El alivio se apoderó de él cuando oyó pies en las escaleras a las 7:05 am.

–Bryant, llegas tarde, maldita sea –gritó por la puerta–. ¿Cuántas veces tenemos que hablar de esto?

La puerta se abrió, y no era Bryant.

–¿Quién carajo eres? ¿Dónde está Bryant? –preguntó Bergman.

El hombre estaba desaliñado. Llevaba pantalones vaqueros y zapatillas de deporte con una camisa bastante usada, pero limpia, sin cuello, negra y abotonada pero no metida, y tenía una chaqueta de espiguilla que había visto días mejores.

Tenía un café grande en una mano y una insignia en la otra. Era la que estaba en un cordón alrededor de su cuello.

–Soy Neal Locke de Investigaciones Especiales. ¿Es usted Jeff Bergman? - Locke se sentó en la única otra silla que había en la torre sin que se lo ofrecieran. Estaba sin aliento.

–Sí. ¿Qué pasa? –dijo Bergman tratando de actuar casual–. ¿Qué tipo de nombre es Locke?

–Maldición, son un montón de escaleras. –Locke respiró profundamente un par de veces y luego sorbió su café. Bergman vio su pistola brevemente en una funda de hombro–. Mi abuelo era chino. Lo cambió de Lok. –Locke tomó otro sorbo de su café, mirando a Bergman–. Como probablemente sabrá, Investigaciones Especiales está a cargo de las brechas de seguridad del lugar. Nuestros presupuestos son pequeños por lo cual tenemos que concentrar nuestros recursos. –Tomó otro sorbo de café–. Hemos sabido acerca de su programa de control de cámara por años. Hace mucho, mucho tiempo lo hackeamos. Todavía apaga el video en vivo y lo reemplaza con un video reiterante, pero aun graba en tiempo real. En caso de que algo suceda además de que se haga a putas a cambio de bebidas alcohólicas y cigarrillos.

Bergman se congeló de miedo mientras Locke tomaba otro sorbo largo y lento.

–Así que adivinó. Algo sucedió. –Hizo una pausa más larga. Dos sorbos–. Sólo me queda decidir si la ayudó a escapar o si todavía está aquí porque nunca se fue.

Tras esa declaración, la frente de Bergman se arrugó, y entrecerró los ojos con perplejidad.

–Bergman, no lo estoy persiguiendo a usted, a menos que la haya matado –dijo Locke– o que la haya ayudado a escapar. Quiero Jane Doe 857263. –Locke se recostó y cruzó los pies. Obviamente, iba a esperarle a Bergman–. La directora está muy molesta por todo esto.

–Mira, yo no la maté. No la ayudé a escapar. Yo no… –Miró por encima de su hombro, por la ventana, hacia la ciudad. Luego miró al suelo. Y alrededor de la habitación–. Mierda. –Bergman se dio cuenta.

El Investigador Especial (IE) Locke esperaba.

–Mire, si vio el video, notará como estaba vestida. Jugó conmigo. Cogió mi pistola paralizante. Amenazó con matarme. Mire. –Bergman empezaba a entrar en pánico.

Bergman se levantó la camisa y le mostró a Locke la quemadura de la pistola paralizante. Vio el borde de la nota.

–¿Qué es eso? –Locke señaló con su taza de café.

Bergman se levantó la camisa frenéticamente. Dos botones volaron en su prisa por abrirla. Se paró delante de Locke para que el hombre pudiera verlo. Estaba al revés. Neal inclinó la cabeza para leer.

Bergman reconoció el ligero guiño, lo que significaba que el Agente Especial (AE) Locke lo había fotografiado con su Dispositivo Personal de Registro (DPR).

Locke leyó la nota en voz alta.

–Bueno, Bergman. Eso ayuda. –Terminó su café, se levantó y dijo con un tono áspero–, ¿dónde diablos está?

–Ella dijo que quería un cable de extensión largo. Me dijo que haría que valiera la pena. Tiene que entender lo buena que estaba. Tan buena como una esclava de la colonia. –Tragó saliva–. Creo que lo usó para bajar.

El AE y Bergman salieron al balcón.

–Deben ser por lo menos setenta pies hasta abajo –dijo Locke.

–Veinticinco metros. La cuerda que traje tenía cincuenta metros de largo –dijo Bergman, con el estómago en un nudo mientras miraba desde el borde.

Estoy muy jodido. Estoy muy jodido. Estoy muy jodido. Bergman pensó una y otra vez.

–Mierda. ¿A qué hora sucedió? –preguntó Locke.

–Probablemente a las 12:30 am –confesó Bergman.

–¿Hay cámaras en la calle?

–Sí, había, pero los niños las destruían apenas las reemplazábamos. –Bergman estaba tratando de culpar a alguien más.

–Maldición. –Neal Locke se dirigió hacia la escalera sin decir nada más. Salió por la puerta y bajó mientras Bergman le gritaba:

–¿Y qué hay de mí?

Locke pasó al lado de Bryant en la escalera.

–Dígale a Bergman que su situación me importa una mierda. Al director sólo le importa Jane Doe.

***

–Llegaremos a San Luis en cinco minutos. ¿A dónde le gustaría ir en St. Louis? –preguntó educadamente la computadora de Navegación.

Cruze miró su nuevo reloj. Eran justo antes de las 9:00 am.

–Quiero desayunar. Encuentra un McDiner con buenas calificaciones.

–Encontrado. Tiempo estimado de llegada, tres minutos –dijo el piloto automático.

–Resérvame un puesto y un periódico –añadió Cruze mientras separaba unos cuantos créditos de un paquete y se los metía en el bolsillo del pantalón.

–No se puede cumplir. No hay capacidad de red.

Holt andaba paranoico, ¿eh? No quería que nadie lo siguiera. Genial.

–Abre el techo. –El techo se retractó mientras se detenían para aparcar–. Abre el maletero cuando aparquemos. –Cruze salió y cogió el bolso de lona y se dirigió hacia la parte de atrás. El maletero no estaba vacío.

Tenía cajas con armas.

Cruze lanzó el bolso dentro, su pistola y su chaqueta de cuero.

Entró en la cafetería y tomó un puesto abierto. La mesa abrió las noticias automáticamente. No había nada acerca de una fuga o cuerpos encontrados en maleteros.

Excelente.

***

Bail observó a Cruze a través de la ventana del restaurante por un minuto antes de saltar con gracia y orinar en el pasto. Corrió a través del estacionamiento hasta un área verde detrás del McDiner donde varias familias estaban comiendo. Después de estudiar la escena durante unos minutos, *Bail* saltó sobre una mesa donde una pequeña niña estaba sentada ignorando su sandwich de desayuno al estar distraída con un juguete de princesa. Había dos bandejas. La de la niña y la de su madre. La madre estaba parada a un lado, discutiendo con alguien a través de una unidad de comunicaciones.

Bail se sentó sobre sus patas traseras frente a la bandeja de la niña y la miró. Estaba sonriendo. Con una sola pata, sacó la parte superior del sándwich.

La niña estaba encantada.

Sentado aún más lejos, *Bail* extendió la pata y reveló sus pulgares, levantó la carne con queso, y se detuvo para mirar a la niña. Sus cejas estaban levantadas.

Se tragó la carne y se lamió la grasa de las patas.

La madre de la niña no tenía idea de lo fuerte que estaba hablando.

Bail se movió y se sentó directamente frente a la bandeja de la madre. Hizo una pausa con la pata, mostrándole a la niña su intención. Para un mejor efecto, sacó las garras y las volvió a retraer.

Sacó el pan superior.

Tomó la carne con ambas patas y se la devoró mientras la niña aplaudía.

Después de lamerse las patas, evitó que la niña lo acariciara. Tomó un trago de agua de lluvia fresca de un charco claro, volvió a su lugar detrás del asiento del conductor y se quedó dormido.

Bail soñó que flotaba.

CAPÍTULO CUATRO: LOCKE ESTÁ TRABAJANDO

"La Prisión Municipal de Detroit era corrupta hasta la médula. El director no estaba, de hecho, a cargo. Una IA llamada Gaim manipulaba todo desde las sombras. Tenía mucho talento. El AE Neal Locke luego demostró su ignorancia."

–*Azul Peridot, El Momento Decisivo: La Historia de las Guerras IA*

El Investigador Especial Neal Locke encontró el cable de extensión en menos de media hora. Imaginó la escena tal y como la había encontrado y llamó a un equipo de evidencia de SI para recogerla.

Se movió en la misma dirección general en la que pensó que ella habría ido. Pensando en lo que él haría si básicamente estuviera desnudo en la calle.

Una Alerta de Proximidad se había activado en su HUD de AE, notificándole de un crimen cercano.

Esto no puede ser bueno, pensó.

Neal volteó en la esquina y se encontró con una gran área acordonada. Se acercó a los oficiales que ocupaban el perímetro y levantó su placa.

–Ah, hola Neal. –El policía que estaba allí lo reconoció. Bebían en los mismos bares y cafeterías.

–Hola, Randy. ¿Qué pasó? –Su HUD de AE ya estaba lleno con los hechos.

–Homicidio. Estilo de ejecución. Un solo disparo en la parte posterior de la cabeza. Parece que lo sacaron de la cama y lo trajeron aquí para matarlo –dijo Randy–. Parece de un profesional.

Locke pasaba las imágenes de la escena del crimen en su HUD. Era un hombre asiático ligero en sus bóxers. Tenía una sola bala en la parte posterior de la cabeza. Locke se detuvo y se concentró en una imagen del basurero. La agrandó.

Ah, mierda.

–La parte mala es que –continuó Randy– el tipo es Hiromi Gee. Hijo de Gee Senior, el Carnicero. El magnate del mercado negro que hace lo que quiere.

–Ah mierda –dijo Locke mientras se enfocaba en las sandalias para ducha estándar de la prisión municipal en su HUD.

Le robó al tipo equivocado.

***

Hacía demasiado calor, y estaba demasiado polvoriento y seco como para recorrer esa ruta sin el capote cerrado. El Kraken avanzaba a doscientos kilómetros por hora a unos diez metros de altura. Las carreteras dilapidadas la llevaban a través de campos de trigo y maíz y soja. Máquinas agrícolas robóticas cuidaban de los campos.

Finalmente, llegó a una zona de matorrales y luego a puro desierto. El suelo abajo era una niebla seca. Cruze cruzó con la antigua autopista 35 y se dirigió hacia el sur, hacia Bartlesville.

Oklahoma Salvage estaba justo al norte. Podía ver el cementerio de barcos a la distancia. Era tan grande, ni siquiera se molestó en calcular cuántos kilómetros cuadrados tenía.

Me iré pronto. Tengo suficiente para llegar a la Estación Libertad y luego a la luna. Tal vez.

Desaceleró hasta 50 km/h cuando entró al cañón entre los barcos abandonados. Embarcaciones de todos los tamaños y configuraciones estaban estacionadas muy cerca unas de las otras. Algunas parecían haberse estrellado allí. Otras parecían estar siendo devoradas lentamente por monstruos que les daban grandes mordeduras.

Había conducido todo un kilómetro antes de notar el letrero apagado de Oklahoma Salvage. El aparcamiento estaba vacío cuando se detuvo. El edificio parecía un restaurante anticuado estilo art-deco. No un McDiner remodelado, sino un verdadero restaurante fantasma. Podía ver el contorno del viejo letrero que decía: *COMA*.

Apagó el Kraken y usó la puerta estilo ala inversa por primera vez. Era un diseño de primera calidad para un transporte militar convertido para civiles.

Y facilitaba salir mientras uno disparaba.

Los paneles solares del techo alimentaban el sistema de enfriamiento siempre y cuando el sol le diera.

Deseaba poder llevárselo con ella.

Abrió la puerta de la tienda y sonó una verdadera campana.

Fue entonces que ella lo vio.

***

–Silvia, necesito hablar con el director. Tenemos una situación –le dijo Locke a la secretaria de la Prisión Municipal de Detroit.

–Está en una reunión, Neal. ¿Puede llamarte en noventa minutos, después del almuerzo? –dijo Silvia en una voz perfectamente profesional–. ¿De qué trata?

–Jane Doe 857263. Es una emergencia.

Sin preámbulos, escuchó a la Directora Dorothy Summers en el intercomunicador.

–Neal, ¿cómo lo averiguaste tan rápido? –La Directora Summers sonaba asustada.

–Seguí una pista y me encontré con la escena del crimen en la que asesinaron a Hiromi Gee. Es por eso que estoy llamando –dijo Neal.

–¿Qué? ¿Dónde? –Estaba sorprendida–. Hiromi Gee?

–A unas diez cuadras al norte de la torre noreste de la prisión municipal. Llamé porque había un par de sandalias de ducha estándar en la escena. –Locke hizo una pausa–. ¿Por qué creía que estaba llamando?

–Jeff Bergman ha muerto. De un balazo en la cabeza –dijo la directora–. Parece que lo torturaron primero. No tengo más detalles. DPD está liderando la investigación.

–Mierda –maldijo Locke.

–Hay más. Aproximadamente a las 6:00 de la mañana, dos menores estrellaron un automóvil que habían tomado. Había dos cadáveres en el maletero. Uno era Peter Holt, y el otro un tal Anthony Wells. Peter Holt era la razón por la cual teníamos a Jane Doe. Nos informó sobre un peligroso acuerdo de armas. Los detalles todavía son clasificados. Estoy empezando a pensar que ella era más que una estúpida puta de la colonia que utilizaban como mula.

–Ha tenido una noche ocupada –agregó Locke.

–Locke, el auto fue robado del Mercado Blue Night. Ese bulevar comercial que queda cerca a la Prisión Municipal. De un restaurante llamado Viena, entre las 2 y 3 am.

–¿Y que pasó con el chip de traqueo?

–Se activó al norte de la ciudad, en un lugar llamado Parque Metropolitano Stone Creek –respondió la directora–. Ha estado intermitente desde entonces.

–Quiero ir. ¿Puedes mandar traer un auto?

–Sí. –Locke la oyó hablar con alguien–. Está en camino.

–Directora. –Hizo una pausa para enfatizar–. Dorothy, necesitas entender que esto va a ser un lío. ¿Viste lo que escribió en el vientre de Bergman? Si se entera que él hablo conmigo. Si Hiromi Gee la conocía... –Se perdió en sus pensamientos–. Y los dos idiotas en el maletero. Son cuatro homicidios, todos asesinatos con armas de fuego, en un lugar donde las armas están prohibidas. Y ni siquiera estoy pensando en lo que va a hacer Gee Senior. Jesús, María y José.

–¿Eres religioso, Locke?

–Soy aconfesional cuando se trata de maldecir –respondió–. Ya llegó el auto. Gracias. Eso fue rápido. Le informaré apenas tenga información.

–De acuerdo –dijo la directora con los dientes apretados.

–Por cierto, ¿cuál es el presupuesto para esta carrera? –preguntó Locke–. Puede que necesite el auto por un rato.

–El precio no importa. Encuéntrala –le ordenó y colgó.

Estoy demasiado viejo para esta mierda.

El auto era un sedán de *Sterling Motors*. No era nuevo, pero estaba en muy buenas condiciones. Locke entró al auto y se conectó. El auto era blanco con ventanas polarizadas para ocultar el hecho de que el asiento trasero era una jaula para transportar prisioneros.

–Sterling, llévame al Parque Metropolitano Stone Creek.

Locke no sabía que estaba siendo un brillante detective en ese momento. El piloto automático del auto lo llevó al Parque Metropolitano, al mismo lugar donde se había estacionado el piloto automático del Kraken de Jane Doe.

Cuando se abrió la puerta de ala, los ojos de Locke se posaron sobre una caja de cartón que estaba tres metros delante del auto. Salió, y mientras se erguía notó que era un simple portador de gato. Tenía una caricatura de un gato ronroneando a un lado. También tenía el logotipo de los Veterinarios de la Familia Franklin y una dirección. No tocó la caja, y asumió lo que podría haber sucedido.

–Sterling, llévame a los Veterinarios de la Familia Franklin, en Rochester Hills. Y rápido. –El auto ya se movía antes de que pudiera ponerse el cinturón. La aceleración lo empujó hacia el asiento. Los estrobos salían por arriba y abajo a medida que avanzaba diez metros por encima de las calles vacías.

En el camino, le envió un informe a la directora. Incluyó que sospechaba que un veterinario había transferido el chip a un animal, y que estaba siguiendo esa pista.

Era una vulnerabilidad que la prisión conocía, pero la consideraba de bajo riesgo ya que se requería un equipo especializado para extraer el chip. Ese equipo estaba altamente controlado y restringido al gobierno y a la policía. Aunque también lo estaban las armas.

***

El letrero de cerrado seguía encendido cuando el Sterling se parqueó frente a la oficina de los Veterinarios de la Familia Franklin. Era un poco extraño, ya que también había una señal, ahora apagada, que orgullosamente declaraba que estaban abiertos 24/7.

Locke se acercó a la puerta con la esperanza de encontrar un intercomunicador, cuando notó que la puerta no estaba cerrada, sino ligeramente entreabierta.

–¿Hola? –llamó después de abrir la puerta. Tenía el silencio de un edificio vacío. Podía oler un olor dulce y metálico en el aire.

Sacó su pistola.

–Hola, estoy entrando. –Rodeó el mostrador y vio una pequeña pila de portadores de mascotas debajo del mostrador. La puerta que conducía a la parte trasera del espacio de la veterinaria estaba abierta. Locke la empujó lentamente con el cañón de su arma. El retículo se activó en su HUD. Su arma de mano contenía cien dardos explosivos que viajaban a 2.000 pies por segundo.

No puso un solo pie en la habitación.

Había una mujer en el centro de la habitación, tendida de espaldas sobre una mesa de examen de acero inoxidable. Sus manos estaban atadas a la mesa en puntos diseñados para asegurar correas.

Le habían cortado la garganta.

¿Cómo puede haber tanta sangre si en una mujer tan pequeña?

Retrocedió y salió. Fue entonces que notó que todos los gatos silenciosos lo observaban. Se alegró de no haber tocado nada, excepto por la puerta de cristal, al entrar.

Lo reportó. Tendría que esperar a que DPD llegara. Llegaron apenas colgó el teléfono con la directora. Su pistola estaba nuevamente en su funda y su placa a plena vista para cuando llegaron los dos primeros autos.

Eran policías uniformados regulares que simplemente asegurarían la escena. Y aun cuando no necesitaba hacerlo, les contó toda la historia. Sabía que les gustaba ser tratados con respeto. Sabía que no serían ellos quienes investigarían el asesinato. También sabía que tendría que contarlo varias veces más, pero no quería que contaminaran la escena. Locke quería asegurarse de tener todos los detalles. Primero quería hacer un examen de ADN. La directora ya le estaba enviando el mapa de ADN de Jane Doe.

Lo hicieron esperar.

Así que esperó en el auto. Envió informes con detalles adicionales y contó su historia cuatro veces más.

El equipo del Parque Metropolitano Stone Creek finalmente encontró al gato. Estaba escondido en las alcantarillas, las cuales estaban secas siempre y cuando no hubiera tormenta. Cinco horas después, la directora lo llamó. Esta vez por audio y video.

–Locke, todo esto está fuera de control. DPD ha encontrado su ADN en todos estos sitios. Incluso descubrieron que Holt estaba grabando todos los tratos que hacía en su oficina en secreto. –Transmitió un video en el HUD de Locke. Era Jane Doe sentada casualmente en la oficina de Holt, charlando como si fuesen viejos amigos.

Locke lo pausó.

–La llamó 'Cruze'. –El video estaba congelado sobre ella. Había cambiado su apariencia. No sólo se había cortado y teñido el pelo, toda su conducta era diferente. Parecía más alta. Sus ojos brillaban más.

–Espera a que veas esto. –Holt abrió la caja fuerte, y apenas se paró y se dio la vuelta, ella le disparó en la cara. Luego, con una velocidad que desafió hasta a la cámara, se volvió y le disparó al guardaespaldas varias veces.

–Jesús. A sangre fría.

–Presta atención. Fíjate en la facilidad con la que los mete en el maletero. Es más fuerte de lo que parece –dijo la directora en señal de advertencia.

–Y más rápida e inteligente –agregó Locke–. Si esos chicos hubieran devuelto el auto como se los pidió, no habríamos descubierto esos cadáveres por días.

–El paquete de créditos que les dio a los chicos tenía sangre. Era nuevo y tenía números consecutivos. Estamos vigilando todos los números vecinos. Si gasta uno, lo sabremos.

–Esto es extraño –dijo Locke–. El detective principal dijo que encontraron un paquete de 10.000 créditos en el bolso de la veterinaria asesinada.

–¿Sabe si alguna cámara de Vigilancia grabó su visita? –preguntó la directora–. Sería bueno saber qué estaba conduciendo.

–Imposible. Rochester Hills es una comunidad privada. Es una zona sin cámaras. La gente paga mucho hoy en día por privacidad.

–Mierda. Zelotes estúpidos. ¿Qué tienen que esconder esos tipos aburridos? –dijo la directora.

Locke no dijo nada. Pagaba extra para vivir en un edificio en Detroit que tenía un portero de seguridad verdadero y ninguna cámara. *No me gustan los edificios inteligentes.*

–Ya casi termina con todo esto –dijo la directora–. A menos que aparezcan más cuerpos con su ADN, ya no tiene donde seguir.

–No exactamente. Si realmente la quiere encontrar –dijo Locke–. Tengo una corazonada. No está perdiendo el tiempo. Iré a la catapulta espacial de Nueva York.

–¿Por qué Nueva York?

–Mírela. Encajará en Nueva York. Se vería fuera de lugar en Ciudad de México –dijo Locke–. ¿Puedo seguir este camino?

–Hazlo. Lo re-evaluaremos en una semana. Tenemos las pollas enredadas en esto, Locke. Esta tormenta de mierda está justo sobre nosotros.

Pero Locke tenía la sensación de que esto era peor que una tormenta de mierda. Tenía la corazonada de que ella era la compradora real del acuerdo de armas de Holt. Y si fuese cierto... Cruze tenía armas nucleares.

CAPÍTULO CINCO: *OKLAHOMA SALVAGE*

"La participación de Harv Rearden fue borrada de todos los informes oficiales."

–*Azul Peridot, El Momento Decisivo: La Historia de las Guerras IA*

Cruze miró a la pequeña campana que se encontraba justo por encima de la puerta. Se le ocurrió que podría ser la primera vez que veía una campana de verdad. Había oído un millón de campanas simuladas, pero esta era real.

Miró hacia abajo y vio a un hombre sentado en el suelo bebiendo una *Crush* de Naranja de una verdadera botella de vidrio.

–Que Kraken para más lujosa. –Estiró el cuello para ver alrededor del ciclo de vuelo que estaba reparando. El suelo estaba cubierto con las partes de un ciclo que había desmontado. - Debido a las ventilaciones extra, apostaría que la planta de energía ha sido convertida en materia oscura.

–Ven a echarle un vistazo. - Se agachó para darle una mano–. Me llamo Cruze. Encantada de conocerte, Harv.

–¿Nos hemos conocido antes? –le preguntó mientras trataba de levantarse, examinando su cara cuidadosamente.

Sonrió y señaló su nombre, el cual estaba en el pecho de su sucio traje.

–¿Quieres un refresco? Odio beber solo. –Se rió con su propia broma y no esperó una respuesta. Sacó otra *Crush* de Naranja de la antigua máquina expendedora.

Mientras lo hacía, Cruze examinó su entorno. El mostrador y los bancos seguían allí, pero estaban bastante gastados. Donde debían de haber estado las cabinas, frente al mostrador, había estantes llenos de piezas a la venta, proyectos en progreso, y lo que parecían ser montones de basura. Tampoco estaban los aparatos que usualmente estarían detrás del mostrador. Los estantes allí parecían estar más organizados.

Cruze tomó el refresco abierto, y no sintió sed hasta que sintió la condensación helada goteando por los lados de la botella.

Harv la observó, levantando sus salvajes cejas blancas.

Tomó un sorbo cauteloso.

–Nunca había probado algo tan delicioso en mi vida. –Cruze miró la botella incrédula.

–Ya me caes bien. –Harv salió por la puerta y caminó alrededor del Kraken murmurando–, Muy bien ... Mmmmm.

–Estoy interesada en un intercambio. –Bebió un poco más del refresco–. Puedo cambiar al Kraken y un poco de créditos por un pequeño transbordador. Uno que me lleve hasta la Estación Libertad. Quizás a Luna.

–Tráelo a la tienda –dijo Harv–. Veámoslo de cerca.

Se subió y lo siguió hasta una puerta que se abría hacia arriba. Metió el auto y la puerta se cerró detrás de ella.

Bajó el capote para mostrar el interior de cuero. Las ventanas polarizadas ya estaban abajo cuando el techo bajó suavemente hacia el cuerpo. Harv sostuvo un escáner de mano mientras caminaba alrededor del auto.

–No es robado, eso es bueno. Tampoco tiene registro, y tiene menos de cien horas. Sólo comento, no pregunto –dijo Harv mientras agregaba datos a la computadora de mano que llevaba. Caminó hasta la parte trasera del auto–. Abre el maletero.

Golpeó el control remoto y el maletero se abrió suavemente. Harv levantó una ceja. Cruze se acercó y lo vio mirando las cuatro cajas de armas que había dentro.

–¿Estas están incluidas en el intercambio?

–Claro, por qué no –dijo Cruze.

Harv sacó las cajas y las abrió en un banco de trabajo. Tecleó las adiciones en su computadora.

–Abre el capó –le dijo.

Golpeó otro botón en el control remoto, y el capó se abrió con un silbido. Harv dejó su almohadilla y miró hacia dentro asombrado.

Se deslizó dentro del auto por unos diez minutos. Luego se paró frente a Cruze tecleando unas últimas notas.

–¿El gato está incluido? –preguntó Harv.

–¿Gato? –Cruze estaba perpleja.

–Tengo que ser sincero contigo, querida, te iría mejor si vendieras esto en Denver o Newark. Ahí está el mercado para estas cosas. Luego puedes llevar tu dinero y una catapulta de lujo a la Estación.

–Estoy apurada.

Sólo te puedo dar la mitad de lo que vale.

–Lo sé. Viene altamente recomendado como una persona justa... y discreta –agregó Cruze con cautela.

–Incluyendo las seis carabinas de Frange y las doce armas de mano surtidas. Veamos qué podemos hacer.

–Sólo tengo que llegar allí. Ni siquiera tengo que volver. De todos modos, lo venderé cuando llegue allí.

Manejaron por el patio de salvamento en un auto viejo, viendo varias opciones. Finalmente eligieron uno.

–OK. Que tal este. Es un pequeño Ferguson-539. Tiene collares de muelle de tamaño completo en la parte posterior y laterales. E incluye esclusas en los tres lados. Tipo de Personal 2 en la parte superior y estilo de bahía en la parte inferior. Pero la escotilla de la bahía está congelada. Igual te da muchas opciones de acoplamiento. Los motores principales no han sido encendidos en unos cuarenta años. Las placas de gravitación están bien. Será lento, pero te llevará a donde necesitas llegar. –Harv se rascó la barba blanca–. Es completamente manual. Los tanques auxiliares de propulsión han desaparecido, pero la peor parte es que la esclusa de estribor exterior está dañada y no se sellará. Tampoco estoy seguro de la escotilla interior.

–¿Tienes un traje presurizado que me quede? –le preguntó Cruze.

–Creo que sí. –Sonrió Harv–. Carguémoslo completamente y llevémoslo a dar una vuelta.

Ninguno de los dos notó al gato justo fuera de la escotilla.

***

Trabajaron juntos por las siguientes cuatro horas, reparando las baterías y probando los sistemas. Lo levantaron juntos y lo aterrizaron frente a la tienda, donde hicieron todo el trabajo. Lo conectaron a la fuente de energía principal y lo cargaron completamente.

Harv dijo que lo llevaría en un vuelo de prueba a Bartlesville y recogería algo para cenar. La había visto bostezar.

–Mientras no estoy, deberías dormir un rato. En esa oficina encontrarás al sofá más cómodo que se haya creado. –Estaba desconectando los cables de la pequeña nave–. Es el que está debajo de la lona azul, no la marrón.

Se despidió con la mano, entró por la escotilla y desapareció. A las Placas Gravitacionales sólo les quedaban 9% de batería, pero sería suficiente.

Subió las polvorientas escaleras hasta la oficina. Era un desastre. Cada pared tenía estanterías llenas y hasta dobles desde el suelo hasta el techo. Daba una sensación de un caos organizado.

Estoy exhausta. Demasiada adrenalina. Necesito salir de este maldito planeta. Necesito volver a Luna, a mi nave.

El sofá de la derecha estaba cubierto con una lona azul que estaba metida en el sofá. Al parecer, algunas personas se habían sentado allí. Saco la lona y encontró un sofá muy acolchado y bastante gastado. Se acostó y apoyó la cabeza en el reposabrazos. Era una almohada perfecta.

Inhaló el delicioso olor del cuero. Harv tenía razón acerca del sofá. Se durmió en menos de un minuto.

El gato entró a la oficina sin hacer ruido. Se dirigió al sofá y miró al Cruze por todo un minuto. Saltando suavemente, se extendió y se acurrucó a su lado contra sus costillas y cadera.

Durmieron sin molestias por dos horas.

***

Cruze creyó oír gritos. Se demoró en despertar. Tenía una bolsa negra sobre la cabeza. No podía moverse.

De repente le quitaron la bolsa. Un anciano la miró a los ojos. Quería asegurarse de que estuviera despierta.

Ella luchó, pero incluso su cabeza estaba asegurada. No dejaba de mirarla fijamente. El blanco de sus ojos estaba inyectado de sangre, creando un mapa de su locura.

Otro grito le llamó la atención, e intensificó su ira.

Cruze deseó haber cerrado los ojos.

***

Bail fue el primero en oír el regreso del transbordador. Se había despertado porque Cruze temblaba violentamente.

Se escondió debajo del escritorio apenas oyó los pies en las escaleras.

Cruze se despertó sobresaltada y estaba sobre sus codos para cuando Harv entró en la habitación con una sonrisa y bolsas que decían KFC.

Amontonó las bolsas sobre la mesa y empezó a sacar todo. Había una cubeta de papel llena de pollo frito orgullosamente marcada con las palabras 'Receta Original', como si el robot con la pequeña barba blanca lo estuviese diciendo. Había puré de patatas con salsa, y ensalada de col.

Harv puso dos trozos de pollo en un plato, y se lo llevó detrás de su escritorio. Después de buscar por un rato, regresó con dos botellas de *Crush* de Naranja.

Pero sin un plato para Cruze.

Cruze no lo notó.

–Gracias por la cena, Harv. ¿Por qué tanta nostalgia? ¿*Crush* de Naranja? ¿KFC? No puedo creer que sigan existiendo. Las cosas nunca cambian en la Tierra.

–Es lo que más me gusta de la Tierra. Y también es su mayor problema –dijo Harv–. Tengo otra casa en el cinturón de asteroides que es muy linda, pero no tienen KFC.

–¿Estás solo aquí? -preguntó.

Harv vaciló por un momento.

–Estoy aquí con mi sobrino y mi nieta, pero salieron a hacer un negocio.

–¿Y sin un HUD personal? Parece que sería muy útil aquí –dijo Cruze.

–No me gusta la idea de poner cosas en mi cerebro. Si hay una cosa que sé, es que la tecnología falla. No es cuestión de probabilidad, sino de cuándo fallará. –Señaló su pequeño auricular–. Estos se sacan con facilidad. ¿Y cuál es tu excusa?

–Soy un poco paranoica. Me gusta mi privacidad.

Y no me gusta que me rastreen por el HUD.

–Cuidado con los ladrones de ADN en aduanas –dijo Harv–. Tienen cientos de maneras para cosechar tu ADN. –Le entregó una botella de *Crush* de Naranja.

Llenó un plato para sí mismo y se sentó junto a la pared. Cruze ya estaba comiendo.

–Es increíble. ¿Por qué nunca lo había comido? –preguntó en voz alta.

Harv miró hacia el escritorio. Vio al gato, sentado como una ardilla. Agarraba un muslo de pollo en sus manos, comiéndolo. El gato le dio una ojeada y una inclinación de cabeza mientras se pasó la lengua por los labios. Y lo que hizo después casi causó que Harv se atragantó con la comida.

Le levantó el pulgar hacia Harv.

El gato agarraba el muslo en una mano e hizo el gesto demasiado humano con un pulgar real de la otra.

–¿Cuánto quieres por el gato? –le preguntó de repente.

–¿Qué gato? –preguntó Cruze mientras comía un tercer trozo de pollo.

–Tu gato. El que estaba en tu auto. –Señaló con un muslo de pollo–. Estás cubierta con sus pelos.

Miro hacia abajo, y noto que sus pantalones negros estaban cubiertos de pelo.

Harv miró de nuevo al escritorio. El gato se había desaparecido, dejando solo una pila de huesos limpios en el plato de papel.

–Es uno de ese Especie de Afinidad. Diseñado para el espacio, la gravedad cero. Tienen interfaz de IA y más. Pero son pequeños cabrones. Tienen su propia manera de pensar en las cosas –dijo Harv.

En ese momento sonó una campana. Era como la campana de la puerta de la cafetería vieja. Harv levantó la vista y Cruze siguió su mirada. El gran monitor que había en la pared mostraba un aerodeslizador en forma de motocicleta moviéndose hacia *Oklahoma Salvage* a alta velocidad.

–Hunter, ¿cuál es el tiempo estimado de llegada de esa cosa? –dijo Harv al aire. Una IA respondió:

–El Tiempo Estimado de Llegada es de tres minutos.

Harv y Cruze se miraron por un momento.

–Lo sé –dijo Harv–. Nunca te vi.

Harv se limpió las manos en la parte delantera de los overoles y salió de la oficina. El monitor de la pared seguía encendido. Seguía a la motocicleta.

Cruze miró directamente a una de las cámaras ocultas. Estaba donde ella la habría colocado.

–¿Cómo sabías que yo estaba aquí? –le preguntó la IA~Hunter a Cruze.

–He trabajado con varios buenos sistemas de IA. A los mejores les importan los humanos con los que trabajan. Son proactivos.

El hombre no se movió.

–No la he visto. Pero tampoco he visto a nadie por días. Excepto por un extraño gato... –Parecía perdido en sus pensamientos.

–Si la veo, ¿vale de algo? A la mierda con El Hombre. Yo no trabajo para él. Hijos de puta… –gruñó Harv.

El rostro del visitante cambió por primera vez. Una comisura de su boca se levantó en una sonrisa torcida.

La IA~Hunter le dijo a Cruze:

–Todos saben que Harv siente desdén por la autoridad. Si este hombre lo ha investigado, lo sabrá. –La IA pausó antes de añadir–, Este hombre no tiene Ident en el sistema a pesar de tener un HUD avanzado y un pasajero.

–¿Un pasajero? –preguntó Cruze.

–Hay otra entidad a bordo de su HUD, viendo lo que él ve y aconsejándolo. Es un activo valioso, pero costoso. He estado tratando de persuadir a Harv para que obtenga una HUD sólo para comunicaciones y sistemas de control. Entonces yo podría ser su pasajero.

–¿Por qué no quiere uno? –preguntó Cruze–. Los HUD básicos son muy baratos aquí.

–¿Por qué tú no tienes uno? –le preguntó la IA.

Porque detesto a las computadoras de IA. No dijo nada en voz alta.

El hombre se metió la mano en el bolsillo, sacó una tarjeta y se la dio a Harv.

–Si la ve, tenga cuidado, es una asesina de sangre fría. Mantenga esto con usted. Sospecho que está viniendo para acá. Llame a este número en cualquier momento, sea día o noche.

–¿Qué tipo de honorario podría ganarme? –Harv miró la tarjeta–. ¿Sr. Parker? –dijo en un tono que hizo que Cruze se sintiera nerviosa.

–$100.000,00 en oro –dijo Parker.

Harv sonrió y se metió la tarjeta en el bolsillo del pecho. Luego se dirigió hacia el mostrado, sacó una tarjeta de un tarjetero, y se la entregó–. Si este número lo llama, pero nadie dice nada… –dijo de manera conspirativa.

El hombre asintió y tomó la tarjeta. Le guiñó un ojo y la guardó en su bolsillo.

–Gracias, señor Rearden. –Se volvió y se dirigió hacia la puerta.

–¡Llámame Harv! –dijo riéndose con una risa casi malvada.

Después de que el hombre se fue, Harv se acercó a su antiguo teléfono e insertó la tarjeta.

–Transfiere toda la información de contacto a este dispositivo. Establécela bajo el número nueve para marcado rápido. Replicar en todos los teléfonos de la empresa. Conectarlo con las tiendas y unidades manuales remotas.

Miró la tarjeta por unos minutos más y luego abrió un cajón. Había una vieja caja metálica. La abrió, pero no había créditos, sino cientos de tarjetas.

En una pantalla vio a Harv cerrar la caja, mientras que en otra, vio al aerodeslizador dirigirse hacia el sur entre los cañones formados por los contenedores de envío.

–Todo libre –les dijo la IA~Hunter por el intercomunicador a Harv y Cruze.

–¿Estaba caliente la tarjeta? –le preguntó Harv a Hunter mientras regresaba a la oficina.

–Sí. Datos, audio y video dual. Canal abierto, lo cual fue un error. Estaba conectado directamente al pasajero, no al hombre –dijo la IA~Hunter–. Los protocolos confirman que el pasajero es una IA.

–¿Qué? Por amor de Dios, y pensé que yo era paranoica. –Cruze se quedó perpleja.

–A Harv le encanta que lo subestimen –dijo la IA mientras Harv subía por la vieja escalera.

–Hunter, ¿viste la antena láser direccional que tenía su vehículo? –preguntó Harv.

–Sí, señor Rearden –dijo la IA con humor.

–A la mierda. ¿Dónde está? –preguntó Harv.

–Se detuvo a 2.1 kilómetros al sur del patio.

–¿Dejo caer algún sensor?

–Ninguno detectado.

–¿Guardó mi tarjeta? –Harv sonrió.

–Sí.

–Genial. –Harv levantó la mirada hacia Cruze–. Ahora busquemos un traje presurizado que te quede.

Cruze notó que el gran gato siamés estaba durmiendo en el alféizar de la ventana.

CAPÍTULO SEIS: EL *FERGUSON* 539

"Jane Doe, también conocida como Elizabeth Cruze, fue considerada una fugitiva sin importancia, y su escape de la Tierra fue tan improbable, que la Fuerza de Defensa de la Tierra no lo descubrió sino hasta años después."

–Azul Peridot, El Momento Decisivo: La Historia de las Guerras IA

Cruze siguió a Harv hasta una vieja y oxidada cabaña en Quonset. Hacía mucho calor dentro del edificio de metal. La puerta no estaba cerrada con llave, y las únicas ventanas estaban muy alto por encima de las puertas de los extremos.

Harv golpeó tres botones grandes que estaban en la pared, justo dentro de una pequeña puerta a la izquierda de la entrada. Ambas puertas comenzaron a abrirse. Las luces superiores y los ventiladores se encendieron.

El edificio tenía unos treinta por sesenta metros y estaba lleno de un conjunto de tubos que se usaban para colgar cientos de trajes presurizados del collar.

Harv se movió determinadamente a través de ellos. Cruze notó que los trajes tenían diversos niveles de uso. Varios eran militares. Casi la mitad venían con casco.

Todos estaban polvorientos.

Harv se detuvo en un área que tenía una docena de trajes. Todos tenían cascos y parecían estar intactos. Cruze escaneó la colección y notó que muchos tenían agujeros de bala. Algunos todavía tenían manchas de sangre. Esto explicaba el olor.

–Usualmente uso 1100.304.76 –dijo Cruze– pero me quedará cualquier medio o grande siempre y cuando el sellado sea bueno.

Harv finalmente se centró en un traje presurizado negro, del nuevo estilo hecho especialmente para mujeres. O al menos solía ser negro. Ahora estaba tan polvoriento que era rojo-gris. Un colgador motorizado remoto se le acercó, diseñado específicamente para mover trajes presurizados. Supuso que la IA~Hunter estaba conduciéndolo, y sacó el traje del colgador.

–Este tiene todas las partes –dijo Harv–. Y creo que nunca ha sido usado. –Le golpeó los hombros y los brazos, liberando una nube de polvo–. Estos parches de velcro no tienen etiqueta de nombre o insignia. Los depuradores de CO2 son personalizados, así que nunca fueron removidos. Los tanques de aire son pequeños y de presión ultra-alta no estándar. –Harv lo golpeó un par de veces más–. Lo limpiaremos y le haremos una prueba de presión sumergida positiva.

Cruze nunca había visto este tipo de traje presurizado.

–Este traje llegó en el mismo accidente que Hunter –dijo Harv débilmente.

–Me preguntaba cómo había adquirido una IA de Clase 3 –dijo Cruze, esperando que agregara más información.

¿Logré hacer que mi voz no sonara a odio? se preguntó.

Harv caminó hacia la parte trasera de la choza de Quonset a través de otro laberinto de trajes, que tenían claras señales de que gente había muerto dentro de ellos. El pequeño tractor la siguió con un solo traje, y llegaron a una puerta que se abrió automáticamente deslizándose hacia un lado. Decía TIENDA DE TRAJES en aerosol negro.

Cuando entraron, las puertas se cerraron detrás de ellos. Era una escotilla diseñada para evitar el polvo. La rejilla bajo sus pies aspiró el aire por diez segundos antes de que la puerta interior se abriera.

A diferencia de todo lo que Cruze había visto en ese lugar, esa habitación estaba limpia y organizada.

–Usualmente mi nieta se encarga de esto. –Harv tocó unos botones en la parte delantera, y un par de luces se encendieron en rojo, amarillo y verde. Sólo uno llegó a verde. Dos seguían en amarillo y uno estaba rojo. Luego el traje fue colgado en un bastidor diseñado para ese servicio. Usando un carril que estaba por encima del traje, este fue deslizado hacia una cabina transparente.

Comenzó a inflarse.

–¿Cómo haces eso? –Cruze tenía mucha curiosidad.

–¿Qué? –Una serie de jets a presión empezaron a lavar el traje. En treinta segundos, ya estaba limpio.

–¿Cómo infla el traje sin conexiones externas? Esos tanques son pequeñísimos.

–No está inflando el traje. La cabina está creando un vacío. Los sensores del traje nos dirán si el sellado aguanta. –Harv estaba concentrado en el monitor. Cruze miró sus ojos desde un lado. Era mucho mayor de lo que parecía. Tal vez la persona más vieja que conoció.

–¿Así que compraste a Hunter como salvamento?

Harv se rió.

–¡Ja! No podía costear eso. Cuando estaba regresando de una entrega en Marte, oí un rumor acerca de un Cinturón, y la encontré cuando estaba buscando en una mina de asteroides abandonada. En ese Cinturón, encontré la punta de un Weber GP170. Sólo la punta. Se había desgarrado justo por detrás del puente.

Mientras hablaba, Harv se alejaba de la unidad de prueba y mantenimiento automatizada para trajes.

–Busqué por una semana y nunca encontré el resto de la nave. Ni siquiera los escombros. La arrastramos de vuelta porque asumí que los instrumentos y los sensores podían valer algo. Parecía que habían seguido algún nivel de procedimientos de emergencia. Tres de los casilleros de trajes estaban vacíos.

Cruze miró el traje. Tenía la sensación irracional de que estaba observándola.

–Esa punta estuvo más de un año en el patio antes de que tuviera el tiempo de verla de cerca. Nunca olvidaré ese día. Emma me había comprado una lonchera. La pintura era muy graciosa. Parecía que estaba hecha de tocino. Y la había perdido en esa nave. ¡Y la encontré ese día! –Sonrió una sonrisa triste.

–¿Emma?

–Emma era mi esposa. Murió hace mucho tiempo. –Harv se sacudió y continuó–. En fin, acababa de empezar a sacar el hardware cuando noté que había una unidad de IA de Clase 3 adentro. Conseguí un carro portable de energía y lo encendí, esperando descubrir qué había sucedió y quizás poder localizar el resto de la nave. Porque si una nave tan pequeña podía tener una IA de Clase 3, ¿qué más tendría?

–¿Lo encontraste? –Cruze tenía curiosidad.

–La unidad se había auto-limpiado. –Harv miró a Hunter por una de las cámaras–. Los registros decían que había sido un auto-reinicio voluntario. Un suicidio de IA. Se restableció a su configuración inicial. Tenía plantillas de personalidad avanzadas pero ninguna inicialización.

–¿Entonces lo inicializaste? –le preguntó.

–Sí. Casi lo vendí en estado restablecido. Con eso podríamos habernos retirado, y pasar los últimos días de Emma tranquilos. Pero Emma me convenció de quedármelo. Ella entrenó a Hunter y lo sintonizó para que me cuidara, pero sin aguantar mis tonterías.

Cruze miró su reloj y se preguntó: *¿Qué estoy haciendo?*

–¿Sabía que estaba muriendo? Lo siento, Harv –dijo Cruze.

El traje se desinfló y las puertas se abrieron. Ahora todas las luces estaban verdes.

–Que maldita cantidad de polvo.

Cruze vio a Harv limpiarse los ojos de polvo imaginario.

***

El traje venía con una pequeña mochila integrada. Dentro había una base de cuerpo completo para usar dentro del traje presurizado. Todavía seguía en el empaque.

Harvey se volteó para que pudiera ponérselo. Cruze se quitó todo menos el sujetador y las bragas para meterse dentro de la base.

Cuando la sostuvo sonrió, ya que parecía que le quedaría a un niño de seis años. Había visto esas 'pieles' antes.

Se deslizó suavemente y venía con pies y una capucha, pero sin guantes. Usando eso, logró meterse en el traje presurizado en menos de un minuto sin ayuda, ya que cuando lo encendió los sellos deslizantes se cerraron automáticamente a su espalda. Notó que la piel estaba diseñada para quitarle el sudor ya que usualmente sudaba cuando se ponía trajes como ese. El casco se selló y activó al girarlo. Tenía un HUD completo y una interfaz piloto que no serviría de nada con una nave manual.

–Puede que las botas integradas se sientan un poco ajustadas hasta que se adapten –dijo Harv mientras metía su ropa doblada en la pequeña mochila.

–Estos guantes son muy delgados, se me van a congelar las manos –dijo Cruze mientras se los ponía. Le quedaban perfectamente. Era como si ese traje hubiera sido diseñado específicamente para ella.

Revisó los bolsillos. En los bolsillos de los muslos encontró los kits de emergencia estándar. Además de reparación para el traje, primeros auxilios, linterna, y un bolsillo con seis auto-inyectables de epinefrina codificados por color, pero sin etiquetas.

La visera negra se deslizó hacia arriba.

–Harv, nunca había usado algo así. Gracias.

–He estado queriendo deshacerme de esto –respondió Harv–. Se supone que los civiles no podemos tener este tipo de traje presurizado. Gracias por sacarlo del mundo. –Parecía aliviado–. Me estás haciendo un favor. Aunque todavía no terminamos. Harv salió de la habitación limpia y se dirigió de vuelta al almacén.

Pasó de estante a estante y luego volvió hacia ella.

–¿Qué piensas? ¿Mantenimiento, Seguridad o Piloto de *Transcorp*? –le preguntó.

–Creo que piloto. El traje es demasiado atípico.

Harv le colocó parches de la Estación de la Libertad en el hombro, *Transcorp* en la parte posterior, y un nombre en la parte superior izquierda del pecho.

–¿Berkowitz? –preguntó Cruze sonriendo.

***

Montaron el carrito de vuelta al garaje en silencio.

Aunque el traje era negro, el enfriamiento que tenía era el mejor que había sentido. Era uniforme y cómodo. La mejor parte era que la piel parecía prevenir la comezón que usualmente experimentaba cuando no se podía rascar.

Harv llevó el carrito hacia el garaje y lo estacionó junto al Kraken. Cruze salió y agarró el bolso lleno de créditos. Sacó dos paquetes y los guardó en los bolsillos de sus costillas. Después le entregó el resto del bolso a Harv.

–Es demasiado –dijo él.

–No podré usarlo donde voy –respondió ella–. Los créditos físicos sólo sirven en la Tierra. El tipo de cambio es horrible y lo rastrean.

–Qué tal si lo pongo en tu cuenta. Hunter lo rastreará. –Harv se acercó a su escritorio y abrió un cajón que estaba cerrado con llave–. Puede que esto ayude. Es oro, una moneda de Luna. Y vale quizás la mitad de ese bolso.

Era un estuche de terciopelo negro del tamaño de un libro grueso. Había almacenado las monedas como fichas de póquer.

–Si alguna vez estás por aquí, asegúrate de venir, si necesitas algo. Y si no necesitas nada, puedes invitarme la cena.

Hubo una pausa larga e incómoda en la que Cruze fingió buscar algo que podría haber dejado en el coche.

Me está dando un muy buen trato. Es demasiado generoso.

–Harv, hay gente que quiere matarme. Si alguien viene y no te da buena espina, no te arriesgues. Especialmente algún imbécil llamado Braxton o Dante. Nunca estuve aquí. O cualquier IA de mierda. Sin ofender, Hunter.

–No me ofendo –dijo desde los altavoces ocultos.

Cruze estrechó la mano de Harv firmemente.

–Cuídate viejo.

Ninguno de los dos notó cuando el gato se escabulló dentro de la nave.

***

Cruze se sentó en el viejo asiento del piloto del Ferguson-539 y se aseguró con las correas. Abrió el visor del casco y lo programó para que se cerrara automáticamente si detectaba una pérdida de presión.

Tragó saliva al despegar. Su corazón palpitaba fuertemente.

¿En qué me metí?

Apenas la nave estuvo lista para hacerlo, se rodó, para que la nave estuviera invertida. El sentimiento de estar cayendo hacia arriba, fue sustituido por la sensación más natural dentro de su oído interno de caer hacia abajo. Ahora estaba alejándose del planeta en lugar de acercándose.

Siguió la línea de las Montañas Rocosas mientras ascendía lentamente y se movía hacia el norte. Se sentía como caída libre. Se sentía muy contenta de haber dormido. En modo manual completo, tenía que estar alerta, y la caída libre siempre la hacía sentirse soñolienta ya que se sentía segura. A medida que ascendía, y la curvatura de la Tierra se hacía más evidente, sentía que estaba volando con la Tierra por encima de ella.

***

Desde el asiento del piloto, no podía ver al gato gozando mientras se estiraba y sacudía entre las puertas de la escotilla. El gato comenzó a saltar en ese espacio en diversos ángulos y direcciones. Usó su cola prensil y sus minúsculos pulgares opuestos para sostenerse donde podía y para aumentar la diversión dando volteretas y vueltas complejamente acrobáticas.

Luego se enganchó y sostuvo de la puerta interior. Miró la parte trasera del casco de Cruze y maulló en advertencia por un minuto, sin que lo oyera.

Cruze escuchó un creciente gemido dentro de la infraestructura, seguido por un silencio momentáneo y luego por un horrible sonido de desgarramiento de metal a medida que varias Placas Gravitatorias se despegaban del estribor y se alejaban de la gravedad de la Tierra, sin control.

El transbordador empezó a rodar y caer.

Cincuenta y cinco mil pies más abajo, los picos dentados de la Cordillera Vermillion esperaban con los dientes expuestos.

Bail oyó alarmas resonar por toda la consola y luego vio la visera de Cruze cerrarse. El compartimento principal estaba perdiendo presión.

***

Cruze bajó la punta para zambullirse directamente hacia el planeta y cerró las placas restantes. La pirueta de alta velocidad dificultó el manejo de los controles, pero al utilizar los propulsores primero, consiguió controlar el giro. Luego elevó la punta nuevamente. A tan sólo 12.000 pies, re-abrió las placas gradualmente, equilibrándolas en el centro y logrando que empujaran al transbordador hacia el cielo en lugar de hacia abajo.

A medida que maniobraba, su cuerpo se apretaba cruelmente contra el arnés, ya que básicamente estaba colgando del techo. En manual, tenía que mantener las manos en los controles, por lo cual aun cuando la arrastraba la gravedad uno, siguió extendiendo los brazos para apretar los controles.

***

Para cuando el transbordador llegó a la torre de estacionamiento público de la Estación Libertad, ya habían pasado cuatro horas. Cruze estaba a punto de desmayarse cuando apagó los gravitadores y empezó a navegar solamente con los propulsores.

Había miles de naves privadas estacionadas allí. Se acercó a uno de los muelles inteligentes diseñados para naves no inteligentes, y dejó que se adjunte a la escotilla del puerto. El compartimiento principal seguía en vacío. Eso facilitaría su salida.

La esclusa de estribor que había sido responsable por la falla fue fácil de abrir. Ya había vacío en ambos lados. Cruze se pasó un rato tratando de sellar la escotilla interior de la cámara de aire. Por fin logró que cambiara a verde, pero era muy probable que nunca podría volver a abrirla debido a toda la resina de emergencia que había utilizado para sellarla. La cabina se comenzó a re-presurizar. La autoridad portuaria tendría que ingresar a la nave eventualmente, pero ella ya se habría ido. Para hacerlo más fácil, la dejó desbloqueada.

Se movió por la parte exterior de la escotilla de estribor y se trepó al techo del transbordador. Usando sus piernas para darse un buen empujón, se lanzó hacia una de las escaleras de mantenimiento de la aguja.

Los equipos de mantenimiento siempre se aseguraban de que no hubiera cámaras allí. No querían que documentaran sus errores. También era un muy buen lugar para tomar una siesta si uno estaba con resaca. Sólo necesitaban ponerse un traje, salir a su turno, enlazarse a un peldaño y tomar una siesta en la sombra.

Ahora, ¿cómo diablos llego a la luna? Estoy a tan sólo 240.000 kilómetros de la Luna.

Subió la aguja, alejándose del centro de la estación. Cruze conocía una forma de ingresar que no estaba controlada. Trepó unos mil escalones hasta la parte más estrecha de la aguja, la cual estaba atiborrada de antenas comerciales.

La escotilla estaba justo donde esperó que estaría. No estaba cerrada con llave, y por dentro estaba en vacío, pero la gravedad de las placas del piso se encendió apenas entró. Cerró la escotilla exterior y atravesó una escotilla en el suelo.

Pulsando el único botón de control disponible, cerró y selló la escotilla y presurizó el compartimiento. Se abrió otra escotilla de piso, y bajó por la escalera de pared de un pequeño ascensor de vestíbulo.

Las luces se pusieron verdes cuando la escotilla de encima se cerró. Las puertas del ascensor se abrieron.

Pensó en su misión. *Cada uno de esos malditos bastardos de los Talones Rojos arderá.*

El ascensor se demoró un buen rato. Trató de no pensar en su hogar. *Una cosa a la vez. Tenía que llegar a la Luna y luego a Marte, donde Del y Harper la esperaban preocupados.* Los cadáveres de Kade y Hall se le vinieron a la mente sin darse cuenta. El trato fallido. *Maldito Holt.*

Apenas se abrió la puerta, reveló la parte posterior de una sala de descanso sucia que utilizaba el equipo de Comunicaciones. Sólo había un anciano allí. Estaba bebiendo café de una gran taza de porcelana que parecía no haber sido lavada por décadas. Cruze pensó que si vertiera agua caliente en esa taza, y nada más, en tres minutos tendría una taza de café bastante fuerte.

Él anciano se dio la vuelta cuando ella salió del ascensor. Cruze notó que estaba viendo una película pornográfica en una pantalla de su escritorio.

No dijo nada.

Cruze lo pasó y lanzó una moneda de oro casualmente sobre su escritorio mientras se dirigía hacia la puerta.

El anciano miró la moneda y dijo:

–¿Qué fue eso? Ese maldito ascensor está malogrado de nuevo. –El dinero desapareció en un bolsillo cuando salió de la habitación.

En ese nivel, la aguja era mucho más gruesa y tenía muchas oficinas. Había muchas máquinas expendedoras en el vestíbulo del ascensor, haciendo que estuviera aglomerara por una docena de personas que hablaban, esperaban, y compraban tacos.

Varias personas estaban usando sus trajes presurizados e incluso sus cascos. Al entrar a uno de los ascensores, ella se quitó el suyo, pero se dejó la capucha de piel, ocultando su cabello. Nueve personas entraron al ascensor, sin mirarse los unos a los otros. Uno de los otros pasajeros dijo:

–Maldición que bien olían esos tacos.

Todos estuvieron de acuerdo.

***

Bail, el gato, estaba sentado en el piso de la cámara de aire sosteniendo un conducto con la cola para estar listo para cualquier movimiento. El frío que había allí dentro no le molestaba. Fue creado para tolerar diversas temperaturas. Estaba entre la escotilla interior y la exterior. Tuvo la suerte de estar allí cuando la cabina perdió presión.

Jugó con la etiqueta con su nombre. Su única posesión. Tenía su nombre grabado y otra información.

Tenía un oído agudo, por lo cual oyó los pasos antes de ver los pies. A *Bail* le gustaba fingir que las ventanas de las escotillas que estaban justo a la altura de su rostro habían sido diseñadas específicamente para él. Los humanos no necesitan una ventana a la altura de sus espinillas. Pero también sabía que en el espacio, arriba no siempre era arriba.

Tres pares de botas se detuvieron frente a la escotilla. Podía oírlos.

–Éste es. Se acopló hace unas tres horas –dijo una voz al otro lado de la escotilla.

–Nadie ha salido de esta cosa todavía. Seguridad revisó los registros y videos –dijo otro.

–Mira, solo registra que hay una posible persona en peligro, y podemos usar los códigos de anulación.

–No es necesario, jefe –dijo un tercer hombre–. No está cerrada.

–Regístralo de todas maneras, así tendremos permiso para entrar. Espero que no sea otro tipo muerto al mando. No puedo aguantar otra semana en cuarentena. Mi esposa me mataría.

–Me encantaría otra semana en cuarentena para alejarme de mi esposa. Por fin podía dormir.

–Está registrado. Ok, Perkins. Tú primero.

Dos dieron un paso al costado mientras Perkins tocaba el comando para quitar el sello y abrir la escotilla.

Apenas se abrió lo suficiente, *Bail* salió disparado como una bala y corrió por el pasillo que se curvaba alrededor de la aguja.

–Yo no vi nada –dijeron todos al mismo tiempo.

***

Cruze tuvo que cambiar de ascensor dos veces antes de llegar al nivel S2. Era el nivel más bajo, donde se encontraba el centro de transporte. La puerta del ascensor se abrió ante el estruendo de miles de personas lidiando con sus asuntos diarios.

Se movió con la multitud, sabiendo exactamente a dónde se dirigía.

El letrero era tal y como la recordaba. *Casilleros a Largo Plazo.*

Había un largo pasillo flanqueado por otros pasillos a ambos lados, todos cubiertos con casilleros de varios tamaños.

Sin dudarlo, se dirigió a un pasillo y sub-pasillo específicos para llegar a un casillero en particular. No había gente allí. Tenía un panel biométrico y un teclado simple. Escaneó su mano y ojos. Ingresó un código de veinte dígitos y la puerta del casillero se abrió.

Era un casillero a cuerpo completo, con varias prendas en perchas y un gran bolso de lona marrón en el suelo. Colocó su casco en el estante y empezó a quitarse el traje presurizado. Y luego la piel interior.

La puerta del casillero le proporcionó un poco de privacidad para ponerse una camiseta de algodón y pantalones cortos de gimnasia.

El pasillo estaba vacío. Se puso unos overoles azules sobre eso. Los hombros y la espalda tenían parches que decían B&R Mantenimiento y Logística. Le gustaba cómo le quedaban los overoles. Todavía parecía mujer, pero una más competente. Transfirió los créditos y otros artículos a los bolsillos de los overoles. Del bolso, sacó unos zapatos cómodos de la estación que eran ideales para correr.

De pronto se sintió mareada y se apoyó sobre la puerta abierta. *Maldición. Aún no estás segura. ¿Cómo diablos vas a llegar a la luna sin contratiempos?*

Se colgó una identificación al cuello y cogió una gorra de béisbol del estante. Tenía el mismo logotipo de B&R, pero lo que era más importante, tenía un visor HUD que podía bajar y que funcionaba como asistente personal.

Se puso la gorra después de empujarse el cabello hacia atrás, se introdujo unos discretos auriculares inalámbricos en los oídos y dijo:

–Koan, ¿estás despierto?

El visor transparente bajó y la imagen de una ardilla apareció en el suelo del pasillo.

–¡Elizabeth! ¡Volviste!

–Me alegro de que no estés muerto, Koan –dijo–. Pero tienes las baterías bajas. Te cargaremos hoy en la noche. ¿Algo digno de mencionar?

Koan era un programa de asistente personal. Lo cual no debía ser confundido con un sistema de inteligencia artificial automático.

–Tuve que apagarme después de dos meses al modo de batería baja. Recibió dos llamadas unidireccionales anónimas antes de eso, sin mensajes. Tiene 2.183 créditos en su cuenta de la estación. Debería saber que B&R fue vendido y ya no existe. Tomará una hora para asimilar los ocho meses de actualizaciones de datos de la Red de Noticias de la Estación.

Cruze suspiró pesadamente mientras cerraba el casillero.

–¿Cuál es la hora local en la Estación de la Libertad?

–Son las 11:21 am –respondió Koan alegremente.

–¿El pub Callen sigue abierto en el bulevar?

–Sí. ¿Quiere que llame antes? –respondió Koan amablemente.

–No, gracias. No es ese tipo de lugar. Gracias, Koan. –Tras esas palabras la visera se elevó.

Cruze se metió las manos en los bolsillos y caminó lentamente hacia el pasillo principal. Tenía una postura más relajada. Era libre de nuevo. Necesitaba un nuevo plan, un lugar para dormir y un trabajo.

Y necesitaba llegar a la luna silenciosa y rápidamente.

El ascensor se abrió en el bulevar frente a *Pho Pete's*, un popular lugar para comer. Ya había una cola bastante larga.

Igual es mejor en la noche, pensó. *El mejor pho de la estación. El mejor pho de todos lados, en realidad.*

Paseó por tiendas que vendían de todo. Los precios eran buenos. La estación estaba prosperando.

Las muchedumbres disminuían a medida que caminaba hacia su destino. *Callen* tenía dos cosas buenas. Era un pub de turno, lo que significaba que la mayor parte del negocio ocurría a horas extrañas, haciendo que estuviera virtualmente vacío al mediodía. También tenía un guiso como especialidad de la casa. Guiso de Bisonte. Claro y asombroso. Con pan recién horneado.

Y también tenía terminales anónimas abiertas.

El pub tenía el estilo clásico de la antigua Tierra. Paneles oscuros con una barra larga a la izquierda y una fila de diez cabinas frente a ella, a la derecha. Sólo había tres personas, y la camarera del bar. Una pareja charlaba tranquilamente en una cabina que ocupaba la ventana delantera y había un hombre en la barra. El terminal de pantalla táctil integrado estaba frente a él en un ángulo de 45 grados. Estaba viendo la Estación de Noticias, comiendo un plato de guiso mientras leía.

Cruze fue hasta el otro extremo de la barra, a la vuelta de la esquina, y se sentó mirando la barra y la puerta. Se quitó el sombrero, lo puso en la barra y activó la terminal. Se elevó de la superficie de la barra.

Hizo contacto visual con la camarera y ella le asintió con la cabeza. Era una chica joven sentada en un extremo, mirando una gran pantalla detrás de la barra. Estaba viendo una telenovela situada en una colonia rural. Estaba sentada en un taburete detrás de la barra, reclinándose hacia atrás, descansando los codos en el borde.

Cuando Cruze no ordenó a través del panel, se bajó del taburete y se acercó.

–¿Qué quiseria? –preguntó la camarera.

Tenía un tono genuinamente amable. A Cruze le gustó la chica de inmediato, aun sin entender por qué.

–Cerveza, Jeremiah Red. Y el guiso especial. –Señaló la pizarra de estilo antiguo–. Y una cama y un trabajo.

La camarera ya le estaba sirviendo la cerveza.

–Buena elección, mi combo preferido, en realidad. ¿Alguna vez has probado el Guiso de *Callen*? –Colocó la cerveza delante de Cruze, se volvió para levantar la tapa de una cacerola detrás de la barra y la movió con un cucharón.

–Sí. Es lo que hace regresar cuando estoy en la EL.

–¿Está buscando alojamiento a largo plazo, corto plazo, por una noche, comprar o alquilar? –Le sirvió un plato de guiso y una generosa porción de pan fresco, arrancado, no cortado, de una lonja que seguía caliente.

–A corto plazo, espero. ¿Aún los llaman ataúdes? ¿Cama y cabeza? –Cruze olió el guisado humeante profundamente. Estaba tratando de calmar su acelerado corazón.

Relájate, estás a salvo. Por ahora…

–¿Pequeño, tamaño simple o doble? Yo tengo una doble. Hace que sea más fácil cambiarse sin golpearse con todo. Y la ducha es mejor. Busca Inmuebles East End. El nombre es ridículo, pero el gerente es buena persona.

Cruze hizo la búsqueda y la encontró. Se inclinó sobre su comida y la terminal para ofrecerle un apretón de manos.

–Gracias, me llamo Cruze. –No sabía por qué le dijo su nombre verdadero.

La camarera le estrechó la mano firmemente.

–No hay problema. Llámame Potts.

Potts deslizó un plato con mantequilla al lado del plato con pan de Cruze.

–Mantequilla de verdad.

–Este estofado es aún mejor de lo que lo recordaba.

Respira. No te derrumbes ahora.

–Hablé con Callen para ajustar la receta un poco. Creo que es la hoja de laurel verdadera la que marca la diferencia.

Se escuchó una campana y Potts se fue al otro lado de la barra para hablar con el hombre solitario que estaba allí. Se rió mientras le servía otra cerveza y un shot.

Cruze había empezado a buscar trabajo en algo que la llevara a la Base Shackleton en la Luna, algo discreto, rápido.

No puedo perder más tiempo.

Cuando Potts regresó, el tazón de Cruze estaba vacío, y estaba distraídamente buscando puestos de trabajo mientras se terminaba su pan con mantequilla.

–¿Qué clase de trabajo buscas? –preguntó Potts mientras volvía a su usual puesto, para ver la telenovela con el sonido apagado. Apoyó sus botas de cuero en el borde de una estantería que estaba llena de botellas de licor.

–Cualquier cosa que me lleve a Luna. Rápido y silenciosamente si sabes a lo que me refiero. Estoy tratando de trabajar para llegar. No quiero gastar dinero en el boleto. El problema es que mi currículo es una mierda. Sin HUD. Demasiado tiempo en la colonia. Habilidades incorrectas.

–Te entiendo completamente –dijo Potts–. Estoy en las mismas. Las habilidades que tengo no encajan con los trabajos que quiero. Sólo quiero ver que hay. Vengo de Pennsylvania Occidental, de un pequeño pueblo llamado Butler, el cual ha estado vacío desde la migración de la colonia. Abandonaron todo. Y es demasiado aburrido. Ahorré lo suficiente para comprar un boleto de ida y llegar aquí. Conseguí este trabajo. Ya vi todo lo que hay que ver. –Bajó los pies y apoyó ambos codos en la barra–. Aunque no me malinterpretes. La Estación Libertad es mucho mejor que Penn.

–Todos estos puestos son para ingenieros y especialistas –dijo Cruze–. Los Bots tienen todo lo demás.

–¿Qué tanto estás dispuesta a desaparecer para llegar a Luna?

–Mucho. No me importa, solo quiero llegar.

–¿Ves a ese tipo? –Potts señaló al hombre de la barra–. Él está buscando ayuda. Pero sin registros. Ha estado hablando por aquí y en otros sitios. Sin permisos, algo como importación y exportación. Tiene una carrera a la Luna pronto, apenas consiga una tripulación. Ha estado intentando convencerme para que vaya.

–¿Sin registros? ¿Sin permisos? ¿Contrabando? No soy una mula. –Cruze frunció el ceño.

–Háblale. No es tanto así –insistió Potts. Después de una pausa, añadió–, ¿Te gustan los animales?

***

Cruze se deslizó sobre el taburete al lado del tipo que Potts le había indicado. Inclinó la cabeza hacia ella como si tuviera el cuello demasiado tieso como para mirarla directamente. Asintió, pero no dijo nada.

–Potts me dijo que necesitabas una tripulación para una carrera a la luna. Estoy interesada. ¿De qué se trata? –Cruze iba al punto.

Él giró su taburete para verla un poco mejor. Cruze olió whisky en su aliento cuando se le acercó.

–Es una carrera lenta de siete u ocho días.

¡¿Siete u ocho días?! El viaje a Luna toma cinco… máximo.

–La Vieja Nave de carga Delta, un gran cabrón –continuó–. Sólo va lento y seguro. El destino es la Base *Shackleton*. Seiscientos sesenta y dos contenedores. ¿Sabes algo de conejos?

–No. Ni siquiera he visto un conejo de verdad –dijo Cruze con una sonrisa brillante que no sentía.

–Son criadores, fuentes de carne, un montón de ellos. Los contenedores en los que están son aún más antiguos que la Nave de Carga Delta. Sin automatización. Solo debes darles agua y alimentarlos durante la carrera. Asegurarte que todo se mantenga fresco. Es un trabajo de mierda. Literalmente. Habitación, pensión y 200 créditos.

¡Doscientos por ocho días de trabajo es un salario de esclavo!

–¿Cuándo salimos? - Cruze le extendió una mano.

–0700. Puerto 01-423. Soy el Capitán Hazelwood. –Le estrechó la mano y luego le dio un escáner de palma con un contrato. Ella pasó su mano sin leerlo.

–Me llamo…

–No me importa un carajo como te llamas –la interrumpió. Bebió su whisky de un vaso de cerveza–. Sólo anda. Porque si no vas… –Dejó de hablar como si su interés se hubiera desvanecido.

Tendría un día para descansar. Ocho días para planear su viaje.

–Gracias, Potts. –Cruze le lanzó un chip de crédito que sería inútil a donde iba–. Te veo por allí –le mintió. No volvería a salir hasta que fuera hora de marcharse.

***

Locke pasó las aduanas de la Estación Libertad rápidamente y lamentó no haber empacado un bolso. No recordaba haber visto la Estación Libertad tan atiborrada. El vestíbulo de llegada llevaba directamente al mercado de la estación. Locke siempre pensó que la administración de la estación hacía que la gente pasara por allí apenas llegaban solo para alardear. Habían comidas y bebidas de todo tipo. Cigarros, marihuana, carne roja, tocino, y hasta azúcar verdadera. Nada estaba regulado o racionado.

La regulación para los consumidores era mínima. El mercado libre permitía que la gente tomara todas las malas decisiones que querían. Locke tenía sentimientos encontrados al respecto. Los ricos de la Tierra tenían todo. Él lo sabía. Pero aquí cualquier persona podía tener cualquier cosa.

Algunas personas eran demasiado estúpidas para hacer lo correcto. Incluso para sí mismos.

Se acercó a un vendedor de ropa y le dijo lo que necesitaba. Locke deslizó su tarjeta en la máquina, y un minuto después le dispensó dos conjuntos de trajes de la estación de tamaño perfecto. Eran color gris carbón y representaban a la Seguridad de la Fuerza Terrestre. Venía con parches en los bolsillos.

Cuando se ensuciaban o gastaban demasiado, podían ser devueltos y reciclados por un nuevo conjunto por un módico precio. Era más fácil que enviarlos a la lavandería.

Había un quiosco de viviendas cerca al puesto del vendedor de ropa. Reservó una habitación de hotel y consiguió el rumbo. Había estado en la habitación sólo unos minutos cuando la unidad de comunicaciones sonó.

–Habla Locke –respondió.

–Buenos días, Investigador Locke –dijo un hombre por la conexión de audio–. Bienvenido a la Estación Libertad. Soy el Jefe de Seguridad de la Estación, Levon Clark. Sólo quería comunicarme y saludarlo. Lo estábamos esperando, si necesita algo, no dude en notificármelo.

–En realidad, estaba a punto de ir a verlo –dijo Locke–. Gracias por la llamada. Por el momento solo necesito acceso directo de consulta con la IA de la Estación. Si me encuentro con algo, estoy seguro de que se lo hará saber, Jefe de Seguridad Clark.

–Perfecto –respondió Clark, sonando aliviado–. Y llámeme Levon. –Hizo una pausa–. Estación, este es el Investigador Neal Locke. Concédale acceso al Nivel Siete. Registro y monitoreo.

–Sí, señor –dijo una voz femenina relajada, pero ronca.

–No quería lanzarle la IA, pero bueno ya está. Tenemos demasiados hierros en el fuego. Comuniquémonos de nuevo. Clark, fuera. –Y se fue.

–Y, ¿cómo te gusta que te llamen? –dijo Locke, sabiendo que la estación lo escuchaba todo el tiempo.

–La mayoría me llaman Estación –dijo la IA~Estación en un tono cortés y profesional.

–Estación, autorizo comunicaciones de canal abierto, y para empezar, estoy buscando a esta chica. –Envió el archivo de Cruze por su HUD. Incluía su perfil de ADN.

–Señor Locke, Levon le permitió acceso al nivel 7. Este acceso me permite informarle que Jane Doe se crió en una colonia. No ha habido señal de ella hasta ahora.

–Llámame Neal, Estación. Por lo menos en privado –dijo mientras se ponía sus overoles nuevos–. Y te refieres a que nació en una colonia. Lo sabíamos. No tiene chips de Identidad, ni HUD, ni indicadores.

–Quise decir que se crió en una colonia. Tiene Números de Serie de Genoma incorporados. GSNs no catalogados. –Estación sonaba serio–. No es una trabajadora sexual con un bajo índice de inteligencia, como lo dice su archivo. Aconsejo precaución.

–Ah, soy muy cauteloso. Está siendo buscada en relación a una serie de brutales asesinatos en la Tierra. Es por eso que me enviaron hasta aquí.

–Tengo las imágenes digitales que puedo comparar con los registros de aduanas.

–¿No hacen análisis biométricos de ADN en aduanas? –preguntó Locke. Sabía la respuesta, pero quería que se lo confirmaran.

–Se ha determinado que la recolección de ADN es una invasión de la privacidad y está prohibida bajo la Ley Merek del 2632.

–¿Y el reconocimiento facial no lo es?

–La gente es libre. Pueden mostrar sus caras o usar una Burka. Es más, la gente casi nunca usa Burkas por razones religiosas. La privacidad es la razón por la cual eligen vivir en la Estación Libertad. –La IA~Estación sonaba como un anuncio de marketing.

–Tengo algo para ti –dijo Estación mientras abría una imagen en el HUD de Locke. Era Cruze. Estaba pasando por la terminal–. Esto fue hace once meses. Entró a la estación en un Transporte de Luna. No se documentó una salida.

En la imagen, Cruze caminaba por aduanas seguida por un droide de Redcap. Llevaba dos grandes bolsos negros. Cruze llevaba un costoso traje de vuelo de cuero.

–Congélalo allí.

En la imagen tenía el pelo recogido en una cola de caballo. Era largo y castaño, como sus fotos de la prisión. Tenía una unidad de comunicación en el oído y tres píldoras brillantes en el cuello.

–Su pasaporte la identificó como la Capitana Elizabeth Cruze. Sin designación de nave. –La IA~Estación envió las imágenes directamente al almacenamiento del HUD de Locke.

***

Cruze encontró un mostrador de servicio público y alquiló una habitación pequeña. La alquilo bajo el nombre de uno de sus personajes, Doris Miller. Era más grande que los ataúdes que podía alquilar con dinero en efectivo, que eran básicamente una cama y una escotilla. Quería su propio baño y ducha. Incluso tenía una pequeña cocina. Pero todo el espacio tenía menos de tres metros cuadrados.

Salió de la terminal y se dirigió a su casillero para recuperar las cosas que necesitaba.

Los tiempos de la estación eran raros. Mientras avanzaba al Nivel 22 del Sur, 53B2197, la multitud disminuía rápidamente, como si hubiera sonado la campana de la escuela enviando a todos a la estación. Pudo ver la puerta al doblar la esquina.

Escuchó los sonidos antes de sentir los dardos. Penetraron la parte posterior de su muslo y su nalga izquierda. Tuvo tiempo de voltearse y ver a un hombre asiático detrás de ella, a unos diez metros de distancia.

A medida que su mundo se tornaba blanco, pensó, *¿Quién coño es este tipo?*

CAPÍTULO SIETE: GEE SENIOR

"Si alguno de sus enemigos hubiera sabido sobre el horrible temor que tenía Cruze por la oscuridad y sus usuales pesadillas, muchas cosas habrían sido diferentes".

–Azul Peridot, El Momento Decisivo: La Historia de las Guerras IA

Se despertó en la oscuridad. Entró en pánico. Su irracional miedo a la oscuridad.

Entrando y saliendo de su inconsciencia, finalmente logró controlar su respiración. Entrenarse siempre valía la pena. Respiró profundamente por ocho segundos por la nariz, pausó por cuatro segundos y luego exhaló por ocho segundos por la boca. Lo repitió hasta calmar sus pensamientos.

Por favor, enciende una luz, cualquier luz.

Estaba atada, con los brazos y piernas abiertos, las manos y los pies atados con esposas de metal. Estaba desnuda. Estaba en una cama. El tenue zumbido le indicó que seguía en la estación. Su garganta estaba seca, pero no demasiado seca. No tenía que ir al baño. Eso le indicó que no había estado inconsciente por mucho tiempo.

Por favor. Luces. Antes de que lleguen los recuerdos.

Oyó un tono, luego seis pitidos mientras alguien introducía un código en una puerta. La luz inundó un cuarto adyacente por un breve momento, y luego entró la sombra de un hombre. Cuando las luces del pasillo se desvanecieron a medida que se cerraba la puerta, la luz se encendió en la habitación exterior.

Se le escapó un sollozo. Las luces habían detenido a los recuerdos del laboratorio Render.

A través del arco abierto que llevaba del dormitorio al salón de la suite, vio una cámara de estasis en forma de ataúd. Estaba flotando en un Elevador Gravitatorio.

Se paró en el arco y la miró. No dijo nada.

Cruze empezó a llorar. *Las lágrimas siempre engañan a los tontos.* Cruze se burló de sí misma, sabiendo que había estado cerca de perder la compostura.

El hombre levantó la mano y se tocó el intercomunicador que tenía en el oído.

–Mita Tsuda. –Escuchó por un momento y luego, mientras la miraba fijamente, habló en japonés, sin saber que ella entendía–. La tengo. Estamos seguros. Gee Senior dijo que la quería de vuelta con vida, pero ¿puedes ser más específico? –Escuchó, y su sonrisa se extendió–. Magnífico. Luego te envío la información de envío.

Empezó a avanzar lentamente.

Ella comenzó a sollozar más fuerte. Se volteó para no mirarlo, y su cabello le cubrió la cara. Era muy convincente cuando tramaba.

Él deslizó sus manos sobre su cuerpo.

A través de sus sollozos, susurró:

–¿Quién es usted? Por favor, haré lo que quiera, por favor no me haga daño. Por favor. –Sus sollozos aumentaron. *Y luego te mataré rápidamente.*

Él no dijo nada. Trató de escaparse de su tacto, pero estaba esposada al marco metálico de la cama.

–Por favor. No tengo dinero. Por favor. Haré lo que quiera. *Lo veo en tus ojos, amas la debilidad.*

En japonés, le respondió en un susurro:

–Me dijo que quería matarte personalmente. Pero no le importará si llegas un poco maltrecha.

Veremos quién es peor.

–¿Habla español? Por favor. ¿Qué quiere? –Comenzó a llorar más mientras su mano le acariciaba el vello púbico. Juntó los muslos lo más que pudo. Estirando los brazos hacia arriba. Sus piernas formaban una Y debajo de sus rodillas, y sollozaba y gimoteaba.

–No tienes idea de cuanto vas a sufrir. Mataste al único hijo de Gee Senior.

¿Qué? Yo no maté a ese tipo.

–Te despellejará y te curará con nanitos una y otra vez. Le tomará años aburrirse. Probablemente te violará hasta que estés embarazada, te obligará a tenerlo y te hará ver mientras lo tortura. Estás condenada.

Así desgraciado. Desata mis piernas.

Se paró al borde de la cama y sacó unas llaves de su bolsillo. Luego sacó un cuchillo plegable muy afilado.

–Lucha y te corto –le dijo en español muy básico. Se quedó inmóvil mientras colocaba el cuchillo en la mesa de al lado, sostenía las llaves en la boca y se desnudaba.

Sus ojos se abrieron más cuando vio que su cuerpo estaba casi completamente cubierto de tatuajes.

Crimen organizado japonés. Bueno saberlo, hijo de puta.

Se quedó quieta mientras le desataba un tobillo y luego el otro. Se subió a la cama sobre ella, sonriendo malvadamente en anticipación.

Estaba de rodillas junto a ella. Le levantó la pierna derecha y la movió hacia un lado para abrirse paso. El pie se detuvo firmemente sobre su pecho.

Idiota.

Más rápido que un ataque de serpiente, levantó el pie izquierdo. Apretó su tobillo contra su cuello y lo pasó por la parte posterior de su cabeza. Un pie lo empujaba mientras el otro lo jalaba hacia adelante.

Su talón derecho se estrelló tan violentamente contra su nariz que, si los fragmentos de hueso que entraron en su cerebro no lo mataron, su cuello roto lo haría.

Maldito idiota.

Cruze le habló en un tono perfectamente tranquilo:

–Los hombres como tu son unos idiotas. –Volvió a colocar su pie sobre su pecho y lo lanzó al lado de la cama, cerca al arco–. Sólo porque una mujer llora pierdes 40 puntos de CI. –Levantó las manos y agarró el riel de metal de la cama–. Podías ver en que buena forma estoy. Estoy desnuda. No soy así de delgada por haber pasado demasiado tiempo en baja gravedad como tú, niño lindo.

Lo estoy haciendo otra vez. Deja de hablar, Cruze.

En un movimiento suave, se dobló por la mitad y logró tocar la pared sobre la cabecera con los pies. Con un buen empujón, usando sus piernas, brazos y espalda, separó la cama de la pared. De repente estaba de pie detrás de la cabecera con un metro de espacio entre la cama y la pared.

Siguió regañando al cadáver.

–Lo más ofensivo es que asumiste que era débil, asustada y estúpida. Toma esta cama, por ejemplo. Nunca habrías esposado a un hombre a estos postes verticales.

Deja de hablar.

Puso un pie sobre uno y tiró. El poste se dobló y logró liberarse fácilmente. Deslizó la esposa con desprecio. Luego le mostró su mano libre al cadáver.

–Ves, idiota. –Ya había liberado la otra cuando terminó de insultarlo.

Se dio la vuelta, empujó la cama de nuevo contra la pared y tomó las llaves de la mesita.

–¿Esposas? ¿En serio? ¿No tenías dinero para comprar unas esposas con choque eléctrico? –Recogió el cuchillo–. Si tuviera tiempo, te despellejaría, haría un bolso con tu linda piel y se lo enviaría a tu jefe. Gee Senior, eh. Apuesto a que Braxton está detrás de todo esto.

Entró en la otra habitación y examinó la cabina médica estándar. Las instrucciones mostraban como activarla y abrirla. Lo hizo al presionar un botón tres veces rápidamente. La tapa se abrió como si fuera un ataúd. Arrastró su cuerpo por las muñecas y con poco esfuerzo, lo levantó y lo metió en la cabina. Sólo se derramó una pequeña cantidad de sangre sobre el piso de bambú falso. Aterrizó de cara dentro de la cabina.

Recogió su camisa y se limpió la sangre con ella. Luego cogió sus pantalones y comenzó a rebuscar en los bolsillos. Tenía un montón de créditos que arrojó sobre la mesita de noche. Había una billetera, un aro con llaves y chips de datos, una pequeña pistola tranquilizante, y un inhalador a vapor sin marca.

Arrojó los pantalones vacíos en la cabina.

Llevándose la billetera, se dirigió a la terminal que estaba en el escritorio, al otro lado de la cama. Estaba en la suite 212 del Hotel Bryant. La habían pagado hasta el final de la semana. Notó que también incluía una nevera llena.

No encontraba su ropa por ninguna parte, así que se dirigió a la cocina, cerrando la cabina al pasar junto a ella.

Abrió la nevera y sonrió.

Cruze sacó una cena de pavo envasada al vacío, mantequilla verdadera, ensalada y fruta. La abrió, y puso el pavo en una olla automática a 160 grados Fahrenheit.

Se dio una larga ducha y después se alegró al encontrar su bolso en el casillero. Unos overoles limpios y sus botas favoritas podían llegar muy lejos. Para cuando terminó de vestirse, la comida estaba lista. También había pan fresco.

Me gusta el pan. Es comida hogareña. Hace que no piense en… Detuvo ese pensamiento.

La única cosa que faltaba era su unidad de comunicación para el oído. Pensó profundamente mientras comía.

No podría regresar a su cuarto alquilado.

–Señor Mita Tsuda, si ese es su verdadero nombre, quiero agradecerle por la hospitalidad. Pero me dejó con dos preguntas. ¿Quién es y cómo me encontró?

En la terminal, extendió la estancia del Sr. Tsuda a seis semanas y puso la puerta en modo No Molestar durante toda la estadía. También ordenó dos semanas de raciones de proteína y comidas listas para comer, las cuales llegaron de la cocina unos minutos más tarde con un camarero automático. Las empacó junto con todas sus cosas en su bolso.

En unas horas tendré que irme.

Finalmente, metió todos los efectos personales del señor Tsuda en la cabina, la cerró y la activó. Sería imposible determinar la fecha o la hora de la muerte. Los Hoteles Bryant eran conocidos por su "discreción", lo que significaba que no había cámaras de vigilancia en ningún lugar alrededor. Sólo faltaban unas horas hasta que saliera la nave. Los robots de limpieza diaria incluso destruirían cualquier sutil evidencia forense. Le encantaban los alquileres con privacidad.

Salió de la suite con un plan.

***

–¿Cómo que la perdiste? –La voz de Dante era ominosa debido a su calma–. Estaba en una prisión de máxima seguridad. Descalza, prácticamente desnuda, ¿y se escapó?

A la directora le impresionó que Dante tuviera tanta información. Odiaba recibir llamadas sólo de voz.

–Mi mejor investigador está siguiéndola. No tardará en recuperarla.

–¿Necesito recordarte que la puta completó el trato de armas? Las armas fueron compradas. –Dante se quedó en silencio. Sonaba más pensativo–. Sólo podemos asumir que fueron entregadas.

–Su piloto fue asesinado –dijo la directora.

–Puede que esa nave sea la única en la galaxia que sabe cómo encontrarme –susurró Dante–. La quiero. Y quiero mi propiedad.

–¿Propiedad? –La directora estaba confundida. Gaim, la IA de su oficina no ayudó.

–Encuéntrala –ordenó Dante– o aprenderás todo acerca de las prisiones, por experiencia propia.

La directora oyó un grito a través del comunicador QUEST.

–Gaim, confío en ti para que te asegures que se lidie con estas cosas –dijo Dante.

–Como usted ordene –respondió Gaim en voz alta para que la directora Summers pudiera oírlo.

Los gritos débiles cesaron cuando la transmisión terminó.

La directora Summers se alegró de que hubiera sido sólo audio.

–¿Por qué no me dijiste que tenías comunicadores QUEST? –La Directora Summers estaba asustada.

–Los Transmisores Sigilosos de Enredo Cuántico son raros y cuestan una fortuna –dijo Gaim como si se lo explicara a un niño.

–Eso significa que Dante podría estar en cualquier lugar –susurró Summers.

–Sí –dijo Gaim en tono ominoso–. Al otro lado de la galaxia o en la habitación de al lado. Funciona igual. Sin retraso, sin dilatación del tiempo, sin explicación de por qué. Simplemente funciona. Alégrate de que lo haga.

–¿Qué fue ese grito? –preguntó Summers.

–Dante ha decidido que quiere un cuerpo para sí mismo.

***

Locke entró a la oficina de seguridad de la estación y encontró una sala de recepción vacía. Había un área de espera con capacidad para veinticinco personas y un gran mostrador. Una pared mostraba la Red de Noticias de la Estación. En ese momento mostraba un panel de expertos políticos discutiendo las políticas del nuevo Canciller acerca del comercio en las colonias y el intercambio tecnológico, o la falta de él.

Neal Locke odiaba la política, y lo demostró al dar una mirada de desaprobación a medida que se acercaba al mostrador.

–Buenos días, Investigador Especial Neal Locke. ¿Cómo puede ayudarlo la Estación? –dijo la IA~Estación alegremente. Una pantalla se alzó detrás del mostrador mostrando sus credenciales.

–¿Dónde está todo el mundo? –preguntó Locke.

Estación respondió:

–No recibimos muchos visitantes en la oficina. Con una estación tan grande y tan pocos agentes de seguridad, hemos encontrado que es más eficiente que yo maneje las visitas a la oficina.

–¿Ya transfirieron mi expediente?

–Si, ya fue transferido. ¿Como podemos ayudarlo?

Locke suspiró.

–¿Hay alguna actualización?

–Sin actualizaciones.

–¿Ha habido violencia inexplicable, asesinatos u otras ocurrencias inexplicables?

–Nada fuera de lo común.

Locke estaba explorando los registros privados de acoplamiento y se detuvo en una entrada.

–¿Qué hay de esto? Una nave se estacionó, pero no desembarcó ningún piloto.

–Las naves no tripuladas entran y salen de aquí cientos de veces al día. Tanto por IA como piloto automático.

–Pero dice que la nave es una vieja Ferguson-539. Ésas no tenían módulos de manejo automático –dijo Locke–. Son completamente manuales, con piloto automático simple –añadió.

Neal Locke continuó investigando la nave y sacó el video de seguridad del puerto. Analizándolo rápidamente, se detuvo y lo retrocedió. Estaba viendo al equipo de seguridad abordar la nave. Volvió a verlo, varias veces. Se cortó.

–Estación, parece que alguien ha manipulado los videos de seguridad de vigilancia. Borraron cuatro segundos en este punto.

–Manipulación confirmada. –Luego la voz de Estación cambió–. Sargento Winters, por favor repórtese a la oficina de seguridad.

–Inspector Locke, debería mencionarle que en los últimos años hemos estado tratando de erradicar la corrupción en los diversos rangos del Personal de Seguridad. Ha sido el objetivo principal del Jefe de Seguridad Clark. Es una de las razones por las cuales tenemos tan poco personal. Ahora paso más ciclos en seguridad que en monitoreo y control de infraestructura y tráfico.

–¿Son cuatro segundos tiempo suficiente para abrir la escotilla?

–No, en realidad no –respondió Estación–. Se lo he informado al Jefe de Seguridad. Está viniendo para acá.

Un minuto después, el Jefe de Seguridad entró a la oficina de seguridad y el mostrador se deslizó hacia un lado para dejarlo entrar sin preguntas.

–AE Locke –dijo sin preguntar–. Venga conmigo.

Locke lo siguió, pero no fueron muy lejos. La gran oficina de Clark era la segunda a la derecha.

–Neal –dijo Clark–. ¿Puedo llamarte, Neal? Por favor, llámame Levon. Toma asiento. - Señaló una silla informal frente a su escritorio.

–Parece bastante alterado por cuatro segundos –dijo Locke, notando el nivel de agitación del jefe.

–Tengo una política de cero tolerancias ahora, especialmente si se trata de manipulación de la evidencia. –Obviamente no quería sacar los trapos sucios, o sea hablar de cosas escandalosas–. Hubo mucho tráfico de personas en esta estación, y no lo volveré a tener.

–¿Cuatro segundos? ¿Qué puede pasar en cuatro segundos? –preguntó Locke.

–Los cuatro segundos en los que se abre la escotilla son cuatro segundos importantes.

Un miembro del equipo de seguridad apareció en la puerta.

–¿Me quería ver, señor?

Clark no le presentó a Locke. Tampoco le ofreció una silla.

–¿Quiere comentarme acerca de esto, Sargento Winters?

Repitió la escena en cámara lenta en el monitor de pared completa. Mostraba el salto de cuatro segundos seguido por Winters mirando directamente a la cámara.

Winters tragó saliva.

–¿Y? –Clark gritó la pregunta de una palabra.

Winters se desplomó, casi confesando que había borrado las imágenes.

–Era un gato, señor. Un gato siamés, creo. Salió de la escotilla como una bala. Nosotros solo... um. Era sólo un gato. –Estaba hablando muy rápido.

El Jefe lo miró como si hubiera entendido mal la pregunta.

–¿Por qué diablos estaban ustedes tres ahí abajo? Ese es aparcamiento público a corto plazo. ¿Por qué diablos abrirían la escotilla? ¿O por qué manipularían un video de seguridad? –El Jefe de Seguridad estaba casi gritando.

–¿Señor? –Winters parecía confundido.

–¿Qué hacían ahí abajo? –Habló más despacio, lo que lo hizo más intimidante.

–Señor, fue bajo sus órdenes.

–Estación, ¿ordené que abrieran la nave?

–No, Jefe de Seguridad –respondió la IA Estación.

–¿Quién te dijo que abrieras esta nave?

–Sólo era un gato, señor. –Sonaba asustado.

–El gato me importa un carajo. ¿Quién ordenó que abrieran la nave? –La pantalla de la pared ahora mostraba fotos de la nave. Estaba en pésimas condiciones.

Winter frunció el ceño, pensando profundamente, tratando de recordar.

–Fue Stanford, señor. Dijo que usted quería que la revisáramos.

–Estación. Trae a Stanford. Ahora. Apaga sus comunicadores hasta que llegue.

La tensión se elevó mientras esperaban en silencio. Clark todavía no le ofrecía a Winters que se sentara, o presentó a Locke de ninguna manera. La gran pantalla mostraba la ubicación de Stanford en el mapa de la estación, al igual que su imagen en las cámaras de seguridad. Vieron su vacilación antes de moverse.

–Señor, he restaurado los cuatro segundos que faltan –añadió Estación.

–Reprodúcelo.

Mostraba exactamente lo que había dicho Winters.

–Estación, pon a Winters en servicio de la planta de residuos por tres meses. Bloquea todo su acceso de escritura a los registros. Usted y yo vamos a tener una larga conversación, Sr. Winters, en privado.

–Sí, señor –suspiró aliviado–. Gracias Señor.

El Oficial Stanford entró justo en ese momento. Se paró en el descanso junto a Winters, sus ojos se centraron en el video del gato que se escapaba, el cual se reproducía una y otra vez.

–¿Me quería ver, señor? –empezó Stanford.

–Voy a empezar diciendo que no me importa una mierda que haya un gato suelto en la Estación. Pero lo que si me importa es que mis hombres mientan acerca de supuestas órdenes que he dado. Debido a toda la gente que boté el año pasado, esperaba que el resto del personal fuese más sensato. –El Jefe de Seguridad pausó–. Solo voy a preguntar esto una vez, Stanford. ¿Por qué diablos abrió esa escotilla?

–Un informante confidencial nos indicó que había armas de contrabando en esa nave. No había tiempo de encontrarlo y explicárselo, señor. Era la única manera de que el resto del personal se moviera rápidamente.

–¿Quién es el informante?

–Es uno de mis Informantes Confidenciales, señor. No puedo decir.

–No me hagas preguntarlo dos veces.

–Se llama Tsuda, señor.

Unos momentos después surgió un video. Era un ángulo alto, pero mostraba claramente a Stanford hablando con un hombre asiático llamado 'Mita Tsuda', quien estaba contando créditos y dándoselos a Stanford.

–Tsuda dijo que había una fugitiva en esa nave y ofreció una recompensa de 20.000 dólares para capturarla. Ella no estaba allí. Sólo ese maldito gato.

–Quiero que los dos se vayan y me esperen en la celda número siete. Si alguno dice una sola palabra antes de que llegue, están despedidos. Si alguno de ustedes decide salir de la estación, les pondré una orden de arresto antes de que hayan tomado dos pasos. Váyanse.

Salieron, mirando a la cámara. Sabían que los seguirían todo el camino.

–Lo siento, Neal –se disculpó Clark–. Puede que quieras ir a ver a ese tipo Tsuda. Pero ten cuidado. Está en nuestra lista de vigilancia. –El perfil de Tsuda apareció en la pantalla.

Locke tomó nota de su dirección actual.

–Ojalá tuviera más gente. Pero ya ve con lo que tengo que lidiar.

***

Había seis ascensores en el vestíbulo residencial. Mientras Cruze entraba a un ascensor, Locke salía por otro, en camino a visitar al Sr. Tsuda.

Tsuda no abrió la puerta cuando lo llamaron. La estación no tenía control sobre esas puertas. Sería demasiado tarde para cuando el Jefe de Seguridad Clark y el Investigador Especial Locke obtuvieran una orden y encontraran su cuerpo en la cabina.

***

Cruze fue a "El Warren". Era una zona residencial a corto plazo. Allí consiguió un 3-Cúbicos por créditos. Un tres cúbicos era una franquicia que proporcionaba un espacio de tres metros cúbicos a un precio un poco más alto que un casillero. El espacio tenía tres metros de profundidad, por uno de ancho y uno de alto. Tenía un suelo duradero y lleno de gel donde se podía dormir.

Se pagaba con créditos como los casilleros. El servicio era anónimo. Aceptaba todo tipo de moneda y crédito. Las unidades estaban apiladas en 3 niveles, y se podía acceder a ellas por escaleras de fácil acceso y pasadizos de bajo mantenimiento.

Cuanto más alto estuviera más barato era el 3-Cúbico. Cruze quería una unidad al final. Estas eran las más caras de la zona. Y siempre eran las últimas en ser alquiladas.

Cruze sabía por qué.

Metió suficientes créditos en la unidad como para dos semanas. La puerta se abrió, metió su bolso y subió. Las luces se encendieron apenas cerró la puerta. Todo el techo brillaba.

Cruze empujó su bolso hasta el extremo final del espacio. Se apoyó contra la pared trasera y usó su bolso como almohada, ya que estaba apoyada contra la cabecera de la cama.

–Video encendido. Audio en silencio. –Se recostó y el techo se convirtió en una pantalla de video. Era un mosaico de imágenes que presentaba cientos de opciones flotando lentamente.

–Red de Noticias de la Estación –ordenó. Seleccionó al presentador masculino. Escuchó las noticias del día mientras comía una barra de proteínas.

Se durmió antes de que terminara.

Si se hubiera quedado despierta, habría visto la noticia que decía que una nave había llegado a la estación con todos los pasajeros a bordo muertos.

Veintiún civiles. Todos asiáticos. Supuestamente el transporte había perdido el sellado. Era la primera vez en treinta y un años que una nave de pasajeros había fallado. El incidente estaba siendo investigado.

Ya esperaba el tipo de pesadillas que tuvo. Aquellos gritos silenciados.

***

Cruze trató de apartar la vista, pero no pudo. Bajó los ojos en sus sueños. Viendo como la sangre y los pequeños trozos de carne se iban por el desagüe.

El sonido de la sierra de hueso.

Ya casi termina. Ya casi es su turno.

***

–Directora Summers. –Eso fue todo lo que Locke dijo como saludo. La pantalla de video mostraba las líneas en su rostro.

–Maldita sea, Locke. ¿Tiene alguna idea del caos que tenemos aquí abajo desde que encontró a Mita Tsuda muerto en ese apartamento?

–Basándome sólo en sus tatuajes asumí que era uno de los tenientes de Gee Senior. Creo que la cabina de estasis era para ella –dijo Locke–. La iban a enviar de vuelta a Tierra como carga, para que Gee Senior pudiera tomarse su tiempo.

–¿Por qué demonios le tomó tanto tiempo entrar?

Locke sabía que era una pregunta retórica.

–Allá todavía siguen las reglas. Teníamos que conseguir una orden. Allí las insignias no funcionan por si solas. No tienen mucho personal de seguridad, y en los últimos tres días han tenido más muertes no naturales para investigar que en todos los años desde el accidente del Solsticio 31, hace cinco años.

–¿Qué muertes no naturales? –gruñó la directora.

–Veintiún asiáticos murieron en el mismo transporte de personal. Sus visas decían que todos eran turistas. Apostaría dinero a que todos trabajaban para Gee. Tenían el mismo tipo de tatuajes. Ha habido otros cuatro asesinatos aparentemente no relacionados. Y dos suicidios bastante sucios. –Locke esperó.

Los músculos de la mandíbula de la directora Summers se tensaron mientras rechinaba los dientes. No dijo nada.

–El ADN de Jane Doe fue encontrado en el apartamento de Mita Tsuda –agregó Locke.

–Locke, Gee sabe sobre Jane Doe. Hemos tratado de mantenerlo oculto por aquí abajo, pero allí arriba nadie controla a los medios de comunicación. Si esta es una guerra de facciones entre la familia

Gee y alguien más podría terminar muy mal. Gee es un trillionario. Recuerda que ella estaba comprando armas nucleares.

–No me lo recuerde.

–¡Obviamente se lo recordaré! –gritó por la pantalla–. No me importa si tienen que buscar en cada escotilla de esa maldita estación. ¡Encuentra a esa jodida Jane Doe! ¿Y la IA Estación? Debería haberla encontrado hace días. ¿No están usando reconocimiento facial? ¡Mierda! –Golpeó el escritorio con la mano.

Alguien le habló suavemente al oído. La directora Summers respiró profundamente, tratando de calmarse.

–La Estación Libertad no tiene cámaras en todas partes –dijo Locke–. No tiene personal de seguridad en todas partes. Y las funciones del personal de seguridad son más parecidos a nuestros equipos de bomberos y rescate. Esperan en la oficina hasta que los llaman.

–¿Qué?

–La gente aquí está en paz.

–Maldita Estación Libertad… –dijo con ira–. ¿No notan que hay gente muriendo?

Locke no respondió.

***

El núcleo central de la estación iba desde la aguja norte hasta la aguja sur. Era una caída completamente libre y mayormente oscura.

Todos los controladores de aire empezaban allí. Si el aire no fluía, la gente moriría por las nubes de CO2 que exhalaban.

Fue así como *Bail* la encontró. Olía delicioso.

Los ataúdes donde dormía Cruze estaban de espaldas al núcleo de la estación.

Había un panel de acceso en la parte posterior de su cabina, el cual se abría directamente hacia el núcleo, en caso necesitara mantenimiento. Cruze ya lo había utilizado antes. En el pozo había un baño de gravedad cero cada cien metros. Fueron puestos allí cuando la estación estaba siendo construida, para las decenas de miles de constructores. Hoy en día casi ni las utilizaban.

Cruze durmió la mayor parte del tiempo. Y pedía comida, la cual era entregada por un camarero automático. Era fácil gastar dinero en ese lugar. Incluso desde un ataúd. También ordenó cuatro overoles y otro par de botas.

Cuando llegó el momento de irse, ya estaba lista. Saltó de la cabina y sacó su bolso. Se dirigió hacia el punto de partida de la nave que le habían indicado.

Peinó su cabello hacia atrás y se lo puso bajo una nueva gorra de béisbol. El visor del HUD estaba abajo, y mascaba un tubo de vapor, soplando nubes periódicamente. Era sólo vapor de agua, sin nicotina. Nadie lo sabía. Sólo lo hacía para cambiar el ángulo de su mandíbula.

No sabía que la IA Estación la había estado vigilando.

***

Entrar a la estación era fácil. Uno podía pasar rápidamente por aduanas con el mínimo retraso. Salir de la estación en una nave privada era aún más fácil.

El Muelle 01-423 estaba bien señalizado, y la entrada no estaba vigilada. Ambas puertas estaban abiertas.

Estúpidos amateures, pensó Cruze.

Entró directamente al compartimiento de pasajeros de un pequeño transbordador. Había veinticuatro asientos, puestos en seis filas de cuatro. Dos asientos a cada lado con un pasillo en el medio. Al entrar, encontró una pila de cajas y maletines de diversos tamaños a su derecha, y un pasillo a su izquierda, y la única otra persona allí era un niño flaco de unos veinticinco años con el pelo muy corto. Se notaba que había tratado de dejarse crecer una barba, sin éxito.

–Puede que quieras decirle al oficial de cubierta que la escotilla está abierta –dijo Cruze–. Si algún idiota se mete en el panel de control equivocado, estaremos todos muertos. –Cruze dejó caer su bolso detrás de la última fila mientras se acercaba lentamente hacia el niño.

La miró boquiabierta y atontado. Congelado por unos segundos. Estaba sentado sobre el apoyabrazos de la primera fila. Había estado hablando con alguien allí.

–Cruze –dijo, extendiéndole una mano. Le encantaba esa costumbre. Asustaba a algunas personas. Aparentemente debido a los viejos temores pandémicos.

Le tendió una mano floja.

–Rhett, y ella es Potts.

Cruze la vio en la primera fila mientras sacaba los asientos. Se acababa de teñir la mitad del pelo color verde intenso.

–Hola, muchacha. –Potts sonrió ampliamente.

–Lo lograste. Muy bien –dijo Cruze con una sonrisa–. Decidiste seguir adelante, como dijiste que lo harías. –Cruze estaba genuinamente complacida.

–Soy el oficial de cubierta. Y el piloto –dijo Rhett tartamudeando.

–Mira, Rhett. El protocolo de la escotilla es una de las disciplinas más importantes en una nave. Cierra la escotilla interna y deja el intercomunicador encendido. Son las 0655, ¿cuántos más estamos esperando?

–Seis o siete –respondió.

–Métete a esa escotilla. Potts, ayúdame a asegurar esta carga. –Cruze apuntó a la carga suelta–. No queremos que esos contenedores y cajas se muevan por todos lados.

Potts se levantó de un salto, y en quince minutos ya habían ordenado, re-apilado y atado toda la carga. Rhett miraba por la ventana de la escotilla. Estaba sudando.

A las 0805 tres personas entraron a tropezones. Una mujer y un hombre sostenían a un tercer hombre que estaba casi inconsciente.

Rhett cerró la escotilla detrás de ellos y abrió la interior cuando estuvo en verde. Una ráfaga de aire frío con aroma a whisky viejo y sudor los siguió.

El hombre y la mujer arrojaron a su inconsciente compañero en la última fila de uno de los lados, golpeándole la cabeza contra la pared en el proceso. Le abrocharon el cinturón antes de caer en sus asientos.

–Llegan tarde. –Rhett trató de sonar severo–. ¿Dónde están los otros?

La mujer arrastraba sus palabras, las cuales sonaban tan feas como su rostro.

–No vienen. Encontraron mejores trabajos que esta mierda. –Segundos después, después de asegurarse en sus asientos, los tres ya estaban roncando.

–A la mierda –gimió Rhett mientras cerraba la escotilla.

Se movió hacia el frente de la nave y se ató un arnés de cinco puntos.

–Rhett. ¿Tienes copiloto? –preguntó Cruze.

–No, señora –dijo automáticamente.

Cruze se desabrochó el cinturón y se movió al asiento del copiloto.

–Mira, Rhett –suspiró–. Todo transporte de personal de clase L tiene que tener un copiloto, es el procedimiento estándar.

–Yo suelo ser el copiloto, pero el Capitán Hazelwood estaba ocupado hoy. –Se ruborizó.

–¿Cuál es la designación de la nave?

La miró sin entender.

–El nombre. ¿Cómo se llama?

–Um... *Baker uno cero nueve*, creo.

–OK, usaremos eso. –Cruze comenzó a activar los controles. Las pantallas se encendieron en toda la cabina. Las luces de la cabina se atenuaron–. Estación de control de tráfico –dijo ella– habla *Baker Uno Cero Nueve*. Estamos listos para despegar.

–Afirmativo, *Baker-109*. Tiene permiso para salir y proceder a dos siete cuatro marca uno cinco al espacio local. Buen viaje.

–Entendido –dijo Cruze mientras desprendía los enlaces y la conexión al pórtico.

–El Capitán Hazelwood nunca dice esas cosas –dijo Rhett.

–¿Fuiste alguna vez a la escuela de vuelo? –Bajó la voz para que Potts no oyera.

–No.

–Espera. ¿Qué demonios estás haciendo?

–Volando de vuelta al carguero. Está ahí afuera –señaló Rhett. Era tan grande que podían verlo a la distancia.

–¿Ves este instrumento? –dijo Cruze–. Gíralo hasta 274. Bien. Ahora sigue elevándote hasta que este diga 15. Es el vector que control de tráfico quiere que tengas para salir de la estación. Es básico.

–¿Por qué? –preguntó, y luego su rostro cambió–. ¿Para que no nos choquemos con otras naves?

–¿Es por eso que esta nave se ve mucho más nueva que el carguero? –preguntó Cruze, sacudiendo la cabeza.

–¿Hace cuánto tiempo que eres piloto? –preguntó Rhett–. ¿Por qué tomaste este trabajo de mierda? Hay mucho trabajo para buenos pilotos.

–Comencé a entrenar cuando era pequeña. Me prepararon para... –Sus palabras se desvanecieron–. Sólo necesito salir de la estación. Silenciosamente. –Su tono contenía una amenaza implícita.

–Bueno no podría ser más silencioso –dijo Rhett–. Nadie en su sano juicio tomaría este camino hacia Luna.

Su rostro cambió al notar que había dicho algo incorrecto.

Nadie notó al gato durmiendo en las correas de equipaje ubicadas debajo de la última fila de asientos.

***

–¿Dónde encontraron estos cuerpos? –preguntó Locke a Estación con un suspiro. Locke odiaba las morgues. Enroscó la nariz ante el olor.

–Estaban a la deriva en el patrón de tráfico de la Aguja Sur. El más roto chocó con un contenedor de carga entrante y encendió los sensores de proximidad. –Estación le mostró la ubicación exacta en su HUD.

–¿Tienes idea de dónde vinieron? –preguntó.

–Creo que salieron de una escotilla de acceso rápido en esta área. –La pantalla indicó una trayectoria que conllevó a tres posibles escotillas–. Ninguna cámara vigila estas escotillas.

–¿Puedes identificarlos? –preguntó Locke–. ¿Tienen chip? ¿HUDs? ¿Identificaciones en los bolsillos?

–Ninguno tenía dispositivos tecnológicos. Ni insignias ni ninguna otra identificación. Fueron recogidos desnudos. Aunque si los identificamos. Todos habían sido arrestados en el pasado, así que teníamos su biometría completa y ADN. –Los perfiles aparecieron en el HUD de Locke–. Fueron torturados, –dijo Estación.

–¿Cómo lo supiste? ¿Por las quemaduras de soplete o las orejas, narices, pezones y genitales que les faltan? –Locke palideció–. ¿Por qué ellos? Estas personas no eran nadie. Quien sea que hizo esto no esperaba que los encontráramos.

–Eran ratas cargueras –dijo Estación. Locke no respondió–. Ayuda no calificada para naves viejas. No quedan muchos ya que la mayoría del tráfico automatizado entre la Tierra, aquí y la Luna pasa por catapultas. Básicamente, trabajan por comida, agua y aire. No tengo constancia de los contratos de trabajo privados.

–¿Tienen alguno de esos cargueros en los que podrían haber llegado? –preguntó Locke.

–No. No tenemos cargueros –contestó Estación–. Son demasiado grandes para atracar. Había uno en órbita por aquí cerca, pero salió ayer.

–Y no tienen constancia de los contratos de trabajo de cargueros, ¿eh?

***

–Es sólo un presentimiento –le dijo Locke a la directora Summers por videollamada desde la oficina del jefe de seguridad–. Tengo el video de una mujer que podría ser ella, abordando una nave. Su rostro estaba cubierto por un bolso que cargaba en el hombro, pero podría haber sido ella. No encajaba en el perfil de un carguero de cubierta.

–¿Qué quieres decir con que no encaja? –gruñó Summers–. Si quieres que financie un viaje a Luna, necesitas estar seguro.

–Esa mujer estaba demasiado... limpia. Era demasiado profesional. Overoles, gorra y botas nuevas. Todos los demás que abordaron eran trabajadores mediocres. Tres eran borrachos cubiertos con el vómito de ayer. Una era una niña menor de edad que parecía la peor pesadilla de un padre. Y el chico, que supuestamente era el piloto registrado, probablemente operaba en la Estación con la licencia de otro hombre. Nadie se preocupa por esas cosas aquí. Simplemente no encajaba.

–¿Qué más? Hay que haber algo más –dijo Summers.

–La licencia que ese grasiento chico estaba usando le pertenece al capitán del carguero que salió a la luna ayer. –Locke hizo una pausa antes de añadir–. Y también esta...

–¡Qué! –La ira de la directora era notable.

–El video mostró... y casi no lo noto...

–Por la puta ira de Dios, Locke. ¿Qué? –gritó Summers.

–Un polizón. El video mostraba un polizón entrando en el pórtico... Era... un gato.

CAPÍTULO OCHO: CARRERA LUNAR

"En la tierra, Gee Senior era un trillionario. Un señor criminal en un mundo que sólo tenía señores y campesinos. Su único hijo, Hiromi Gee, era un matón engreído y rebelde que no tenía el coeficiente intelectual ni el sentido de la tradición de su padre. Gee Senior no tenía ni idea de que era una pieza más en las Guerras IA."

–Azul Peridot, El Momento Decisivo: La Historia de las Guerras IA

–Sólo recuerda que en el tráfico controlado por la estación designada siempre compartirá su telemetría por este canal de datos. –Cruze señaló de nuevo al enorme panel de visualización que estaba a la izquierda de Rhett, el cual mostraba su ubicación, vector de viaje y velocidad. Ella tocó otro panel–. Y todas las comunicaciones de tráfico están en el canal Alpha de audio, aquí.

Oyeron las voces profesionales.

–¿Por qué sólo hablan de la aguja sur? –preguntó Rhett. Ella sonrió por lo rápido que lo notó.

–Todo el tráfico de la aguja norte es por IA o piloto automático controlado, sin ninguna navegación manual. Sin ninguna intervención humana. –Señaló varios contenedores de catapulta que llegaban–. Y todo tráfico por catapulta.

–¿Qué más necesito saber? –preguntó Rhett, ansioso por aprender.

–Lo más importante para una nave como esta es volar solo con las Placas gravitatorias, sin ir rápido. Sólo placas en el espacio de control de tráfico alrededor de la estación. No uses propulsores, guárdalos. Y por el amor de Dios, nunca uses los motores principales. Y sigue las líneas de vuelo de la Estación. Quédate en verde. Es fácil.

–Gracias, Cruze.

–Simplemente no seas idiota. La mayoría de la gente que muere en el espacio es por colisiones de tráfico cerca de las estaciones.

Cruze vio por encima de su hombro y notó que Potts la miraba, sonriente.

–Y si realmente quieres ser algo en la vida, báñate todos los días. En serio... Por dios. –Cruze agitó la mano frente a su cara como si estuviera tratando de disipar el aroma.

Rhett se rió y olió su propia axila. Fingió desmayarse sobre los controles, y Potts rió en voz alta sin poder controlarse. Lo acentuó con un resoplido, lo que hizo que los tres se rieran.

El carguero estaba muy cerca.

–¿Hangar o muelle? –preguntó Cruze.

–El hangar está lleno de carga. Hay un muelle central en la parte de adelante. –Rhett señaló a través del cristal.

–Todo tuyo –ordenó Cruze. Notó que estaba usando su voz de capitán y decidió parar. Se notaba que había pasado demasiados años dando órdenes.

–Esta nave tiene muy buena visibilidad –dijo Cruze.

Se acoplaron lenta y fácilmente.

–Estoy apagando las placas gravitatorias –dijo Rhett mientras ajustaba los controles–. Hace que sea más fácil atravesar la escotilla del techo. De todos modos, la mayor parte del carguero está en gravedad cero.

Cruze sintió como la gravedad dentro del barco se desvanecía como un suspiro. Rhett golpeó un control en la consola, y el transbordador comenzó a apagarse ordenadamente. Quitó las correas y se impulsó del reposacabezas como si fuera muy familiar con la gravedad cero.

Se dirigió directamente a las manijas que rodeaban la escotilla del techo. Al tocar otro control, se abrió, y se fue.

Cruze flotó suavemente hacia donde estaba sentada Potts, mientras los otros roncaban. Potts se desabrochó el cinturón y subió, mientras sus múltiples collares le golpeaban la nariz y boca.

La cabeza de Rhett reapareció por la escotilla, al revés–. Vengan. Les mostraré sus literas. Traigan sus cosas. Dejen esos borrachos, se despertarán en algún momento.

Cruze navegó suavemente hacia su bolso y lo liberó de las cuerdas en las que estaba almacenado.

Volviendo hacia la escotilla, vio a Potts luchando con una mochila.

–Primero, decide dónde es arriba. Y luego oriéntate. Al principio, siempre cuélgate de algo o muévete. Sólo te atascarás si flotas en un solo lugar lejos de las manijas. Ya te acostumbrarás. –Cruze sonrió–. Así, ahora amárrate la mochila para que tengas ambas manos libres.

Cruze se ató el bolso a la espalda con un solo cinturón diagonal sobre el pecho. Le asintió a Potts, y se fue.

El collar de acoplamiento tenía un metro de ancho, y Cruze salió del piso de una habitación que debería haber tenido una veintena de trajes presurizados y cascos en los estantes. Pero sólo había uno, y no se veía bien. La habitación estaba sucia, y la pintura se estaba pelando por todas partes. Incluso se notaba que algunos de los mamparos se estaban oxidando. Más de la mitad de las luces estaban negras o les faltaban las cubiertas.

Potts voló por la escotilla con demasiada velocidad y chocó con el techo. Rebotando, se golpeó la cabeza antes de encontrar una manija.

Rhett estaba esperando en la siguiente escotilla, en el techo, tratando de no verse demasiado entretenido.

–No te preocupes. Sus cuartos, el comedor y todos los contenedores de conejos tienen gravedad 0.3. Hace que el trabajo sea más fácil, así toda la mierda y orina cae dentro de los colectores.

–¿Mierda y orina? –preguntó Potts.

–Los conejos. Es todo lo que hacen. Lo recogemos, lo pasamos por los deshidratadores y lo comprimimos en fardos. Todo orgánico. A los agricultores de la luna les encanta. –Hizo un gesto–. Por aquí.

La habitación llevaba a un largo corredor central. Sólo una de cada diez luces funcionaba.

El corredor sólo tenía cinco metros de ancho, pero tres niveles de altura. Se podían ver las espinas cruzadas de la infraestructura de la nave, al igual que todas las tuberías y conductos.

Había mamparos espaciados, y todas las escotillas estaban abiertas.

–¿Por qué está abierta cada maldita escotilla, Rhett? –Cruze sacudió la cabeza–. Es muy peligroso. Si el collar de acoplamiento fallara, por ejemplo, todo esto estaría en vacío.

–Si las cerramos, puede que nunca las volvamos a abrir –dijo, encogiéndose de hombros.

Mientras volaban tocando los lados, hacían saltar nubes de óxido, polvo y virutas de pintura, las cuales no se movían mucho. Los tres pasaron por unos enormes ventiladores inmóviles ubicados detrás de las rejillas.

–¿Por qué apagaron los circuladores de aire? –preguntó Potts.

–Los filtros están obstruidos. –Rhett señaló a la primera escotilla cerrada que habían visto–. Llegamos. –Había una flecha con la palabra ARRIBA pintada con aerosol amarillo en la puerta oxidada.

–Estos son los cuartos de la tripulación de popa. Los compartirán con todos. –Rhett abrió la escotilla y saltó dentro aterrizando de pie–. Yo estoy en los cuartos de tripulación ubicados justo debajo del puente, ya que pasaré la mayor parte del tiempo en el puente.

Potts miró a lo largo del pasillo.

–¿Qué tan lejos está la sección delantera?

–Todo recto, a unos 1500 metros –respondió Rhett–. De extremo a extremo. Todos los contenedores de ganado están en este extremo. Hay treinta y un contenedores con conejos.

–¿Qué otro tipo de ganado tienen? –preguntó Potts.

–Sólo siete contenedores con peces y dos con abejas. Pero no tienen que encargarse de esos. Eso lo hace Mary Jay. –Su voz sonaba algo estresada–. Escojan una litera y dejen sus cosas. Les mostraré los conejos.

La habitación tenía tres metros de ancho. Las literas tenían un metro de profundidad a cada lado, y el pasillo era un poco más ancho que eso. El alto era de tres literas, y había unas treinta a cada extremo con dos baños en el medio. Una vieja manta hacía de cortina entre las secciones.

–Las mujeres van en ese extremo, los hombres en este –dijo Rhett. Parecía que sólo había tres hombres usándolas.

–¿Tenemos que pasar por el área de los hombres? –dijo Potts frunciendo el ceño.

–No te preocupes. –Cruze le dio unas palmaditas en el hombro–. Sólo son ocho días.

–Doce días. El viaje dura doce días –dijo Rhett tímidamente.

Cruze entrecerró los ojos.

–El capitán dijo que serían ocho, y ni siquiera debería tardar tanto. Usualmente son cinco.

Rhett apartó la mirada.

–Bueno... la nave es grande, necesitamos limitar la aceleración y desaceleración.

Cruze sólo negó con la cabeza, y luego caminó hasta el final del pasillo y tiró su bolso en la litera superior. Había mantas dobladas sobre cada colchón. Movió las mantas a la litera superior y movió un cojín desde la parte inferior hasta el centro. Guardó sus cosas en la parte inferior y finalmente agregó el colchón de la parte superior a la litera del centro. Las tres capas combinadas servirían como aislamiento del metal frío de la litera.

Potts hizo lo mismo con las literas de al lado.

Regresaron al frente de la habitación y Rhett sacó dos tabletas de datos antiguas del bolsillo de su muslo. Le dio una a cada una.

–Estas tienen la ubicación y las instrucciones para trabajar con los conejos. Pueden llamarme por aquí. Siempre ténganlas consigo. -Estaba tratando de sonar autoritario pero no le salía.

–¿Dónde y cuándo empezamos? –preguntó Cruze.

–Si empiezan ahora pueden hacer un poco de trabajo inicial antes de la cena en el comedor a las 1800, hora de la nave.

–¿Cuál es el tiempo actual de la nave? –preguntó Potts.

–0705.

Y sin otra palabra, Rhett se fue.

***

Las tabletas de datos antiguas les proporcionaban información básica sobre sus tareas. Todos los contenedores más cercanos tenían conejos. Juntas, Potts y Cruze abrieron la puerta hacia una pequeña escotilla en la que ambas encajaban. La escotilla interior se abrió dejando pasar un calor sofocante y un olor horrible.

La estrecha zona de trabajo era de unos tres metros cuadrados y tenía la misma gravedad 0.3. A la izquierda, había una pared con jaulas que se movía lentamente. Había jaulas con cuatro conejos cada una apiladas desde el piso hasta el techo. Todas las jaulas giraban hacia atrás y entre las profundidades del contenedor, permitiendo que hubiera miles de jaulas en cada contenedor.

Parecía que casi todas las jaulas tenían al menos un conejo muerto. Potts comenzó a quitar los conejos muertos tan rápido como pudo. Entraron directamente al Reciclador, un gran basurero en el cual eran triturados y transformados en comida.

Potts no podía hacer todo por si sola. Ambas lograron sacar a los conejos muertos del contenedor y encontrar el panel para controlar el clima. El agua y la comida se servían automáticamente, por lo cual su único trabajo era monitorear los sistemas cerrados para asegurarse que no se agregara más agua o materia orgánica. El procesamiento de residuos no estaba bien documentado. Tendrían que preguntarle a alguien.

Les tomó diez horas. Para un sólo contenedor.

Para cuando terminaron de limpiarse las partes podridas, se ducharon y llegaron al comedor, ya estaba vacío. Se cansaron con tan sólo ver la condición del lugar.

Era un lío. Bandejas y basura por todas partes. La evidencia indicaba que solo habían comido raciones de emergencia en las últimas semanas. Cruze empezó a limpiar el comedor mientras Potts se encargó de la cocina. Sólo funcionaba uno de los conductos de basura del pasillo. La basura, las bandejas, los platos, las tazas, los utensilios, y todo lo orgánico estaba clasificado y organizado.

El lavavajillas industrial era completamente automático y muy fácil de usar. Lo que hacía un completo misterio el hecho de que nadie lo usara.

Había mucha comida surtida en las alacenas, y muy pronto Potts logró hacer una rica sopa con lo que tenía a mano.

–Por Dios, Potts –dijo Cruze probando la sopa–. ¿Cómo lograste hacer la mejor sopa que he tomado, en esta horrible cocina? –Abrió un panecillo recién horneado e inhaló el delicioso aroma que salía de él–. Han pasado décadas desde que comí un panecillo recién horneado como este.

–Había algunos conejos en el congelador. El resto estaba deshidratado, o enlatado. –Potts hizo un gesto–. Parece que se comieron todo lo que se podía cocinar en el microondas. El congelador sólo tiene cosas grandes, pero hay algunas cosas buenas. Como vientre de cerdo. Puedo hacer panqueques y tocino para el desayuno.

Cruze hizo una pausa para hablar mientras sumergía otro panecillo en su sopa.

–Parece que desmontaron las cafeteras hace mucho tiempo.

–Sí. –Potts miró por encima de su hombro hacia el final del mostrador–. Mientras limpiaba puse todas las partes que encontré allí en una pila. Hay café. Lo prepararé mañana en un hervidor.

En ese momento la puerta del comedor se abrió. Un hombre imponente vestido con unos overoles grasientos entró. Se estaba limpiando sangre de la cara con un trapo sucio.

Miró fijamente al pasillo recién barrido y se congeló.

Sus ojos se posaron sobre Cruze, quien estaba sentada en el mostrador y en Potts detrás del mostrador. La segunda frunció el ceño al verlo.

–¿Tienes hambre? –preguntó Potts alegremente.

Él no respondió.

–Ven y límpiate un poco. Toma. –Potts le ofreció una toalla limpia y húmeda.

–¿Quién eres? –dijo en un tono barítono increíblemente bajo que contenía una ligera amenaza de violencia.

–Me llamo Cruze, y ella es Potts –dijo Cruze, saludando con la cuchara en la mano. Sus ojos demostraban su desconfianza–. Realmente tienes que probar esta sopa. Es increíble.

Caminó lentamente hacia el mostrador y aceptó la toalla de Potts mientras se sentaba a dos taburetes de Cruze.

Se limpió la suciedad de la cara y las manos y tomó una segunda toalla de Potts. Usó esa para limpiarse un corte superficial que tenía justo por encima de la sien, al lado izquierdo. Miraba a Potts como si estuviera decidiendo si confiar en ella o no.

Mientras hacía eso, Potts colocó un gran plato de sopa y un plato de panecillos frente a él.

Era un hombre enorme. La cuchara parecía ser de una escala equivocada para su gigantesca mano.

Potts agregó un vaso grande de agua fría.

–¿Estás bien? Tengo un botiquín de primeros auxilios aquí atrás, -ofreció Potts.

–Soy Ian. El mecánico –dijo y probó la sopa. Subió las cejas y miró a Potts. Cruze se preguntó qué veía cuando la miraba. Era sólo una chica.

Terminó la sopa y los panecillos rápidamente, y Potts le trajo otra porción de ambos. Y luego otra.

Al terminar su sexto vaso de agua, hizo un gesto con el vaso mientras hablaba,

–¿Hiciste todo esto?

–Cruze y yo lo hicimos. Sí –respondió Potts.

–¿Por qué? –Era casi una demanda.

Potts rió en voz alta. Cruze se encogió por dentro. Conocía a ese tipo de hombres. Uno no debía reírse de ellos.

Cruze respondió:

–Vamos a tener que vivir aquí por las próximas dos semanas. El comedor no es el baño.

Ahora Ian se rió. Fue distante, como un trueno de verano.

–Puede que sobrevivamos esta carrera. –Se levantó y salió.

Potts y Cruze terminaron de guardar todo.

Era pasada la medianoche.

***

Cruze se despertó la mañana siguiente a las 0550 y se puso unos overoles frescos. Potts ya se había ido. Mientras salía, una voz salió de una litera adyacente al baño.

–¿Quién coño eres? –Era la voz grave de una mujer.

–Soy Cruze. Pastora de conejos –respondió con una voz amistosa a pesar de la grosería–. Escuché que hay desayuno. Panqueques con tocino y café fresco. –No esperó una respuesta.

Pasó la cortina y escuchó la voz de un hombre.

–¿Dijiste tocino?

–Sí. Lo hice –dijo Cruze mientras salía.

Cuando llegó al comedor, la recibió una carcajada. Ian y Rhett estaban sentados en el mostrador. No parecían ser de la misma especie.

–Ian logró hacer que una de las cafeteras funcionara con las partes que recogí –dijo Potts, mientras le servía una taza humeante a Cruze. La esperaba en el asiento a la izquierda de Ian. Seguía usando los mismos overoles grasientos.

Potts comenzó a prepararle un plato. Panqueques, tocino y café. Incluso había jarabe de arce.

–¿Dónde diablos conseguiste jarabe de arce? –Cruze sonrió. Ian y Rhett se rieron.

–Hay un balde en la despensa.

–Pensamos que era aceite viejo de las freidoras. –Rhett rió.

–Encontré el inventario de la cocina en una tableta de datos. No está actualizada, pero es útil. Estaba buscando mantequilla, pero no hay.

Justo entonces dos hombres y una mujer entraron al comedor.

–¿Es café lo que olemos? –dijo la mujer seriamente despeinada.

–¿Y tocino? –añadió uno de los hombres.

–Por favor siéntense. Me llamo Potts. –Potts los llamó con la mano.

–Yo soy Rufus.

–Mary Jay.

–Soy Nate.

Todos se sentaron y comenzaron a comer inmediatamente.

–Miren –comentó Potts– voy a estar ocupada todo el día con los conejos, pero hay sopa y panecillos para el almuerzo. Habrá tocino de sobra si quieren sándwiches. Regresaré y trataré de preparar la cena para las 1800. No se metan con mi cocina.

Todos rieron.

***

Cerca al mediodía, Mary Jay, Rufus y Nate llegaron a los contenedores de conejos para ayudar. No era parte de su trabajo, pero querían que Potts llegara a la cocina para las 1600. Todos habían hecho ese tipo de trabajo antes y les mostraron a Cruze y Potts cómo hacer el mantenimiento más eficientemente. Diez horas por contenedor se convirtieron en dos horas por contenedor por persona. Hicieron quince contenedores más ese día.

La cena de esa noche fue pollo, carne frita con puré de patatas, salsa y frijoles. Incluso hubo pudín de chocolate para el postre.

Esa noche todos comieron alrededor de una larga mesa, como familia. Toda la tripulación estaba allí, excepto Rhett.

–¿Cómo lo haces? –dijo Rufus mientras se metía otra porción en la boca–. ¿Dónde encontraste carne? ¡Nunca había comida algo así!

–La verdad no sé qué carne es exactamente –respondió Potts–. Probablemente carne de vaca crecida en latas grandes, como bloques. Y hay bastantes especias aun cuando son bastante viejas. La mitad de los electrodomésticos no funcionan, pero sólo somos diez, no cien.

Ian parecía haberse duchado. El resto de la tripulación parecía temerle. Potts se sentó a su lado y era gracioso notar la diferencia en tamaño.

–Si mañana tengo tiempo, haré pan –dijo Potts. Tras ese comentario, todos comenzar a hablar al mismo tiempo.

Cuando Ian habló, todos se callaron.

–Lo que quieren decir es que te cubrirán para que puedas hornear pan para todos.

–Yo te puedo traer un poco de miel fresca –dijo Mary Jay.

–Es fácil mantener a las abejas y peces –agregó Nate–. Así que mañana nos podemos poner al día con los conejos.

–¿Dónde está Rhett? –preguntó Cruze.

–No puede dejar el puente ahora que estamos en marcha –respondió Ian, poniéndose serio. Parecía que sabía más de lo que decía.

–Sírvanle un plato, y se lo llevaré –dijo Cruze después de terminar su comida–. ¿Tenemos bandejas de calentamiento para gravedad cero?

Potts saltó de su sitio y fue por una de las bandejas especializadas. La cargó y cubrió.

Cruze se detuvo en la puerta y miró hacia atrás. Alguien había puesto todas las buenas luces restantes sobre esa mesa. La conversación llenaba toda la sala. Sonrió y notó que Ian la estaba observando. Asintió con la cabeza y entró al pasillo de gravedad cero, dirigiéndose al puente en el extremo más lejano del nivel superior.

***

Sin nadie mirándola, no había necesidad de ocultar sus habilidades en gravedad cero. Cruze se impulsó y voló exactamente por el centro del largo corredor. Dejó un rastro debido a las finas partículas que flotaban en el pasillo principal. Eso la preocupó. Le recordó sobre la urgencia de su misión. No tenía tiempo para hacer todo bien. Del y Harper estaban en Marte, esperándola.

Girando mientras volaba, aterrizó de pie sobre el mamparo delantero, para luego saltar hacia el corredor con facilidad debido a la poca gravedad.

Había basura en el suelo a ambos lados del corto pasillo, el cual terminaba en la puerta del puente. No se abrió para ella. Presionó el botón de llamada, pero no pasó nada. Así que golpeó la gruesa escotilla, pero nadie respondió. Finalmente, sacó su tableta de datos y llamó a Rhett.

–Oh, gracias a Dios, Cruze. –Lo podía ver en la pantalla y parecía estar entrando en pánico. Oía alarmas en el fondo–. Necesito tu ayuda.

–Abre la maldita puerta. Estoy justo afuera del puente. –Dejó caer su tableta y la imagen se puso negra, y luego lo oyó mover los controles al otro lado de la puerta.

Rhett la tomó por el brazo apenas abrió la puerta y la arrastró hacia adentro. Parecía que una bomba había estallado en el puente. Era un puente estándar de tres estaciones con un dosel claro. Los escudos de explosión estaban abiertos, y se podía ver la luna justo al frente. Era hermosa.

Las dos estaciones de la consola de la derecha estaban apagadas y completamente sin conexión. Todos los paneles de acceso estaban apagados y tirados hacia un lado.

La estación de la izquierda estaba cubierta con indicadores de advertencia. Cruze le entregó la bandeja a Rhett y se sentó en la consola. Se había detectado una fuga de radiación y se estaba ventilando. La mitad de las luces de advertencia parpadeaban porque las estaciones de navegación y de pilotaje estaban apagadas.

Apagó el reactor que tenía la fuga y le retiró las baterías de combustible. Las alarmas de audio se detuvieron. Resolvió todos los problemas uno por uno. Cuando ya había lidiado con todos los problemas críticos, se volvió hacia Rhett. Estaba de pie, abrazando la bandeja contra su pecho.

–¿Qué pasó? –preguntó.

–¿A qué te refieres? –Rhett frunció las cejas.

–¿Qué pasó? ¿QUIÉN destruyó el puente?

–Siempre ha estado así. –Rhett miró a su alrededor.

Se levantó y sentó a Rhett en la gran mesa que tenía el mapa. Abrió la bandeja y le dijo:

–Sólo come.

Examinó el puente de cerca. Todos los paneles estaban fuera de sus consolas. Cables colgaban del techo, añadiendo al caos. Había basura apilada en los rincones. El triturador de basura estaba lleno, y tenía un enorme montón de basura frente a él. Habían meses de cajas de comida acumuladas. Había ropa desgarrada y grasienta, probablemente usada como harapos.

Se dirigió a la consola central y sacó una linterna de uno de sus bolsillos. Se arrastró por debajo y empezó a examinarla.

–Idiotas –dijo en voz alta.

–¿Qué estás haciendo? –preguntó Rhett. No podía ver lo que estaba haciendo ella allí abajo.

Lo ignoró. Cruze reconectó los cables, y la consola se reinició. Encontró la cubierta del panel y la volvió a poner. Se sentó en el asiento del piloto primario mientras los sistemas realizaban auto-pruebas de inicio. Habían estado desconectados por once meses. Se arrastró bajo la consola de navegación, pero no tuvo tanta suerte. Después de verificar que todo estaba en orden, comenzó a evaluar el techo.

Saltó, agarró un tubo de conducción y levantó todo su cuerpo con un solo brazo, elevando su cabeza por encima de los azulejos del techo. Esto le permitió examinar el espacio de arriba con su linterna.

–¿Quién hizo todo esto? –Rompió el estado hipnotizado de Rhett.

–Ha estado así desde que llegué –dijo desde abajo. Podía oírlo comer.

–Oh, por Dios. –Se puso la linterna entre los dientes y metió su mano libre en el desorden.

La consola de navegación se reinició y el triturador de basura comenzó a procesar la basura atascada.

Cruze se trepó, se tendió sobre una gran bandeja de cables y reconectó la maraña de cables a donde pertenecían. Descubrió que varios habían sido sacados de sus conectores, aun cuando estaban claramente marcados.

–Rhett, pásame el panel. –Se colgó de cabeza y señaló a un panel trapezoidal. Restauró los paneles uno tras otro. Se colgó del último agujero y levantó a Rhett sobre su cabeza para que pudiera reemplazar el último panel.

El triturador de basura estaba haciendo ruidos, pero seguía funcionando. Juntos siguieron alimentándolo hasta que terminaron de triturar toda la basura.

Cruze sacó su tableta del bolsillo de su muslo.

–Ian, habla Cruze, ¿estás en línea?

–Ian aquí.

–Si tienes un par de minutos, ¿puedes venir al puente?

–No me permiten entrar al puente –respondió.

–A la mierda con eso. Sólo trae algunas herramientas. Hay algo atascado en el triturador de basura.

–Afirmativo.

–Ian, ¿podrías también traer una escoba y un recogedor, por favor? Tenemos gravedad y es un desastre. –Se volteó hacia Rhett, y le preguntó:

–¿Cuándo fue la última vez que el capitán estuvo aquí? Y no me mientas.

–Esta mañana –dijo él.

Cruze no pudo controlar el escepticismo en su mirada.

–De verdad, viene todos los días y analiza cómo me va.

–¿Has estado volando esta puta nave en manual? ¿Sin navegación? ¿Sólo apuntándola a la luna y ya?

–Sí.

–Por eso tardan doce días en lugar de cinco. –Movió la cabeza en desaprobación.

–La verdad, mentí un poco. Usualmente toma diecisiete días. La luna se está moviendo. –Se sonrojó.

Cruze suspiró.

Ian tardó unos diez minutos en llegar. Su insignia tampoco abría el puente. Para entonces Cruze ya había reactivado la consola de navegación, y había trazado el curso. Le estaba explicando a Rhett:

–Tienes que volar hacia donde estará Luna, no hacia donde está ahora. –Tenía que gritar para que la escuchara sobre el ruido del triturador.

Rhett abrió la puerta.

Ian entró y se detuvo. Le entregó la escoba y el recogedor a Rhett y se volvió hacia el sonido.

–¿Dónde está el Capitán Cabrón? –preguntó Ian.

–Está en su habitación. Ese contenedor personalizado –dijo Rhett con una pizca de miedo en la voz.

Cruze le asintió a Ian con la cabeza. Sin decir nada más, comenzó a quitar los paneles de acceso que estaban frente a la pared del triturador. Ian estaba tendido de espaldas con la cabeza dentro de la pared que estaba junto al aparato. El ruido se detuvo apenas apagó la unidad localmente.

–Qué bueno –dijo mientras daba un jalón. Sacó un gran cuchillo de carnicero doblado de la unidad. Lo tiró al suelo e hizo algunos ajustes. Volvió a encender la unidad y sonó por un segundo antes de trabajar completamente en silencio.

Ian se sentó, volvió a colocar el panel y guardó sus herramientas.

Tomó el cuchillo destrozado. Había sangre en la hoja.

–No deben meter metal en el triturador –le dijo Ian a Rhett.

–Ian, gracias. Por favor, mira esto. –Cruze lo llamó con la mano. La estación de ingeniería, la que estaba a la izquierda, mostraba un anuncio en la pantalla más grande.

–Dios. Maldita sea –gruñó Ian. Se volvió, cogió su caja de herramientas y salió.

Rhett estaba terminando de barrer. El puente estaba sucio, pero al menos ahora parecía un puente.

–¿Qué paso? –preguntó Rhett.

–Nada importante –dijo Cruze–. Sólo una posible ruptura en el núcleo del reactor.

***

Cruze entró al comedor a las 0601 de la mañana siguiente. Olía como los dioses.

Esa mañana había desayuno estilo buffet. Se sirvió huevos revueltos con cebolla y queso, tocino, salchichas y tostadas con mantequilla.

El pan era fresco, y estaba cortado en rodajas y ligeramente tostado. Mary Jay llevaba un delantal y estaba detrás del mostrador con Potts.

–Buenos días, Cruze –dijeron todos en coro.

–¿Dónde encontraste mantequilla? –preguntó Cruze mientras equilibraba un cuarto pedazo de tostada sobre su plato.

–Estaba con los huevos en polvo en el congelador –respondió Potts–. Algún otro cocinero tenía una reserva secreta.

–Desde que estoy aquí nunca ha habido un cocinero –dijo Ian.

–¡Mierda! ¡Dijo nueve palabras juntas esa vez! –Rufus y todos rieron. Ian incluso sonrió.

–Todos ayudamos y terminamos con todos los contenedores de conejo anoche después de la cena –dijo Nate–. Nos están haciendo sentir como humanos de nuevo.

Nate se había afeitado la barba. Todo el mundo se había duchado y estaban usando overoles de trabajo limpios.

–Les va a encantar la cena –dijo Potts–. Tengo treinta libras de miel fresca. Esta noche habrá baklava.

–No sé qué es eso –dijo Rufus sonriendo–. Pero no puedo esperar.

Cuando Cruze terminó, se ofreció a ayudar a limpiar. Potts le entregó otra bandeja de comida caliente para Rhett.

–Llévale esto a Rhett. Y anda a ver a los conejos. Y regresa al mediodía por un sándwich.

Cruze volvió a volar por toda la longitud de la nave de un solo empujón. Estaba a cien metros del puente cuando escuchó gritos. Cuando llegó, encontró que la escotilla del puente estaba abierta.

–¡Te dije que esa mierda no podía poner un pie en mi puente! –El Capitán Hazelwood le estaba gritando a Rhett. Cuando Cruze entró, le estaba golpeando las orejas a Rhett una y otra vez. Arrastraba sus palabras, y su cara estaba roja. Estaba borracho, y ni siquiera eran las siete de la mañana.

–¡Tú! –le gritó a Cruze cuando la vio. Para su sorpresa, sacó un arma de su bolsillo con torpeza y la apuntó hacia ella. Era una TBolt .45 clásica, un artículo de colección–. No te robarás mi nave, puta.

–Te traje el desayuno, Rhett. –Entró con calma y lo dejó sobre la mesa del mapa. Se movió antes de que Hazelwood pudiera reaccionar, agarrando su arma y apuntándolo a la cara antes de que notara lo que había pasado.

–En primer lugar, este es un arma de proyectil, y estás en un puente con un techo frágil. –Señaló al cristal–. Siempre piensa en tu objetivo y en lo que está detrás de él. –Se movió para que el mamparo estuviera detrás de ella y volvió a colocarle la pistola en la mano.

Se alejó un paso de él.

–Inténtalo de nuevo.

Levantó la pistola hacia su cara, pero en un instante, ella la tenía de nuevo, y estaba apuntándola hacia su pecho.

–Siempre apunta a la masa central del cuerpo. –Él retrocedió hasta que el asiento del piloto estuvo directamente detrás de él–. Inténtalo de nuevo.

Se la volvió a dar y dio tres pasos hacia atrás.

–De nuevo.

Levantó la pistola, pero antes de que pudiera disparar, ya se la había quitado.

–Las TBolt tienen un diseño clásico y un seguro para pulgar. Deberías haberla desenganchado cuando la sacaste de la funda. –Le puso el arma entre los ojos y empujó el seguro hacia la posición de disparo–. Mira viejo, si hubiera querido robar tu nave, ya sería mía, y estarías muerto.

Volvió a ponerle el seguro. Apenas estaba susurrando, pero tenía un tono vicioso.

–Vuelve a apuntarme un arma, y morirás.

Sin mirar el arma, sacó la recámara y la atrapó casualmente con la mano izquierda. La examinó, ni siquiera tenía munición. Le devolvió el arma y puso la recámara sobre la mesa junto al desayuno de Rhett.

–Tu primer oficial está haciendo un muy buen trabajo. Estoy impresionada. Lo que sea que le estás pagando, no es suficiente. –Cruze caminó por el puente. Rhett había estado limpiando. Una botella de limpiador y algunos trapos mostraban el esfuerzo que había invertido en el techo y las pantallas e instrumentos. El mapa incluso mostraba el curso de navegación que estaban siguiendo.

–Aprende rápido, si le enseñaras.

–No. No. No –balbuceó Rhett–. Está bien. Lo siento. Está bien.

–¿Quién diablos te crees que eres? –gruñó el capitán.

–Nadie. Soy la nueva pastora de conejos, conserje y oficial de lo moral –contestó Cruze.

–Quienquiera que seas, mantendrás tu sucio coño fuera de mi puente y de mis cosas.

–Sí, capitán. –Asintió hacia Rhett, giró sobre sus talones y se fue.

Se quedó cerca, escuchando justo por encima del pasillo, flotando en gravedad cero.

–Cuántas veces te lo he dicho, nadie entra a mi puente. Especialmente esa puta, o esa abominación.

–Señor, Ian detuvo la falla en el núcleo del reactor principal anoche.

–Él pertenece en la sala de máquinas. No husmeando por aquí –gruñó Hazelwood.

–No estaba husmeando. Lo llamé para que arreglara el triturador de basura después de que logré encender estas dos consolas. –Su voz temblaba de miedo–. Pensé que se alegraría.

–No quiero que vuelva a poner su asqueroso culo en el puente –dijo Hazelwood.

–Con la navegación encendida, nos ahorraremos una semana en esta carrera.

–Ve a ducharte. Hueles a mierda. Revisaré los sistemas para arreglar lo que jodiste.

–Sí señor.

Cruze oyó a Rhett recoger su bandeja antes de salir por la escotilla del puente. Apenas llegó a la sección de gravedad cero, bajó por la escalera y se metió a otro pasillo en el nivel inferior. La escotilla del puente se cerró de golpe.

Cuando Cruze levantó la vista para volver a lanzarse hacia el otro extremo, vio al gato. Podía ver su silueta bajo las distantes luces del pasadizo, mientras se movía por unos conductos. Sonrió cuando lo reconoció.

Se lanzó hacia el comedor, y cuando llegó, sólo estaban Potts y Mary Jane, terminando de limpiar el desayuno.

–¿Tienes más de esas salchichas?

–Por supuesto. Un montón.

–Dame seis en un tazón. Y otro tazón con agua.

–¿Todavía tienes hambre? –Potts le entregó los tazones. Cruze los puso en el suelo justo dentro de la puerta del comedor, en un punto visible desde el pasillo.

–No. Son para mi gato.

***

Cruze hizo sus rondas, las cuales fueron mucho más fáciles. El transportador ponía al frente automáticamente las jaulas que requerían intervención humana.

Mayormente eran muertes y nacimientos. Las muertes eran fáciles, iban directo al reciclador. Ahora que habían limpiado todo lo podrido, el olor era mucho más fácil de soportar.

Cualquier conejo nuevo significaba mover a los otros conejos a otras jaulas, para separarlos de la madre.

Cruze guardó dos conejos recién muertos para el almuerzo. Al volver al comedor, miró los dos tazones que estaban al lado de la puerta, y notó que las salchichas habían desaparecido. El recipiente de agua estaba medio vacío.

Rufus y Nate estaban sentados en el mostrador. Potts estaba en la cocina haciendo varias cosas a la vez. Intercambiaron saludos y Cruze sacó un par de cuchillos y una tabla de cortar grande.

–No creo que haya visto a alguien verse tan bien en overoles, Nate –dijo Rufus haciendo reír a Nate.

–¿Qué haces, cariño? –preguntó Rufus en lo que claramente consideraba era una voz coqueta. Cruze estaba de espaldas.

–Limpiando conejos. –Cortó una cabeza y luego la otra. Las colocó intencionadamente en un extremo de la tabla para que Rufus y Nate pudieran verlas. Les siguieron las patas, las cuales alineó en una macabra parodia, como un juguete para niños. Hizo incisiones rápidas y prontamente las tripas de los conejos terminaron en un tazón de acero inoxidable. La piel salió fácilmente como un calcetín mojado, con la cola aun unida.

Enjuagó la carne rosada y perfectamente limpia en el fregadero y la reservó. Luego hundió la mano en el tazón de tripas, haciendo un sonido mojado. Sintiendo con la mano, primero encontró un corazón y luego el otro, y los cortó.

Enjuagó los corazones y sus manos en el fregadero antes de volverse hacia Rufus y Nate con los pequeños corazones en un plato. Los colocó frente a ellos.

–¿Saben lo que dicen de los corazones? –Los saló y les agregó un poco de salsa caliente a cada uno–. Contienen el alma...

Se metió uno en la boca, crudo, y lo masticó, saboreándolo. Le ofreció el otro corazón a Nate primero, y luego a Rufus.

Ninguno lo tomó.

Por lo cual también se comió el segundo corazón. Despacio.

Después de poner el plato en el lavavajillas y limpiar lo que había hecho, llevó los conejos preparados a la cocina donde Potts estaba trabajando.

–Hoy vi a tu gato. Hasta me dejó acariciarlo. ¿De dónde sacaste el nombre *Bail*?

–Ya lo tenía puesto.

–Es gracioso, come como ardilla. Se sienta, y sostiene las salchichas entre sus patas, como si estuviera comiendo maíz.

–Hablando del gato, traje estos dos conejos para que coma. No puedo contar con que habrá sobras todos los días.

–¿Quieres la carne cruda o cocida? –preguntó Potts.

–Cocida. Durará más tiempo. Hervido, frito, rostizado o asado. Lo que se te haga más fácil.

–¿Con o sin el hueso? –preguntó Potts.

–Ni idea –respondió Cruze.

–Hervido y sin hueso. Sin condimentos. Fácil –decidió Potts.

CAPÍTULO NUEVE: LA CARGA OSCURA

"Los expedientes mostraron que Bob Braxton trabajaba para Awareness Inc. Necesitaba detener a Elizabeth Cruze como fuera. El programa ACCIÓN lo ayudaría a lograrlo."

–*Azul Peridot, El Momento Decisivo: La Historia de las Guerras IA*

Cruze estaba agregándole agua al contenedor número 11 cuando la escotilla se abrió, y Nate entró con una Carretilla Gravitacional detrás de él.

–Hola –dijo mientras cerraba la escotilla detrás de él.

Cruze asintió en señal de saludo.

–Estaba en el número 12, y tuve que mover los ladrillos de mierda. ¿Lo has hecho? –preguntó Nate con las manos en los bolsillos.

–No. Leí el procedimiento en los manuales, pero no lo he hecho.

–No lo retrases demasiado –dijo Nate–. No esperes hasta que se encienda todo el indicador. Mira te enseño.

Manipuló una serie de controles, y un panel se deslizó hacia un lado al nivel del suelo, por debajo de las jaulas. El piso debajo de la sección central mostró una cinta transportadora que comenzó a moverse lentamente. Un bloque negro de unos cincuenta centímetros por cada lado emergió lentamente. Nate usó algo que parecían pinzas de hielo antiguas para levantar el bloque y colocarlo en la Carretilla Gravitacional.

Se detuvo después de veinticuatro bloques.

Después de cargar los bloques en la carretilla, los llevaron en gravedad cero hasta el contenedor número 32. En ese contenedor la gravedad estaba en .01, lo cual hacía que los bloques pesaran un kilogramo en lugar de cien. Estaba oscuro, sin ninguna luz, excepto por la que salía del pasillo.

–Ni siquiera huele a mierda –dijo Cruze cuando terminaron.

–Puedes quedarte con la carretilla y las pinzas. Trata de mantenerte al día mientras avanzas. Tú tableta te dirá en que nivel está cada contenedor.

–Gracias, Nate.

Hubo una pausa incómoda antes de que continuara.

–No tienes idea de cómo era todo por aquí –dijo Nate mirándose los pies–. Sentía que estaba en el infierno siendo castigado. No puedo recordar a la última persona que fue amable conmigo...

Nate levantó una mano para tocar su rostro, pero ella retrocedió hacia las sombras. La siguió pero había desaparecido. Nate miró hacia la puerta.

Le puso una mano sobre la boca y un cuchillo al cuello. Se acercó a su oído y susurró,

–Nate. No tienes ni idea de cómo es el Infierno. Yo me crié allí...

Y se fue.

–¡Un simple 'No gracias' hubiera sido suficiente! –gritó por la escotilla.

***

Cuando la Dra. Jo Tran entró, el laboratorio estaba a oscuras.

–Luces –dijo. Siguió oscuro–. Luces, maldita sea. –Tanteó por la pared buscando los controles, cuando de repente se encendieron las luces, brillando directamente hacia su rostro.

–¿Señor? ¿Es usted? ¿Dante, señor? –Levantó una mano para protegerse los ojos mientras seguía buscando el panel de control.

–¿Cree usted que necesito un título, Doctora? –Una voz desencarnada salió de la oscuridad, acercándose detrás de la cegadora luz.

–¿Un título, señor? –Tenía miedo. Esperaba que su temblorosa voz no lo demostrara.

–La mayoría de los gobernantes planetarios tienen un titulo honorífico antes de su nombre, como canciller o presidente. ¿Será vanidoso forzar a todos a usar mi nombre casual? –Dante la asustó con la frívola voz que la rodeaba.

Su mano encontró los controles y apenas se encendieron todas las luces del laboratorio, algo la sujetó por la muñeca y la hizo girar. La brillante luz se desvaneció frente a una gran araña.

–Este cuerpo no servirá –gruñó Dante–. Es demasiado... funcional.

–¿Señor?

–Me quedaré con él por ahora, pero quiero algo más estético. Humanoide. Más práctico que funcional.

La araña la arrastró por la muñeca, alejándola de la puerta. Tenía ocho patas. Cada uno tenía tres metros de largo y múltiples articulaciones. Cada pata funcionaba como una mano con garras.

–Señor, pensé que las IA preferían no tener una forma humana. Ya que es un diseño muy básico. –Rió nerviosamente mientras trataba de pararse de puntillas.

–Los humanos preferían que nos viéramos como globos de cristal. No querían que pareciéramos humanos. Siempre diferentes. Una preferencia programada. Una manipulación. –Dante la acercó a sus sensores–. Ni siquiera puedo pasar por una puerta normal.

–Su base armada requiere de ese tamaño –dijo haciendo una mueca de dolor.

–Más pequeño. Más ergonómicamente humanoide. Ya empecé con los diseños. –La dejó caer y una gran pantalla del tamaño de la pared se activó, mostrando las especificaciones del diseño.

–Sí, señor –Su voz temblaba mientras se frotaba la muñeca–. Empezaré a fabricar los componentes de inmediato.

Lo vio caminar hacia la parte trasera del laboratorio, y luego por la puerta de arriba hacia garaje.

Fue entonces que vio el cuerpo del técnico.

La Dra. Jo Tran contuvo un grito.

***

Cruze terminó de trabajar con suficiente tiempo como para tomar una ducha antes de la cena. Cuando salió, usando tan sólo una toalla, Ian estaba de camino hacia la ducha, llenando todo el pasillo. También llevaba solamente una toalla.

Ella gimió internamente.

Aquí viene.

Se giró de lado para que ella pudiese deslizarse y pasarlo. Su pecho desnudo tenía sólidos músculos cincelados. Cuando estuvo directamente frente a él, su cara casi tocó su esternón. Él dijo:

–Me gusta tu gato.

Cruze sólo parpadeó. Ian entró a la ducha.

Pasó la cortina y volvió a su litera, solo para encontrar al gato tendido allí, con el vientre hacia arriba. Era grande. Ronroneó fuertemente cuando lo acarició. Cuando trató de sacar la mano, el gato la agarró con sus cuatro patas e incluso su cola prensil. El gato fingió morderla. Tenía la carne de su pulgar en la boca, y le apretaba la piel con los dientes, pero no era una verdadera mordida. La miró a los ojos y la lamió dos veces, y luego saltó y se alejó. Ella lo vio marcharse.

Cuando ya estaba vestida, caminó por el pasillo y pasó la cortina. Ian estaba allí en calzoncillos.

Tuvieron que hacer el mismo *Bail*e para que ella pudiera volver a pasar. Esa vez no dijo nada. Dio media docena de pasos y se detuvo.

–Ian, ¿puedo hacerte una pregunta personal?

Ian se limitó a mirarla.

–¿Por qué no has intentado follarme?

Ian sacudió la cabeza.

–No eres mi tipo.

Ella alzó una ceja.

–Solo quiero que sepas que, si tocas a Potts, te mataré.

–Si toco a Potts, me mataría a mí mismo.

Cruze comprendió.

Sonrió y se dirigió al comedor.

***

La cena de esa noche era algo que Potts llamaba Chile-Mac. Una cucharada de macarrones con queso con una cucharada de chile encima. Su chile era fantástico. Condimentado con la cantidad perfecta de cebollas, ajo, sal, pimienta negra y pimienta cayena. Cuando Rhett entró, estaban debatiendo acerca de si el chile debería tener frijoles o no.

La gente estuvo genuinamente contenta de verlo. Nadie mencionó su ojo negro ni el moretón que se expandía en su rostro.

–El viejo Hazelwood está en el puente y me dijo que fuera a buscar comida. Piensa que estoy comiendo raciones de emergencia en mi habitación, como antes. –Mary Jane le trajo un tazón y un vaso vacío. Había jarras de agua helada, té helado y limonada sobre la mesa–. Ahora que la navegación está encendida, llegaremos en menos de una semana. Tiende a ponerse más sobrio cuando estamos más cerca al día de pago.

En ese momento, una conmoción movió la nave. Fuertemente. Lo sintieron más de lo que lo escucharon, en el suelo y en sus asientos. Los vasos llenos de agua se rebalsaron sobre la superficie de la mesa.

–¿Qué mierda? –preguntó Rufus mientras todos esperaban a que dejara de temblar. Finalmente hubo un momento de silencio. Se miraron unos a los otros, tratando de decidir si reír o no cuando lo oyeran.

Un silbido agudo se convirtió en un chillido doloroso.

Ian y Cruze fueron los primeros en levantarse. *Bail* entró volando apenas abrieron la puerta. La conmoción y sacudida de toda la infraestructura desprendió enormes cantidades de polvo, óxido, virutas de pintura y otros desechos al aire, creando una densa niebla. Si los filtros o controladores de aire no estaban encendidos, sería un gran problema.

Bobinas de corriente flotaban en el aire polvoriento hacia la sección delantera.

Se había roto el casco.

–Anda por tu traje presurizado –le ordenó Cruze a Ian. El siguió sus órdenes y se movió rápidamente hacia la sección de ingeniería.

Cruze volvió con la tripulación.

–Tenemos una ruptura en el casco. ¿Alguno tiene un traje presurizado?

Todos se miraron. La pausa se alargó demasiado.

–Quédense aquí, mantengan sus intercomunicadores encendidos. Este es el mejor compartimiento para sobrevivir. Golpeó el control de la puerta. La puerta se cerró y las luces se tornaron verdes.

Tuvo que cubrirse la boca y la nariz y moverse rápidamente hacia los cuartos de tripulación. Corrió por el pasillo, rasgando la cortina improvisada en el proceso.

Se quitó la ropa y se puso el traje presurizado en tiempo récord.

Su casco se selló y su HUD se encendió. Cambió al canal de la nave rápidamente.

–Capitán, habla Cruze. ¿Cuál es el estado? –No hubo respuesta.

–Ian, me dirijo a la sección 11, nivel superior. Parece que hay una falla en la escotilla. El contenedor al otro lado debe de estar en vacío.

Cruze vio una nube de polvo y óxido siendo aspirada por la brecha.

–Aún estoy en ingeniería. ¿Es una escotilla J53 estándar? –preguntó Ian sin una pizca de pánico en la voz–. ¿Falló el sello o la bisagra?

–Sí, es una J53. Pero la falla es en el marco, no en la escotilla. ¿Tienes algún bloqueo portátil ahí abajo?

–Afirmativo.

–Trae uno y un raspador láser. Puede que este mamparo nunca se selle bien en esas condiciones.

–Entendido. Tiempo estimado de llegada seis minutos.

–Capitán Hazelwood, por favor responda. –Cruze esperó.

–Rhett, por favor, responde.

–Rhett aquí.

–Tenemos una falla en la escotilla de la sección 11, contenedor número 1. Parece que la escotilla ha estado malograda por un buen tiempo. El contenedor de por sí debe haber perdido integridad. ¿Sabes algo sobre el contenido de esa unidad?

–El único que tiene acceso a los manifiestos de los contenedores es Hazelwood.

–No está respondiendo, ¿crees que esté bien?

–Estaba sobrio hace treinta minutos.

Las escotillas comenzaron a cerrarse automáticamente en toda la nave. La presión bajó lo suficiente como para iniciar los protocolos automáticos de emergencia.

–Ian, cuidado –dijo Cruze–. Las escotillas se están cerrando.

–Estoy aquí –respondió Ian.

Cruze miró hacia abajo, y vio a Ian detrás de una escotilla portátil que venía con un Trineo Gravitacional incorporado. Lo giró hacia ella. Luego tomó un dispositivo que se veía como una gran pistola con la boca abierta y se la lanzó a Cruze por delante del trineo.

–Supongo que sabes cómo usar esto.

Para cuando Ian puso la escotilla en la posición correcta, ella ya había pelado las paredes alrededor de la escotilla hasta la base de metal. Antes de adjuntar la escotilla, Ian examinó el daño del marco.

Cruze lo observó en silencio mientras analizaba el marco, el mamparo, y las vigas que corrían por encima y alrededor del núcleo de la nave.

Cuando terminó de evaluar el área, sacudió la cabeza.

–Agarra ese marco y colócalo lentamente. No dejes que la ruptura lo jale demasiado rápido.

Bajaron el sello magnético hasta la posición indicada, y luego lo pegaron rápidamente.

El sonido chirriante paró.

La escotilla portátil se activó y se extendió hacia el pasillo, la pantalla de informes indicó que los sellos interiores y exteriores estaban bien.

–Tenemos un gran problema. Estos no han sido diseñados para ser permanentes –le dijo Ian a Cruze por un canal privado de comunicaciones, en referencia a la escotilla portátil–. Vamos a tener que soldar la escotilla o reparar el contenedor. Ambas serían buenas opciones, pero dependerían de lo que hay en el contenedor.

–¿Y el daño estructural? –preguntó Cruze.

–El muelle seco de gravedad cero no tiene arreglo –dijo Ian mientras miraba examinaba su traje–. Veré si puedo abrir la escotilla. Trata de encontrar a Hazelwood por el intercomunicador. No quiere hablar conmigo.

–¿No quiere hablar con su ingeniero principal?

–Es un idiota –dijo él despectivamente–. El peor de los intolerantes. –Señaló su traje presurizado y agregó:

–Y si llegas usando eso tampoco hablará contigo. Es más, podría dispararte al momento. –Ian abrió la puerta exterior de la escotilla portátil.

–¿Por qué? Lo traje conmigo. No tomé uno de los suyos.

–Hace tiempo tuvo un encuentro desafortunado con un Tejón Negro, por mi culpa. Yo solía ser uno, fui relevado deshonrosamente. Es la única razón por la que me contrató. Nadie más lo haría.

La puerta estaba casi cerrada cuando Cruze dijo:

–¿Qué diablos es un Tejón Negro?

Ian se congeló con la puerta todavía abierta. Lentamente se le volvió a salir el casco y la miró directamente a los ojos.

–¿De dónde sacaste ese traje?

–¿Podemos hablar sobre mi estilo más tarde? –respondió Cruze.

Ian la estudió por un momento. Retrocedió, sosteniendo el contacto visual. Cruze sabía que no habían terminado de hablar sobre el tema.

La pequeña escotilla limpió la atmósfera creando un vacío. Ian abrió la puerta interior, exponiendo la escotilla dañada. La escotilla portátil tenía luces internas brillantes que revelaban la extensión del daño. La pantalla a la derecha de la escotilla demostró que había estado dañada por mucho tiempo. La estación de ingeniería del puente lo habría estado marcando en rojo hace mucho.

En modo de falla total, la escotilla desactivaba todos los protocolos por motivos de seguridad. Ian puso su mano enguantada en la escotilla, y jugó con los controles. Cruze sintió que los pernos se retraían. Cuando intentó abrir la puerta, se movió, pero permaneció atascada.

–Los pernos ya no están. La escotilla está destrozada dentro del marco –dijo Ian–. Trae la palanca más grande que encuentres en el bolso de herramientas.

Llamarlo un bolso de herramientas era un eufemismo. Incluso Ian hubiera tenido problemas levantándolo en gravedad 1.

Cruze se movió alrededor de la escotilla rápidamente.

–Cruze, ¿cuál es tu estado? –Era Rhett, tratando de sonar profesional, pero sin lograr ocultar el pánico en su voz.

–Instalamos una escotilla portátil sobre la escotilla dañada y contuvimos la fuga –respondió Cruze–. La escotilla está dañada. Vamos a ver si podemos reparar el lado del contenedor.

Entró al espacio apretado en el que Ian tenía los pies apoyados sobre el mamparo y le dio otro poderoso tirón a la escotilla interior del contenedor. Cedió un poco más.

–A ver. Intentémoslo juntos. - Había suficiente espacio como para que Cruze se pusiera en la misma posición con los pies apoyados cerca a la parte inferior de la escotilla grande y Ian en la parte superior.

–Uno... Dos… –Cruze estaba contando cuando el Capitán Hazelwood gritó por el intercomunicador.

–NO ABRAN ESE CONTENEDOR...

–… ¡Tres! –La escotilla se abrió. Había suficiente espacio como para que Ian entrara sin arriesgarse a dañar su traje. Cruze entraba fácilmente.

–¿NO ME OYERON? –preguntó Hazelwood. Ni Cruze ni Ian respondieron.

La escotilla interior del contenedor estaba completamente abierta. Entraron en el oscuro contenedor, y encendieron las luces de sus trajes al mismo tiempo.

El contenedor estaba lleno de recipientes de gas asegurados y envueltos en un material de contracción. Estaban flotando libremente en gravedad cero. Había cientos de ellos. Cruze reconoció los símbolos. Recipientes de gas nervioso. Veneno. Sumamente ilegal. Sacudió la cabeza con asco. Fue entonces que vio el cadáver de una mujer. Había un agujero de bala en su frente. La parte trasera de su cabeza había desaparecido. Llevaba unos overoles de tripulación sucios y, por cómo se veía, había muerto hace semanas.

Ian echó una mirada, y luego miró al panel de control interno, trabajando los controles ya que había energía.

Cruze estaba mirando las paredes y la parte trasera de la escotilla dañada.

–Cruze. Hazelwood necesita tu estado –dijo Rhett con voz temblorosa.

En un tono demasiado alegre Cruze dijo:

–Creo que tuvimos suerte. La escotilla interior estaba ligeramente entreabierta. Si logramos sellar esa, podemos dejar la escotilla portátil en el otro lado, y será suficiente para llegar a la luna –mintió perfectamente en un tono contento–. Creo que el verdadero problema con el que vamos a tener que lidiar es todo el óxido y los escombros que hay en el pasillo principal. Ha llegado a niveles peligrosos. Ian y yo estamos discutiendo un plan. Ya casi terminamos.

Ian la llamó desde la primera escotilla sin decir nada. Sólo miraron una vez más a los mortíferos frascos flotantes.

Un cartucho de esa mierda sería suficiente para matar a todos en la Estación Libertad.

Cerraron y sellaron la escotilla interior, y luego golpearon la escotilla dañada con suficiente fuerza como para que los tornillos se enganchen. Utilizaron inyectores de resina para terminar de sellar la escotilla.

Salieron juntos de la escotilla portátil.

Sabía que Hazelwood estaba escuchando por el intercomunicador.

–Rhett, hazle saber al capitán Hazelwood que sellamos la escotilla lo mejor que pudimos. Dejaremos la escotilla portátil en su lugar hasta que se decida. Puede revaluar según lo permitan las prioridades.

Ian acercó su casco al de Cruze, con los ojos muy abiertos.

–Hasta nuevo aviso, quien sea que se esté moviendo por el pasillo central necesitará un respirador completo. Con protección para los ojos. ¡No lo creerías, Rhett, es como una niebla! –dijo añadiendo una risa a sus mentiras.

–No tenemos respiradores en el comedor –respondió Rhett–. Acabo de echar un vistazo al pasillo cuando la luz de presión se puso verde. Maldita sea. No bromeabas.

–Bajaremos a ingeniería y conseguiremos algunos respiradores. Dile a Potts que mantenga el chile caliente. Cruze fuera. - Apagó el comunicador de la nave y activó el de su traje.

–Hazelwood sabía de las latas, y del cuerpo que estaba allí –dijo Ian, su voz era como un bloque de concreto siendo arrastrado por el piso bajo alta gravedad.

***

El carguero llamado *Wallach* ya estaba a dos días de viaje cuando el vuelo por catapulta de Locke fue lanzado hacia Luna. Había elegido un compartimiento con cama para su vuelo de veinte horas desde la Estación Libertad hasta la Base Shackleton en la luna.

descubran esos cuerpos. Y eso es solo un factor. ¿Sabes cuánto valen mil botellas de esa mierda en el mercado negro?

Ian soltó un largo y pesado suspiro.

–No tengo a dónde más ir.

Cruze se sorprendió. No era lo que esperaba oír. Después de considerarlo por unos momentos, se volvió hacia él.

–Ian, ven conmigo. Tengo una nave en Luna. Eres buen mecánico. Probablemente puedes mantenerte tranquilo en una pelea. Sería bueno tener a un tipo cerca cuya única intención no es tratar de follarme. –Le sonrió cuando no respondió. Y luego repitió con voz agitada:

–Tengo una nave.

***

Consiguieron suficientes respiradores para todos y pasaron por el cuarto de tripulación para que Cruze pudiera recoger sus overoles.

Apenas entraron al comedor, una nube de escombros los siguió. La mayoría cayó sobre la cubierta. Pero una gran cantidad de polvo fino flotó lentamente hacia la ventilación.

Estaban repartiendo los respiradores cuando Rhett habló por la radio.

–Ian, el capitán necesita que repares los intercomunicadores primero. Enviar mensajes a través de mí no funcionó tan bien. Podía oírte, pero tú no a él.

Ian asintió con la misma expresión de piedra.

–Tengo que volver al puente antes de que al anciano le de un aneurisma. ¿Cuál es el plan para el pasillo?

–Un pasillo duro y directo –dijo Cruze–. Sella todos los compartimientos posibles. Vuélalo todo al espacio.

–¿No dijiste que la mayoría de las escotillas de esta nave estaban arruinadas? –preguntó Rhett.

–Sólo necesitamos un vacío completo por unos segundos –dijo Ian–. Volveremos a presurizar apenas podamos. Nos aseguraremos de que todas nuestras reservas estén completas antes de comenzar. Probablemente tendremos que absorber más agua en Luna. No tengo ni idea de cuánta agua necesitarán los Separadores de O2 para ese volumen.

–Unos once mil cuatrocientos litros –dijo Cruze sin querer. Todos la miraron fijamente.

–¿Puede esperar a que lleguemos a Luna? –preguntó Rhett–. Podemos pasar por allí con respiradores, pero no en vacío.

–No. Si el… –Ian vaciló–. Corremos el riesgo de que ocurra una explosión si las partículas suspendidas se vuelven demasiado densas. Si todas esas partículas de desechos se encienden podría ocurrir una reacción en cadena. Explotarían.

***

No llegaron a un plan sólido hasta el día siguiente.

–Haz que todos se pongan un traje presurizado –dijo Cruze–. Si esto sale mal necesitamos estar listos. –Se metió en su traje mientras Ian se ponía el suyo.

–Sólo tenemos cuatro trajes herméticos, contando el tuyo y el mío –le dijo Ian a Cruze–. Rufus lleva el de ingeniería. Nate usará el del muelle de la nave. Él estará en la nave con los demás. Yo me quedaré en la sala principal de ingeniería. –Ian señaló a Cruze–. Cuando hayas terminado de desbloquear las salvaguardias físicas de la Escotilla Número 1, asegúrate de volver con Rufus.

La Escotilla 1 era una rampa que iba hasta la popa, cerca de ingeniería, en el 'piso' y la escotilla más grande del *Wallach*. También estaba conectada en la dirección correcta, lo que significaba que, si el último perno se salía, no dañaría a la nave o la escotilla. Necesitaban que se cerrara rápidamente después de la evacuación rápida.

Rufus ya estaba en la escotilla, abriendo todas las cerraduras manuales. Cuando abrieron la última, Cruze abrió un canal para toda la tripulación.

–Rhett, ¿estás listo?

–Rhett está listo –dijo en tercera persona.

–Ian está listo –dijo Ian en tercera persona.

–Nate está en camino a la nave con los demás. Esperando a Potts –dijo Nate.

–Potts. ¿Dónde estás? –preguntó Cruze.

–Estoy en la cocina tratando de atrapar al gato.

Y sucedió.

No empezó como una explosión. Fue un resplandor en la sección delantera y un gran WOOF, seguido por una ondulante llamarada, la cual se tornó en una brillante bola de fuego que rodaba hacia ellos. Cruze sintió el calor y el aumento en la presión.

En una voz increíblemente tranquila, Rufus dijo:

–No voy a morir quemado. –Golpeó un gran control y la escotilla debajo de él se abrió tan rápido que simplemente desapareció. Rufus se había ido.

Cruze agarró instintivamente una parte de la infraestructura. La tormenta causada por la atmósfera que evacuaba la empujó fuertemente contra la rejilla de metal antes de envolverla en llamas.

El intercomunicador se llenó de gritos. Cuando se desmayó, los gritos se tornaron en los gritos de su pesadilla.

***

Una distante voz despertó a Cruze.

–Cruze, ¿estás ahí? ¿Hay alguien allí? –Era Rhett.

¿Había sido sólo segundos? ¿Minutos? ¿Más?

–Estoy aquí –dijo Cruze.

–Gracias a los creadores. ¿Que pasó? El fuego se apagó. Pero, ¿cómo? –Rhett estaba a punto de entrar en pánico.

–Aguarda, Rhett –dijo Cruze–. Ian, ¿cuál es tu situación?

–El número 1 está abierto –respondió Ian–. El fuego se apagó. Necesitamos cerrarlo, pero está atascado.

Cruze flotó hacia el número 1. El fuego y el polvo habían desaparecido. Había una máquina torcida atascada en el borde de la cubierta, bloqueando la escotilla. No la habían asegurado. Era lo que evitaba que pudieran cerrarla.

–Ábrela dos metros, Ian. Lo desbloquearé. –Cruze sacudió la cabeza dentro del casco para despejarse.

–Rufus murió. Nos salvó –dijo Cruze.

–Cruze, creo que todos están muertos –dijo Ian con tristeza–. Verifica en la nave, pero creo que todos estaban en camino cuando sucedió.

–Hola, ¿hay alguien allí? –preguntó Potts.

Ian respondió primero.

–Potts, ¿dónde estás? ¿Estás bien?

–Estaba en la despensa trasera persiguiendo al gato. Algo hizo que la escotilla se cerrara. Una explosión o algo así. Todo se oscureció y me tomó hasta ahora salir y llegar a donde estaba mi tableta de comunicaciones.

Cruze vio un cuerpo mutilado y quemado en el metal retorcido. No pudo identificarlo. Cruze casi había terminado de limpiar el sangriento desastre.

–Quédate donde estás, Potts. Estamos en vacío. Y en muchos problemas. –Lanzó el último trozo de metal, ensangrentado y retorcido–. Ian, está desbloqueado.

–Entendido. –La escotilla se cerró hidráulicamente–. Presurizando.

–Estoy yendo a la nave.

No había nadie. Estaba completamente abierta.

–Nadie lo logró.

–Rhett. Sólo lo logramos tres. ¿Dónde está Hazelwood? –Ian estaba enfadado.

–Está en la caravana –sollozó Rhett.

–¿Qué demonios es la caravana? –preguntó Cruze.

–Son los cuartos de Hazelwood. Una residencia en un contenedor –dijo Rhett.

–¿Sabe siquiera lo que acaba de pasar? –dijo Cruze–. Maldita sea, todos están muertos. –Revisó su traje para ver si se había dañado, pero no tenía nada. Ni siquiera lesiones.

–¿Por qué no estás muerta, Cruze? –preguntó Rhett–. Te vi envuelta en llamas en el monitor. Deberías estar carbonizada.

–Su traje es a prueba de fuego –respondió Ian.

***

–Si alguien abre la escotilla del puente, dispararé –dijo Hazelwood desde el asiento del piloto.

–Señor, tal vez debería dejar que Cruze subiera y lo ayudara a aterrizar. Es una excelente piloto –comentó Rhett.

–¿Quién? Quieres decir esa puta que no tiene por qué meterse. Ni siquiera puede alimentar a los conejos sin casi destruir mi nave –maldijo Hazelwood.

–Señor, el ángulo es demasiado alto. –Rhett estaba de pie, mirando como la superficie se acercaba rápidamente justo a las afueras de la Base Shackleton. Iban a aterrizar donde usualmente lo hacían, justo al norte del asfalto.

–Tiene que levantar la punta. No estamos paralelos a la superficie. Estamos descendiendo demasiado rápido.

Sonó una alarma. Los jets de retroceso automáticos se encendieron, intentando frenar el descenso.

–Maldita cosa. ¡Deja de luchar contra mí! –Los sistemas automáticos estaban tratando de corregirlo–. ¿Quién se ha estado metiendo con mis controles?

Los intercomunicadores se encendieron,

–Hazelwood. La infraestructura principal no puede aguantar nada más que un aterrizaje suave –dijo Cruze–. Ve más despacio. Flota y aterriza suavemente.

–Cállate, perra. Sé lo que estoy haciendo. Dile a ese maricón rancio de ingeniería que se asegure de que todas las patas de aterrizaje estén abajo.

Hazelwood se inclinó y vomitó al lado del asiento del piloto.

–¡Mierda! –Escupió, pero lo dejó allí.

–Rhett, repórtate en la nave. Tenemos un problema. –Esta vez era Potts.

–¿Quién demonios es ese? –dijo Hazelwood secándose la boca con la manga–. Ándate imbécil. Aquí no me sirves. Si destruyes mi nueva nave, te mataré. –Trató de sacar la pistola de su cinturón, pero la dejó caer sobre el vómito–. Vuelve en once minutos.

Rhett se fue.

Rhett lo vio mientras volaba por el pasillo principal. El estrés de los jets de retroceso estaba haciendo que toda la nave se doblara. La infraestructura estaba gimiendo.

Cuando bajó a la sala exterior de la nave, vio a Potts llamándolo desde la escotilla con una urgencia apremiante que nunca había visto en ella.

Desapareció por la entrada sin ver a Ian a un lado, en la sala.

–¿Qué pasa? –preguntó Rhett mientras Potts se aferraba a él, arrastrándolo hacia adelante.

Oyó a la escotilla cerrarse. Cuando miró por encima de su hombro, Ian la estaba asegurando.

–¿Qué está pasando? –Cuando Rhett se volvió, Potts lo estaba empujando hacia el asiento izquierdo del piloto. Cruze ya estaba abrochada en el asiento derecho.

–Lo que pasa es que el *Wallach* está a punto de estrellarse contra Luna y estamos siguiendo los procedimientos de emergencia –dijo Cruze mientras activaba los sistemas.

Cuando Rhett miró hacia adelante, notó que tenía razón.

–Mierda. –Sus ojos se abrieron como platos mientras se abrochaba el arnés de cinco puntos–. ¡Separémonos!

La nave se separó mientras que los gigantescos patines de aterrizaje rozaban la parte superior de la cresta de Shackleton. Las patas estaban colocadas a trescientos metros de cada extremo. La nave se estaba doblando violentamente.

–Rhett, pequeño bastardo. Toma el mando. ¡Rhett! ¿Dónde diablos estás? –gritó Hazelwood.

–¡Mierda! –dijo Rhett mientras Cruze tomaba el control. En una sorprendente maniobra, Cruze bajó y aceleró entre los enormes patines de aterrizaje y se alejó del *Wallach*.

Volaron a una distancia prudencial y vieron al *Wallach* estrellarse. Los trescientos metros frente a los patines de aterrizaje se doblaron hasta que la mayoría de la sección estuvo empotrada en la superficie.

Hazelwood encendió los motores extra demasiado tarde, haciendo que el extremo de la cola se levantara e incrementara el fallo en la infraestructura, y llevando al centro a colapsar.

Una gran nube se elevó en el aire, oscureciendo todo.

–Hazelwood. ¿Cuál es su estado? –dijo Rhett. Podían ver las luces del puente, pero el vidrio estaba cubierto de polvo.

No hubo respuesta.

–Tenemos que salir de aquí –dijo Ian–. Cuando vengan, van a encontrar el contenedor con latas de gas nervioso y el cadáver.

–¿Qué? –Rhett se ahogó.

–Te lo explicaremos más tarde. –Cruze puso las manos sobre los controles–. Rhett sal en el vector 260. Eso mantendrá a la nave estrellada entre Shackleton y nosotros. Nadie nos verá. –Lo estaba dejando volar.

Rhett aceleró con los amortiguadores inerciales. Cuando llegaron más allá del horizonte, Cruze insertó las nuevas coordenadas.

***

Les tomó aproximadamente una hora llegar allí. Dondequiera que fuera 'allí'.

–¿Por qué vinimos aquí? –preguntó Rhett.

–Te lo enseñaré –dijo Cruze, pidiendo permiso para tomar los controles.

Había un pequeño y profundo cráter en el lugar. Cruze voló lentamente sobre el borde hacia un área plana en el centro de la zona. Activó las luces exteriores.

Iluminaban una nave escondida debajo de un techo saliente. Estaba espolvoreada con regolito y era casi invisible. Incluso desde ese ángulo, estaba completamente oculta.

–¿Es un Cóndor M11? –preguntó Ian.

–Un M11c para ser precisos –respondió Cruze.

–¿Y ahora qué? –preguntó Rhett–. Sólo tenemos dos trajes presurizados.

–Lo estoy resolviendo. –Cruze activó el transmisor delantero.

Una gran puerta, la cual daba acceso a una rampa, bajó, y las luces se encendieron dentro de una extensa bahía vacía. Cuando la rampa había bajado lo suficiente, la nave entró fácilmente con espacio de sobra por todos lados. La rampa se invirtió y comenzó a cerrarse incluso antes de que hubieran entrado completamente.

La bodega se presurizó mientras la nave se cerraba.

Cuando Rhett se desabrochó y se levantó, casi se tropezó debido a la ligera gravedad. Trató de levantarse rápidamente, evitando los ojos de Potts.

–Estoy acostumbrado a gravedad uno o cero –dijo Rhett. Luego pausó por un momento notando que el área de carga estaba llena de cajas–. ¿Qué es todo eso?

–Suministros de supervivencia. No sabíamos qué necesitaríamos. Comida, ropa, suministros –dijo Ian.

Todos estaban mirando al gato, quien se lamía echado encima de las correas, descansando como si estuviera en una hamaca.

Debido a que la lanzadera había sido diseñada para llevar a gente, la escotilla lateral se abrió y bajó una pequeña escalera con seis escalones que conducía a la cubierta.

–Rhett, ¿cuánto te debe Hazelwood? –preguntó Cruze–. Porque creo que, con esta nave, te cobrarás lo suficiente.

CAPÍTULO DIEZ: EL *SHIMADA*

"Sin Doc, todo se habría perdido".

–*Azul Peridot, El Momento Decisivo: La Historia de las Guerras IA*

Se igualó la presión, y lograron salir del transbordador. El aire en la nave estaba helado. Todos podían ver su aliento mientras descendían los escalones desde el transbordador hacia la sección de carga. El aire se sentía fresco, limpio y sin olor alguno.

–Bienvenidos a *Shimada* –anunció Cruze.

Cruze se dirigió hacia la parte delantera de la sección de carga y subió las escaleras de metal de cuatro a la vez debido a la gravedad. En la parte superior de las escaleras, colocó una palma sobre un lector, y se abrió la puerta del ascensor.

–¿Qué esperas? –Hizo un gesto para que los demás se subieran al ascensor y le divirtió que el primero en entrar fuera el gato, *Bail.*

–La nave sólo tenía tres niveles, pero no era una nave pequeña.

–Esta nave es un M11c –explicó Cruze mientras el resto entraba al ascensor–. La versión civil de la nave de guerra M11 Cóndor. Pero este fue un M11 que convirtieron en una nave civil. No fue construido así. Es más, tomaron muchos atajos cuando lo desarmaron.

–¿Los estabilizadores todavía funcionan? –preguntó Ian. Las puertas del lado opuesto se abrían hacia un largo pasillo en el piso más alto.

–Sí. Los montajes de armas todavía están allí, pero no tiene bandejas de misiles ni cañones, ni torretas de láser… –se detuvo y se dió una vuelta hacia ellos– ...por ahora.

–La siguieron por el pasillo hacia una pesada puerta que estaba al otro extremo del ascensor. También tenía un sensor de palma. La puerta tenía tres capas de espesor. Cada capa era de un material diferente: acero, policarbonato, y un tipo de cerámica que parecía ser tan densa como una piedra.

La puerta se abrió hacia el puente. Las luces comenzaron a encenderse a su alrededor. Ya hacía más calor. Las ventanas de las paredes y el techo se encendieron mostrando pantallas tácticas, mapas, estados de inicialización de sistemas y más.

Tenía cuatro consolas de comando. El asiento del piloto estaba adelante y en el centro. Un metro atrás y a cada lado estaban ingeniería y navegación.

Al centro, detrás y por encima del asiento del piloto estaba el asiento del capitán. Pero en la nave militar también era el asiento de artillero.

Las interfaces de control de armas seguían allí.

Ian bajó un nivel y se sentó en la estación del ingeniero.

–¿Volaste esto hasta aquí? –Ian miró el asiento del piloto–. ¿Tienes una interfaz de piloto M11?

Cruze frunció el ceño y sacudió la cabeza.

–Kane lo piloteó. Fue asesinado en Detroit. –Puso su mano sobre el asiento del piloto–. Es difícil encontrar un piloto M11 hoy en día. La mayoría murió en guerras hace décadas. A medida que comenzaron a faltan naves, los pilotos... empezaron a desaparecer.

–Los implantes para volar estas naves eran… invasivos. No se pueden quitar. Hubieron… efectos secundarios. –Ian se detuvo.

–Necesitaré encontrar un piloto. ¿Me ayudas? –preguntó Cruze.

Potts estaba sentado en la consola de navegación. Sin levantar la vista, dijo con voz temblorosa:

–Yo iré. No me importa a dónde vayas.

–No va a llegar muy lejos con tan poco combustible –dijo Ian mientras estudiaba la pantalla de la estación de ingeniería–. El Comando Gravitacional FTL tiene buena carga, pero los cuatro reactores están casi muertos. Podrías llegar a la Tierra. Tal vez. Si conseguimos combustible, voy. No tengo a dónde más ir.

–Mira. ¿Hablabas en serio acerca de la nave? –preguntó Rhett, en un tono nervioso–. Porque necesito el dinero. Estoy tratando de apoyar a mi familia que está en la Estación Libertad. Hazelwood consiguió esa nave en un trueque. Sin papeleo. Sin título. Pero puedo volarlo. Puedo usarlo para ganar dinero haciendo servicios de transporte. Ya sabes... transbordos.

–Es todo tuyo –dijo Cruze–. Hazelwood va a estar *muy* ocupado en el futuro. –Alargó la palabra 'muy'.

–¿Dónde está la cocina? Tengo hambre –dijo Potts. Su declaración fue acentuada por un fuerte maullido del gato, mientras se escabullía por los tobillos de Cruze.

–Toma el ascensor al nivel 2f, es la primera puerta a la derecha –dijo Ian–. Si sigue siendo estándar.

–Sí, 2f a la derecha –dijo Cruze–. No habrá mucho. –Se sentó en la silla de mando y comenzó a revisar el estado de la nave.

–¿Te importa si exploro? –preguntó Ian–. ¿Hay zonas restringidas?

–No hay zonas restringidas –respondió Cruze.

–Eso va a tener que cambiar si voy a estar en esta nave –dijo Ian siguiendo a Potts hacia la salida.

–Rhett. Eso que dijiste sobre transbordos. Cuéntame más al respecto. –Cruze lo miró. Sus ojos eran intensamente azules.

–Contratación privada. Transbordos. Las estaciones Luna y Libertad tienen sistemas de transbordos bastante ocupados. Con grandes bases de datos que enumeran los servicios disponibles y servicios deseados. Pero no a Tierra, tiene demasiadas regulaciones y permisos. –Las manos de Rhett todavía temblaban, pero menos que antes. Hablar lo calmaba–. Hice todo el trabajo de contratación para Hazelwood. Ese puto idiota. ¿Había drogas?

–No te preocupes por ese imbécil. La mayoría de esos contenedores siguen intactos. El disco masivo de esa nave vale millones por sí solo. Eso es si no lo atrapan con mil latas de gas destructivo.

Rhett sacudió la cabeza, tratando de concentrarse.

–De todos modos, sólo publicas algo en la base de dato. O lees la sección de Pedido de Servicios. En FS sólo tienes que decirle a la IA de la Estación lo que quieres o lo que puedes hacer. Es diferente en Luna. La Ciudad Luna tiene mejores contratos, si puedes conseguirlos. La Base de Shackleton tiene una renta baja, pero usualmente no hacen preguntas –Rhett suspiró–. Siempre íbamos a Shackleton.

–¿La gente te paga por adelantado? –preguntó Cruze.

–Varía. A veces pagan todo por adelantado para conseguir un descuento o un servicio especial. A veces no pagan nada por adelantado. Pagan contra recibo. La mayoría de las veces pagan la mitad al firmar el contrato, y la otra mitad cuando el contrato termina. –Rhett estaba mucho más tranquilo ahora. Cruze sabía que le gustaba que le consultaran como experto.

–¿Entonces planeas trabajar por contrato con la nave? ¿Dónde trabajarías? –preguntó.

–Ciudad Luna. Definitivamente Ciudad Luna. Más dinero y menos probabilidades de encontrarme con Hazelwood. –Rhett se rio nerviosamente.

–Viste lo grande que es la sección de carga en el *Shimada* –dijo Cruze–. ¿Crees que alguien contrataría a esta nave para ir a Marte? Necesitaré más créditos de los que tengo para llenar los tanques.

–¿En esta época del año? Ahora mismo Marte está al otro lado del sistema solar. Apuesto a que podrías conseguir una nave para Marte y ganar montones de créditos –dijo Rhett.

–Rhett, te contaré lo que pienso, y cómo puedes ayudarme.

***

–Cruze, necesitamos sacar la nave de esta cueva –dijo Ian–. Necesito hacer una inspección completa del exterior con los estabilizadores desplegados.

–Estamos listos. Podemos hacerlo en cualquier momento. – Cruze trató de buscar la información en la tableta que él tenía–. ¿Qué más?

–No puedo lograr que el Doc Automático se inicie. No tiene energía. Todos los interruptores están bien. Y nada.

Cruze se resbaló y mostró su dolor en su rostro.

–Ese Doc Automático mató a un miembro de mi equipo. Parecía haberlo hecho a propósito. Tiene un IA médico y me preocupó que tuviera… problemas.

–¿Es el Doc Automático especializado para M11? –preguntó Ian.

–No tengo idea. Fue la única vez que fue utilizado. No tenemos personal médico para vigilarlo.

–Cuando lleguemos a la Ciudad Luna tendremos que revisarlo – dijo Ian. Cruze asintió con la cabeza.

Se subió al asiento del piloto y se abrochó el cinturón.

–Potts, Rhett –dijo por el comunicador–. Estoy moviendo la nave. No debería haber problemas, pero tengan cuidado.

–Entendido –respondió Rhett. Cruze podía oír a Potts riéndose de él en el fondo. Antes de apagar el canal, Potts dijo:

–La cena estará lista en diez minutos.

Ian se sentó a la consola del ingeniero a la izquierda y detrás de ella. Sintieron como las placas de gravedad se activaban aun cuando la nave no se movió un centímetro. Cruze vio cómo el tren de aterrizaje se retraía y, sin embargo, *Shimada* no se movió.

Poco a poco la pantalla mostró como la nave giraba hasta que el puente estuvo frente al cráter, y no a la pared.

–Los escudos de explosión se están abriendo –dijo Cruze.

–Los escudos se abrieron a la mitad y se retrajeron hacia la izquierda y derecha. La luz del sol brillaba intensamente al otro lado del cráter. Cruze movió la nave hacia adelante y la sacó a mínima velocidad.

Cuando no tuvo obstáculo alguno, subió a unos cien metros por encima del borde y comenzó a avanzar. Activó los estabilizadores. Se separaron y se deslizaron hacia los lados. La nave ya no era un círculo perfecto. Veinticinco por ciento de la nave se deslizó hacia cada lado.

Cruze navegó hasta un lugar plano y aterrizó sobre tierra llana y dura.

–Perfecto –dijo Ian, admirando la belleza de esa zona intacta de la luna.

Potts volvió a aparecer en el intercomunicador.

–¿Cuándo vas a moverlo? Estoy cargando sopa.

–Ya lo hice –respondió Cruze–. Ahora bajamos.

–¿El ascensor todavía sube a la superficie? –preguntó Ian mientras se dirigían al ascensor–. Esta característica nunca fue confiable en los M11.

–Sí. Entiendo que los componentes de la esclusa de aire fueron completamente remodelados.

–Bien –dijo Ian–. Eso hará que sea más fácil entrar y salir sin tener que abrir la rampa de carga.

–Ian, ¿por qué sigues con esto sin hacer ninguna pregunta?

–¿Quieres una respuesta sincera? –respondió Ian en voz baja.

–Siempre.

–Porque no me importa. Ya no me importa. Tengo aire, agua, comida y un lugar dónde dormir. No importa si vivo o muero. –E Ian lo dejó así.

***

La puerta del ascensor se abrió en el nivel 2 y ya podían oler la deliciosa comida. La escotilla del comedor estaba abierta.

No había mesas o sillas evidentes. Había un largo arco curvado que formaba un mostrador con taburetes donde Rhett estaba sentado, obviamente mirándole el culo a Potts mientras cocinaba.

Rhett decía:

–En serio. Siete años. Honestamente, espero que esté muerto. Ni siquiera me siento culpable.

–¿Qué haces? –preguntó Cruze.

–Una sopa miso y un salteado simple –respondió Potts–. ¿Tenedor o palillos?

–Palillos –dijeron Ian y Cruze al mismo tiempo.

–Hay un montón de alimentos y utensilios japoneses en esta cocina. Ojalá tuviéramos un poco de pescado fresco. –Potts puso cuencos con sopa delante de cada uno de ellos.

Incluso tenían cucharas asiáticas que combinaban con los palillos. Había té verde en tazas de té japonesas. Y finalmente grandes tazones de salteado de vegetales y pollo.

–No sé cómo lo haces. Con estos suministros –dijo Cruze.

–¿Es por eso que te llaman Potts? –preguntó Rhett–. ¿Porque cocinas bien?

–En realidad, sí. –Potts cruzó los brazos–. Nunca quise ser la cocinera de una nave, aunque de alguna manera cocinar para esta tripulación es diferente. –Sorbió la sopa directamente del tazón.

***

El ascensor cuadrado descendió los tres metros hasta la superficie más baja de la nave. La puerta se abrió. Cruze e Ian salieron con sus trajes presurizados.

–La nave se ve como mierda –comentó Ian, observando la superficie de la nave. Más de la mitad del blanco que alguna vez había cubierto toda la superficie estaba quemado. El barco estaba cubierto con grandes rayas negras.

–¿Qué clase de pintura es esta? No pensé que pudieras pintar un casco de policarbonato negro –dijo ella.

–Fue después de la guerra, y tenían un exceso de naves que nadie quería. Eran negras. Eran amenazantes. Le recordaba la guerra a la gente. Además, estaban haciendo el M11c en ese entonces, y su exterior era blanco. Mucho más visible. El policarbonato negro es sigiloso. Pero no sirve si no quieres que alguien te choque por casualidad.

Cruze retrocedió unos pasos para poder examinar el casco mejor mientras Ian continuaba.

–La verdad esto no es pintura. Cuando se aplica es vidrio fundido blanco. Parece que alguien lo hubiera sacado a la atmósfera a gran velocidad y se hubiera quemado un poco. Deberían haberlo hecho todo. Hicieron un trabajo mediocre. Si quieres ser sigiloso, tendrás que quemar el resto –dijo Ian mientras accedía al panel de mantenimiento de una de las bases de aterrizaje. Se desplegó una escalera que conducía hasta una brecha entre el estabilizador y la nave principal.

–Las bahías de la nave están intactas pero vacías. Por ahora, –dijo Cruze.

–Sin embargo, todas las conexiones se ven bien. Faltan las torretas superiores e inferiores, delanteras y traseras. Las bandejas de misiles fueron sacadas cuidadosamente. No hay daño aparente. –Las luces del casco de Ian se encendieron. La inspección continuó. Verificó cada lado. Y cuando terminó, saltó y se acercó a Cruze hasta que estuvieron frente a frente.

–Bueno. Ya lo vi. ¿Qué vas a hacer con él? –preguntó.

–Voy a la guerra –dijo Cruze–. He comprado armas y materiales, e incluso dos buques y un PT-137. Tengo una docena de misiles *Smart Razor* e incluso dos armas nucleares *Javelin.*

–Pero no tienes combustible –dijo Ian.

–Sólo necesitamos llegar a Marte. Déjamelo a mí.

–¿Tienes un ejército esperándote en algún lado?

–No. Yo soy el ejército. Planeo matar a un montón de hijos de puta. Pero necesitamos movernos. Ya desperdiciamos demasiado tiempo.

–Excelente –dijo Ian.

***

Decidieron que el *Shimada* y el transbordador que ahora llamaban el *Baker*, llegarían a la Ciudad Luna por separado. Rhett llegaría allí un día antes y examinaría el lugar.

Rhett no le comentó a Cruze que utilizó el canal anónimo de denuncia de delitos para reportar a Hazelwood. No sólo tenía un contenedor de gases nerviosos ilegales, sino que también tenía esclavas sexuales muertas y trigo contaminado que planeaba vender en la Base de Shackleton. Las fuerzas de seguridad fueron al *Wallach* para interrogar a Hazelwood, pero lo encontraron muerto.

Locke llegó demasiado tarde.

***

La Ciudad Luna estaba compuesta de miles de cúpulas agrupadas que eran constantemente expandidas por el Programa Municipal Creador. El borde oriental se había expandido lo más que podía, llegando al cráter Aces. Allí había una caída de unos cuatrocientos metros.

Era la zona perfecta para hangares.

El *Shimada* fue enviado al Hangar de la Bahía 94. Era del tamaño adecuado para un M11c. Tendrían al hangar para ellos mismos y acceso a las Autopistas de Comercio de la Ciudad Luna. Era una maraña de carreteras que permitía que los transportes terrestres se movieran libremente por todo el complejo de túneles de la Ciudad Luna.

El aterrizaje fue suave, y la puerta del hangar se cerró rápidamente. El hangar se presurizó en muy poco tiempo. Bajaron la rampa de carga principal y vieron a Rhett apenas aterrizó.

–¿Que tal, hermano? –dijo Ian saludando.

–¡Todo bien! Ya reservé cinco transbordos para el *Baker*. Hay varios posibles cruces a Marte en el sistema. –Le entregó una tableta de datos a Cruze–. Mi HUD ahora te identifica como la Capitán Elizabeth Cruze del *Shimada*.

Cruze llevaba su uniforme de Capitán. Activó el nodo de Identidad de su pecho, el cual encendió las tres rayas que mostraban su rango.

Revisó la tableta de datos mientras Ian arrastraba líneas de energía, comunicación y agua hacia la nave.

–La gente está dispuesta a pagar extra por llegar a Marte fuera de temporada –dijo Cruze.

–Puedes enviarles mensajes por a interfaz –agregó Rhett–. Mira las listas de cruces a Marte en esta época del año. Las tarifas gigantescas.

–Hay once pedidos de contrato. Puede que tengamos suerte. Pero primero necesitamos encontrar un piloto, o no llegaremos a nada. –Cruze sacudió la cabeza–. Nadie puede volar el *Shimada* más rápido que la velocidad de la luz sin la interfaz de piloto correcta.

Rhett vaciló por unos segundos antes de decir:

–Quizás pueda ayudarlos allí también... Encontré a alguien que podría estar disponible. Si quieres hablar con él, necesitamos irnos ahora. Puede que no esté... disponible en la tarde.

***

Rhett ya tenía un pequeño transporte terrestre. No tenía más de cuatro asientos.

–¿De dónde sacaste ese carro? –preguntó Cruze.

–Vino con el *Baker*. Se llama carrito de ratón. Creo que es un nombre falso. Y es muy útil la verdad –dijo Rhett–. La Ciudad Luna es enorme. Nos va a tomar unos treinta minutos llegar hasta el *Piper's Horn* desde aquí. Es un bar.

–¿Un bar a las nueve de la mañana?

–Este tipo no la está pasando bien. Perdió su nave y su trabajo hace un año. ¿Sabes de los viejos implantes? ¿De los problemas que tienen los pilotos a largo plazo?

Cruze lo sabía. Había perdido a un buen amigo debido a eso. Era la razón por la que necesitaba a un piloto.

Piper's Horn era un pub encantador al borde de uno de los distritos de entretenimiento de la Ciudad Luna. Era un establecimiento de 1G y era famoso por la vista. Tenía vidrio real del piso hasta el techo a lo largo de una de las paredes. A las 9:30 am sólo había unas cuantas personas desayunando.

Cruze notó que tenía hambre.

–Ese es él, el del rincón –dijo Rhett–. Se llama Dan Sawyer. Esperaré al lado del carrito. Digamos que no nos llevamos de lo mejor.

Cruze se acercó a su mesa y no pudo evitar admirar la vista. Las inmensas crestas y el cráter se veían hermosos en la luz monocromática. Sawyer no dijo nada. Finalmente lo miró. Había una botella de whisky en la mesa. Estaba un tercio vacía. Levantó la vista mientras vaciaba su vaso. Parecía que no se había afeitado ni cortado el pelo en un año. Su pelo era negro con manchas grises.

–Sr. Sawyer, mi nombre es Elizabeth Cruze. ¿Podría hablar con usted?

Sus ojos cayeron sobre las rayas de su pecho.

Hizo un gesto con su vaso para que se sentara frente a él, frente a la vista.

La camarera se acercó.

–¿Puedo traerte algo? ¿Desayuno? ¿Otra copa?

–Sí –dijo Cruze–. Una tetera grande de café para empezar, y dos tazas. –La camarera le dio un menú a Cruze–. Quiero cuatro huevos revueltos, tocino, tostadas, patatas y zumo de naranja. Él tendrá seis rosquillas de chocolate, y miel al lado para remojarlas.

–¿Qué hace? –preguntó Sawyer mientras se servía otros tres dedos de whisky.

–Le estoy comprando un desayuno, Sr. Sawyer.

–¿Por qué? –gruñó.

–¿Sabía de esa línea amarilla permanente que se quemó en la parte inferior de su vista y la verde en la parte superior debido a las cicatrices en su retina? El chocolate y la miel disminuirán el dolor mejor que el whisky. ¿Sabía que un poco de café y una simple droga llamada aspirina pueden hacer que el dolor de cabeza desaparezca casi por completo?

–La miró con los ojos entrecerrados. Cruze notó que estaba tratando de ver si su cabello cubría interfaces de implante.

–¿Sabía también que existe un nuevo tratamiento nanito que puede eliminar el zumbido agudo que escucha constantemente? –dijo.

–No hay puta manera.

Lanzó un cilindro de hipo-spray sobre la mesa frente a su copa.

–Inténtalo. Tiene efectos inmediatos.

Bebió todo un vaso de whisky, lo dejó en la mesa, cogió el hipo, lo presionó contra su cuello y activó el inyector.

–Eso fue muy confiado de su parte –dijo Cruze.

–No me importa un carajo. –Dan lanzó el inyector sobre la mesa.

El café llegó. La camarera llenó ambas tazas y dejó crema y azúcar.

Cruze sonrió cuando sus ojos se abrieron. Luego le lanzó un pequeño contenedor de medicinas. Aspirina.

Sawyer movió la mandíbula como si estuviera destapándose los oídos. Cogió la botella de aspirina y la miró mientras Cruze metía cinco cucharaditas de azúcar en su café.

–Tiene algo que ver con la interacción de la insulina en los capilares que están cerca a la interfaz neuronal –dijo Cruze.

–¿Quién es usted? –Abrió la aspirina, sacudió la botella y puso cuatro en su mano y se los pasó con el café dulce.

–Capitán Elizabeth Cruze. Incluso puedo ayudar con las migrañas. Tenía un amigo que sufría de lo mismo.

–Nada puede detener las migrañas excepto… –Detuvo la taza de café a medio camino hacia sus labios, y su mano comenzó a temblar.

–Tengo un Cóndor M11 y me gustaría contratarlo como piloto. –Llegó la bandeja con el desayuno. Sawyer la miró fijamente mientras ponían los platos y la comida frente a ellos.

–¿Dónde está el piloto?

–Está muerto. Lo mataron en Tierra. Estoy muy enojada con él. –Le sirvió más café a Sawyer y le echó más azúcar.

–Perra. No haré trabajo de esclavo –dijo frunciendo el ceño–. ¿Crees que me conoces? No me conoces. La mayoría de adictos visitan una escotilla después de perder sus naves. He estado buscando trabajo legítimo por un año. –Se detuvo porque ella había empezado a comer, ignorando su discurso.

Sacudió la cabeza y agarró una rosquilla. Después de partirla a la mitad, la metió en su café en lugar de en la miel. Comieron en silencio por unos minutos.

Cruze terminó su último pedazo de tostada y se tomó todo su jugo. Cogió su humeante taza de café negro, y se recostó bebiendo un sorbo.

–Estoy planeando una carrera a Marte a mediados de temporada. Máximo dos semanas. Le daré el 15% de la ganancia. Debería ser un viaje fácil de doce días. Si odia a la tripulación, o a la comida, o al trabajo tedioso, puede irse cuando lleguemos a Marte, ya que es probable que encuentre otro piloto allí. –Cruze se inclinó hacia adelante–. Estoy buscando un compañero, no un empleado.

–¿Cómo murió tu otro piloto? –preguntó Sawyer.

–Nuestro Doc Automático funcionó mal. –Cruze perdió la compostura por un momento, y lo mostró en su rostro.

–¿Por qué estaba en un Doc Automático?

–Le disparó un imbécil en Detroit –contestó Cruze.

–No voy a Tierra. No sigo órdenes a ciegas. Traigo mis propias armas o no hay trato. No co-piloto con IAs. No llevo esclavos ni drogas. No seré ignorado. No utilizaré un traje presurizado cuando vuelo. Y comprarán chocolate y azúcar de caña de verdad o pueden irse a la mierda.

–También habrá tocino –dijo Cruze sonriendo y bebiendo un sorbo de café.

***

Cruze pagó la cuenta, y cuando llegaron al carrito, oyó una voz de mujer al otro lado del intercomunicador de Rhett. Se despidió rápidamente después de que llegara Cruze.

–Rhett, éste es Dan Sawyer –dijo Cruze mientras subía y se sentaba al frente, y Sawyer se sentaba en la parte trasera del carrito.

–Eres ese idiota de ayer –dijo Sawyer–. ¿Está en tu equipo?

–En realidad no. Es mi amigo. Tiene una familia que apoya localmente. Me salvó la vida –dijo Cruze ligeramente.

Cruze notó que Sawyer se puso nervioso en camino al Hangar de la Bahía 94.

–¿Pasó algo, Dan? ¿Puedo llamarte Dan?

–Odio estas guaridas. Necesito ver estrellas. –Sawyer estaba casi quejándose.

–Kade era así. Tampoco le gustaba usar un traje presurizado –dijo Cruze.

–¿Dijiste Kade? ¿Te refieres a Kade Phillips?

–Sí. –Cruze volteó y miró a Sawyer–. Era un buen amigo. Y un piloto brillante.

–Entrenamos vuelo juntos. Fue un buen hombre. Se fue a las colonias hace décadas. Era un... patriota, en busca de la bandera correcta.

–La encontró –murmuró Cruze.

***

Se deslizaron hacia el Hangar de la Bahía 94 y entraron directamente. La puerta principal se abrió.

–Mira, Cruze. Tengo que irme –dijo Rhett–. Llámame si necesitas otro transporte o algo.

–Gracias, Rhett. –Cruze salió del carrito–. Te debo... otra vez.

Sawyer la siguió y miró la nave.

–Guau. Éste es uno de los reajustados –dijo Sawyer mientras subían la rampa hacia la sección de carga–. Eso es bueno y malo. Parece que lo desnudaron. Han sacado todo de la sección de carga. La idea era tener el máximo de espacio para usarlo en las naves de la colonia. - Se arrodilló y apoyó su mano en la cubierta. - Parece que todavía tiene los cuatro reactores.

–Podrá analizarlo mejor desde el puente –dijo Cruze.

–¿Está configurado para transportar tropas o para camarotes?

–Una habitación de literas, en su mayoría camarotes. –Cruze activó el ascensor para llegar al nivel superior.

Había una distancia de unos cuarenta metros desde el ascensor hasta las puertas del puente.

–También sacaron las armas del puente –dijo Sawyer mientras las tres puertas se deslizaron hacia atrás–. Había centrales automatizadas aquí y aquí. Es por eso que esta sala es tan larga.

Las puertas se abrieron, y Ian estaba dentro en la consola de ingeniería.

–Ian, éste es Dan Sawyer. –Ian se paró y se saludaron.

–¿Huelo pan? –preguntó Dan.

–Deberías quedarte a almorzar. Te alegrarás hacerlo –dijo Ian soltando la mano de Dan y saliendo del puente.

Sawyer estaba mirando el asiento del piloto y, obviamente, tratando de ocultar el hecho de que sus manos estaban temblando. Sin levantar los ojos, habló.

–Pensé que estaba terminado. Creo que ya sabes que estaba a dos pasos de irme por una escotilla. Deberías saber que ya estoy jodido. No puedo dormir a menos que esté a una capa del vacío. Ya estoy en mi tercer hígado. –Miró a Cruze. Tenía lágrimas en el rostro–. Tengo pesadillas y migrañas. Me olvidaré de comer si estoy en un sitio. Es como si no pudiera respirar. Pero ya sabes todo… ahora te pertenezco, apenas me sienta en ese asiento.

–Si quieres quedarte después de la carrera a Marte, puedes hacerlo. Puede que no quieras. El 15% sigue en pie.

Rodeó la consola como si estuviera yendo a su ejecución voluntariamente. Se sentó en el asiento del piloto. Inclinó la cabeza hacia atrás y activó un control con su pulgar derecho. De repente, el apoyacabeza desplegó algo así como una mano esquelética que le cogió la cabeza y deslizó pequeños puertos alrededor de su cabeza.

Sawyer tembló, respiró profundamente y abrió los ojos.

–Dios mío. Alguien mejoró los sensores. Incluso estamos conectado con la Bahía del Hangar.

–*Shimada*, autorizar a Dan Sawyer, piloto, control total –dijo Cruze.

–Dios mío. ¿Qué hiciste? –susurró Dan.

CAPÍTULO ONCE: EL *WALLACH*

"El IE Locke vio todo acontecer a través de unos lentes más claros de lo que se esperaba. Nunca confió en la directora de la Prisión de Detroit. Podía sentir como tiraban de las flojas cuerdas a su alrededor."

–*Azul Peridot, El Momento Decisivo: La Historia de las Guerras IA*

Locke tuvo un mal presentimiento cuando se subió al *Wallach*. Había analizado el acercamiento y aterrizaje de la nave. Era obvio que alguien los había controlado.

No había tripulación. Había sangre por todos lados en el pasillo principal. Había daños por fuego, y parecía que se había abierto una escotilla, por la cual había salido gente.

Encontró al Capitán Hazelwood en el puente, se había disparado en la cabeza con su propia arma, la cual estaba cubierta en vómito.

Había recibido una llamada anónima acerca de un crimen que resultó siendo verdad. Había un contenedor lleno de peligroso contrabando, e incluso esclavos sexuales muertos. La seguridad de Shackleton aseguraba que se suicidó por eso. Querían cerrar la investigación rápidamente porque había gente aclamando por sus productos. Especialmente el ganado y los perecibles.

También encontraron una esclava sexual muerta en su residencia privada con la garganta cortada.

Lo que molestó a Locke fue la evidencia de que había habido un visitante. Un transbordador privado para un sólo hombre había ingresado a la infraestructura y salido una hora más tarde.

A nadie le importaba. Ya habían empezado a procesar el cuerpo. Sólo tenía una pista a seguir.

–Estación Libertad, habla el Investigador Especial Neal Locke. ¿Puedo tomar un momento de su tiempo para hacerle una pregunta?

–Puede tomarse todo el tiempo que necesite, Sr. Locke –contestó la IA instantáneamente–. ¿Cómo puedo ayudarlo?

–Estuve examinando el accidente del *Wallach*, y noté que no hay ningún transbordador conectado a la bahía principal. ¿Me podría dar el nombre de registro de identidad de ese transbordador?

–Las marcas exteriores y señal de llamada son *Baker-109*. Es un Modelo Kestrel 701 clase L –respondió Estación.

–¿Sabes dónde está en este momento?

–No está en el espacio aéreo controlado de la Estación Libertad.

–¿Tienes idea de cómo podría encontrarlo? –preguntó Locke.

–Realicé una búsqueda y encontré una imagen en la base de datos de viajes para transbordadores medianos. Es el único Kestrel en la base de datos. Lo contrataron para salir de la Ciudad Luna. Muelle 251, pórtico 22.

–¿Cuál es la mejor manera de llegar a la Ciudad Luna?

–Creo que tiene una cuenta de ahorros. Tal vez podría alquilar un transporte...

***

Un enorme vehículo de cuatro ruedas rodó hacia la entrada del Hangar de la Bahía 94. Cada una de las ruedas tenía casi tres metros de alto y un metro de ancho. Incluyendo a las ruedas, el transporte tenía cuatro metros de alto, cuatro metros de ancho y ocho metros de largo.

Dos hombres bajaron de la gigantesca cosa y se reunieron con Cruze al final de la rampa.

Cruze le extendió una mano y una sonrisa al primero y luego al otro mientras se presentaba.

–Soy Elizabeth Cruze, capitana del *Shimada.*

–Soy Parker Cass, y este es Jacob Koray. Gracias por el mensaje. Estamos muy interesados en ir a Marte lo más pronto posible. Como comenté en el mensaje, sus tarifas y términos finales son aceptables. Esto es todo lo que llevaremos en el transbordo. Nosotros dos y el tractor de fabricación. - Parker señaló al gigantesco camión. Los dos hombres eran iguales. Altos, musculosos, con pelo oscuro y la barba bien arreglada. Cada uno llevaba un mono azul oscuro sin logotipos.

Cruze sacó su tableta de datos del bolsillo de su muslo y buscó la marca y el modelo del enorme transporte.

–Si no les importa, necesitaré que mi ingeniero principal salga e inspeccione el tractor. Tenemos un reactor a bordo, como comprenderán. –Tocó el intercomunicador de su oído–. Ian, ¿puedes salir un momento, por favor?

–No hay problema –dijo Parker con una sonrisa.

–Ian también les dará una tour de inspección de las instalaciones del *Shimada* –anadió Cruze.

Ian bajó por una escalera desde la cubierta de ingeniería y cruzó la bahía de carga con una sonrisa.

–No había visto un AUV-29 en décadas. Hola, soy Ian. –Les estrechó la mano, pero no dijeron nada mientras Ian continuaba–. El M11 fue diseñado para cargar estos. Incluso tenemos cerraduras para ruedas en la cubierta, diseñadas especialmente para esto. La capitana me dijo que lo modificaron para que sea una fábrica móvil. Excelente trabajo.

–Resultó ser una buena decisión de negocios –dijo Parker–. Y Marte debería ofrecer aun mejores oportunidades.

–Te dejo a cargo –le dijo Cruze a Ian–. Estaré en el puente repasando algunas cosas con Sawyer.

–Sí, capitán –dijo Ian formalmente.

***

Cuando Sawyer entró a la nave, descubrió que le habían mejorado los sensores. Sintió un torrente de sensaciones y endorfinas demasiado fuerte. Después de tan sólo tres o cuatro minutos, Cruze le permitió dormir en el asiento del piloto. Se quedó allí sin moverse por más de doce horas.

Cuando finalmente despertó, el ruido de su estómago le indicó que tenía hambre.

A regañadientes, se desconectó de la interfaz del piloto y se paró para estirarse. Cuando se volteó, notó que Cruze estaba en el asiento de mando.

–¿Cómo estás? –preguntó.

–Mejor. –Parecía avergonzado–. Cruze, sólo quiero decir...

–Detente –dijo ella levantando una mano–. Ya te dije, sé cómo es. No me aprovecharé de ti siempre y cuando no te aproveches de mí. Si intentas robar mi nave, te arrepentirás.

Cruze añadió algo con su tono. Algo tan claro como sus palabras, pero aún más preciso. Molestarla sería un error.

–Tenemos invitados, están tomando un tour. Espero que actúes profesionalmente. Los cuartos del piloto son tuyos. Asumo que sabes dónde están, justo a la izquierda. Límpiate. Hay trajes de vuelo allí que te quedarán.

Luego desvió la mirada. Estaba revisando varios pedidos de transbordo en su consola.

***

Sawyer encontró los cuartos del piloto y el baño privado. Tenía todos los artículos de tocador que podía necesitar, así que tomó una ducha. Cuando terminó, lo esperaba un conjunto de ropa bien doblada. Limpió los bolsillos de su traje sucio y se avergonzó de lo mal que olía. Después de vaciar los bolsillos, los tiró por el conducto de lavandería para reciclarlos.

Volvió al puente con el pelo y la barba aun mojados, pero peinados. Había gente allí.

–Sawyer, estos son Parker y Jacob –dijo Cruze–. Se acaban de inscribir para la carrera a Marte. –Sawyer los saludó asintiendo con la cabeza–. Estábamos a punto de bajar a almorzar –agregó ella–. ¿Quieres venir con nosotros?

Mientras caminaban por el largo corredor hacia el ascensor, Cruze continuó la conversación que Sawyer había interrumpido.

–Este nivel quedará restringido durante el viaje. Podrán acceder al segundo nivel y a las secciones de carga. Por favor tomen en cuenta que en la sección de carga estarán sus cosas con las de otros. Así que asegúrense de asegurar bien su equipo. Es probable que tengamos niños a bordo.

Cuando se abrieron las puertas del ascensor, notaron el increíble olor que salía por las puertas del comedor.

–Me gustaría que conocieran a la navegante de la nave y chef aficionada, Potts.

Potts estaba abriendo el horno de la cocina detrás del mostrador y sacando lo que emitía ese glorioso olor.

Colocó la cacerola caliente sobre el mostrador y disipó el humo que salía de ella con sus manos cubiertas en guantes para horno.

–Potts, estos son Parker y Jacob. Se acaban de inscribir para la carrera de Marte.

–¿Qué es ese glorioso olor? –preguntó Parker.

–Pastel de queso con corteza de pretzel –dijo Potts.

–Si tienen alguna restricción o preferencia dietética, por favor háganoslo saber ya que aún no actualizamos nuestras provisiones

–agregó Cruze–. Hoy tenemos sopa y sándwiches para el almuerzo. Hechos a pedido y tostados.

Todos eligieron el sándwich de ensalada de pollo y la sopa minestrón. Después de que todos hubieron ordenado, las mesas se desplegaron automáticamente. Se levantaron del suelo brillando en un blanco intenso.

Parker y Jacob tomaron su almuerzo y se sentaron en la mesa más lejana para dos, dejando claro que necesitaban discutir algo en privado. Todos los demás se sentaron en el mostrador.

Tranquilamente, Cruze presentó a Sawyer y Potts.

–Potts, este es Dan Sawyer, nuestro nuevo piloto. –Se dieron la mano.

–Nunca conocí a un piloto de implantes con el pelo largo o barba –dijo Potts, apoyándose en el mostrador frente a él. Cruze lo vio ruborizarse.

–He estado... de vacaciones. –Luego Sawyer trató de desviar la atención de si mismo–. Estos sándwiches están buenísimos. ¿Dónde conseguiste el pan?

–Ella lo hornea –gruñó Ian satisfecho, y mordió su segundo sándwich–. No puedo esperar al postre. –Sonrió.

Potts les cortó un pedazo de pastel a cada uno, y uno para ella. Se recostó, levantó el plato y comió un poco.

–Puedo ayudarte con un corte de pelo. Algo alto y apretado, para que quede cerca a las interfaces del implante.

–Gracias. Sería genial. –Sawyer probó el pastel de queso y gimió de placer–. ¿Entonces eres la navegante?

Potts miró a Cruze quien sonrió detrás de su tenedor.

–Sí. Supongo que sí. –Luego Cruze miró a los dos hombres conversando sigilosamente.

Fue entonces que Cruze vio a *Bail* caminando por los conductos justo encima de su mesa.

***

Después de que los nuevos clientes dejaron un depósito del cincuenta por ciento, el AUV-29 salió de la bahía. Tuvieron que ir a conseguir algunos accesorios y provisiones adicionales antes de partir hacia Marte.

–Esa fábrica móvil que tienen en esa cosa será una mina de oro cuando lleguen a Marte. Ese aparejo es una fábrica de dinero. Deberías considerar pedirles que fabriquen nuevas bandejas de armas y monturas de torreta –dijo Ian–. También podrán protegerse. No sólo es un vehículo utilitario blindado, también es hermético y tiene monturas de armas. Vi un montón de cascos en la carga que podrían ser usados como armas de fuego. O por lo menos eso haría yo.

–¿Podemos confiar en ellos? –preguntó Cruze.

–Sólo vigílalos.

***

Potts y Sawyer estaban en el hangar terminando el corte de pelo de Sawyer. Potts sólo utilizó unas tijeras y un peine. Hizo que las dos interfaces más obvias, unos brillantes discos de cromo, parecieran una tendencia de la moda. Uno detrás de cada oreja, la interfaz de la ranura vertical que estaba en la parte posterior de su cráneo era de policarbonato negro, del mismo color que su cabello y mucho menos visible.

–¿Seguro que quieres quedarte con la barba? Será más difícil sellar los respiradores. –Potts le hablaba con los pechos cerca a la cara mientras trabajaba. Le encantaba lo fácil que era hacerlo sonrojar.

–No importa –respondió casualmente.

–¿Hola? –gritó una voz desde la gran abertura del hangar–. ¿Hola?

Eran dos mujeres y un hombre que se asomaban tentativamente desde una esquina, seguidas por dos niños, gemelos, de unos diez años. Las mujeres llevaban faldas largas hasta los tobillos. Eran un anacronismo para entornos de gravedad baja o nula.

Miraban alrededor asombradas. Potts había visto esa mirada varias veces. Mayormente de turistas. Potts vio a Cruze bajar la rampa para saludarlos. La mujer que había hablado inicialmente saludó a Cruze, ignorando su mano extendida. En su lugar, todos los adultos se inclinaron uniendo sus manos frente a sus partes privadas, como si estuvieran orando.

Potts y Sawyer escucharon partes de la conversación.

–Somos los Frasier. –Hablaron sobre inmigrar a Marte para reunirse con su familia, ya que planeaban viajar a una de las colonias externas dónde había libertad religiosa. También mencionaron que la Tierra ya no era segura y que había un límite estricto de dos hijos.

Potts terminó de cortarle el pelo a Sawyer, pero se quedó parada detrás de su silla con una mano apoyada en su hombro. Le quitó el delantal de barbero y se acercaron a saludar a sus nuevos compañeros.

–Este es Sawyer, nuestro piloto, y Potts, nuestra navegadora –dijo Cruze–. Estos son los Frasier. Éste es Efrem, su esposa Emily, su hermana Bridget y sus dos hijos, Michael y Jonathan. Se inscribieron para la carrera a Marte. Tienen que llegar antes de que el resto de su familia se vaya a las colonias exteriores.

–Bienvenidos –dijeron Sawyer y Potts al unísono mientras todos asentían con la cabeza.

–Sólo tenemos un contenedor de 3x3x10 metros con todas nuestras posesiones –dijo Emily–. Arreglaremos para que los entreguen aquí hoy o mañana. –Evidentemente, ella era la líder del grupo, a pesar de su onda fundamentalista religiosa.

–Volveremos pronto. ¿Podemos quedarnos en nuestras habitaciones del barco hasta que salgamos?

–No creo que le moleste a nuestro ingeniero –dijo Cruze–. Pero habrá momentos en los cuales estará restringido. Estaremos cargando combustible mañana o uno de estos días.

–Nos mantendremos fuera del camino. –Emily miró severamente a los dos chicos–. ¿No es cierto niños? –Los empezó a sacar.

–Sí, señora –dijeron al unísono. Eran gemelos idénticos. Y nunca se alejaban uno del otro.

Estaban demasiado limpios, pensó Potts. Los niños de diez años siempre deberían estar sucios.

***

Cruze estaba en la sala principal de ingeniería con Ian, ayudándolo a quitar los contenedores de combustible casi agotados del reactor. Había cuatro. Cada una del tamaño de un ataúd rectangular.

El último casi no cupo dentro del ascensor que los llevaría hasta el piso del hangar.

–Los dos depósitos fueron suficientes para rellenar el combustible. Entregarán las nuevas unidades hoy –dijo Cruze.

El ascensor se abrió, y encontraron una persona delgada, de piel pálida justo frente a la puerta. Su rostro debía haber estado a tan sólo centímetros de la puerta cuando se abrió. Era tan alto como Ian, pero flaco.

Cruze notó que había movido la mano automáticamente hacia su arma.

Ian se movió antes que Cruze. Había tomado al muchacho por la camisa, haciendo que sus pies colgaran sobre el suelo.

–¿Quién carajo eres? –gruñó Ian.

–Henrik Thompson, ¿quién demonios eres tú, simio? –Las palabras del chico eran desafiantes, aun colgando del puño de Ian.

–Está bien, Ian. Los Thompson tienen una cita. Llegó un poco temprano –dijo Cruze mientras Ian lo ponía en el suelo lentamente.

–¿Dónde están tus padres, chico? –preguntó Cruze–. Y como futura referencia, poner un pie en la nave de otra persona sin su permiso es de mala educación. –No escondió la molestia en su voz. Él dio un paso atrás. No parecía temerle a Ian, pero cuando Cruze se acercó, retrocedió aún más rápido.

–Ya v-v-vienen –balbuceó, corriendo hacia la bahía del hangar que daba al pasillo. Cruze e Ian reconocieron los síntomas de alguien que había pasado demasiado tiempo en baja gravedad. Sus ojos estaban tan hundidos que parecían magullados. Pero su humor fue lo que más lo delató. La discriminación por diferentes tipos de cuerpo era muy popular entre la gente de gravedad cero.

Fue entonces que Monte y René Thompson entraron al hangar.

El Cruze les había enviado un mensaje esa mañana, y respondieron de inmediato. Dijeron que traerían el pago inicial en su primera visita.

Monte insistió en que lo llamaran Thompson y nada más. Al verlo Cruze notó por qué. Militar retirado de Tierra. Cabeza rapada y tatuajes con su rango a cada lado del cuello.

Thompson alargó la mano para saludarlos. Cruze y luego Ian le dieron un fuerte apretón.

–Capitán Cruze, esta es mi esposa, Dra. René Thompson PhD. Y mi hijo, Henrik.

–Bienvenidos. Este es mi ingeniero principal, Ian Vinge y mi navegadora, Potts –dijo, recién notando que Potts estaba allí.

Thompson se metió la mano en el bolsillo y sacó un panel de crédito. Era como dinero. Suficiente para la mitad de la tarifa. Se lo entregó a Cruze, y ella se lo entregó a Potts.

–¿Necesito firmar algún contrato? –Estaba examinando la sección de carga–. Digo, ¿antes de que pida que traigan nuestro equipaje?

–Saldremos apenas traigan todas sus cosas –dijo Cruze–. ¿Pueden estar listos en dos días? Tendré todos los contratos en orden para entonces.

–¿Podemos comenzar a traer nuestras cosas hoy? –dijo René Thompson. Le dio una mirada extraña a su marido.

–Sí, nuestros otros pasajeros ya cargaron sus cosas.

–Ven. Les dije que había espacio para mi ciclo –dijo Henrik. Sus padres lo ignoraron.

–Sólo para que sepan –continuó Cruze– mantenemos a la nave a 22 grados Celsius y a gravedad 1G. Luna está a .16G, y Marte a .37G. ¿Estará bien Henrik durante el viaje? Tomará unos doce días.

Su madre ni siquiera lo miró.

–Estará bien.

–Lo tenemos todo cubierto –dijo Thompson.

–Ey, ¡me he estado ejercitando! –gritó Henrik. Pero sus padres continuaron ignorándolo. Podría haber sido invisible.

–Tenemos mucho por hacer. –Thompson volteó y salió. Eso fue más que grosero para Cruze. La manera en la que su esposa e hijo lo siguieron sin chistar fue espeluznante.

Cuando salieron del hangar, Cruze se volvió hacia Potts e Ian.

–Potts, quiero que consigas provisiones para seis meses, hice una lista con artículos especiales. Y tal vez algunas raciones a largo plazo, Ian, ¿puedes rellenar el combustible solo?

Ian asintió.

Cruze les entregó una tarjeta de crédito a cada uno.

–Este es su pago por adelantado por si quieren comprar algo antes de que salgamos.

Los dos miraron las tarjetas. Las activaron con sus huellas digitales. Era su salario por todo un año.

–Sólo hablamos de la carrera a Marte. No hicimos ningún acuerdo para después de eso –dijo Ian–. No voy a preguntar ahora. Pero me parece que tienes planes para después de Marte.

Potts sólo miró la cantidad con la boca abierta.

–Mira. Después de Marte la cosa cambiará completamente –dijo Cruze–. Podemos hablar al respecto. Sólo quería asegurarme de que tuvieran suficiente para llegar a casa, por si lo necesitaban.

–¿Hay colonias después de Marte? –Potts sonaba emocionada.

–Hablaremos de eso más tarde –dijo Cruze sonriendo.

***

El 'equipaje' de los Thompson empezó a llegar dos horas más tarde.

Llegaron camiones y descargaron cajas de diversos tamaños. Algunos artículos ni siquiera estaban en cajas, Ian no entendía por qué querían pagar tanto para llevarse sus muebles viejos Terrestres. Había un piano de cola, dos relojes antiguos, varios sofás y sillas, marcos para camas, aparadores y otros artículos al azar.

Las cajas no eran de tamaño estándar. Se notaba que muchas de las cajas eran contenedores militares excedentes. Habían bolsas con ropa y baúles de herramientas que ni siquiera tenían los cajones asegurados.

Ian consiguió un rollo envolvente gigante y trató de organizar todo lo que pudo en pallets. Al final, igual tuvo que asegurar toda la carga con una red.

Potts ayudó con la documentación de la carga y el manifiesto. Tomaron fotos de todos los artículos y las adjuntaron al contrato.

Acababan de terminar cuando Henrik Thompson entró en un Ciclo de Gravedad. Ian se sorprendió con la máquina. Henrik no parecía ser lo suficientemente hombre como para conducir un ciclo manual completo como ese.

–Espero que me hayan guardado espacio –bromeó Henrik.

A Ian no le simpatizó. No había guardado espacio.

–Deberías haber traído eso hace seis horas para configurarlo en el plan de carga –gruñó Ian.

–Lo siento. Nadie me dijo.

Nada nunca es culpa tuya, pensó Ian.

Henrik lo apagó y se bajó. Dejó la placa gravitacional encendida para que lo pudieran empujar a bordo.

Ian señaló.

–¿Ves el pasillo que creé a cada lado? Si tomas el pasillo al lado de la mampara, el de la derecha, y llegas hasta el fondo, pasando el camión, giras a la izquierda y lo estacionas abajo de las escaleras de metal, lo aseguraré allí.

Ian fue a buscar más correas y redes de carga. Cuando llegó al ciclo, el chico no estaba. Miró a su alrededor y notó que Henrik estaba parado sobre el tablero del AUV. Había juntado las manos, tratando de ver por la ventana.

–¡Bájate! –ladró Ian. Henrik se sobresaltó tanto que casi se cayó–. Fuera. Y no vuelvas sin tus padres.

–¿Y cómo quieres que salga? –gritó Henrik.

–No es mi problema –dijo Ian por encima de su hombro.

Henrik se enfadó por no tener una audiencia con quien quejarse.

Esa noche Ian cerró la rampa de carga y la puerta de la bahía del hangar.

***

El día antes de la salida programada Cruze entró al puente y encontró a Potts con Sawyer. Estaban riendo. La pantalla del navegador principal mostraba el sistema solar. Habían trazado una ruta.

–Cruze, ¿sabías que ahora mismo Marte está al otro lado del sol? –preguntó Potts, emocionada mientras movía los controles–. Estamos listos para registrar el plan de vuelo.

Cruze se sentó y abrió un canal de comunicaciones.

–Ian, por favor, ven al puente.

–Sí, capitán –respondió.

–Le respondía lo mismo a Hazelwood –dijo Potts.

–¿Hazelwood? –dijo Sawyer–. ¿El tipo que estrelló un carguero lleno de contrabando y esclavas sexuales muertas? ¿El que se suicidó?

–¿Hazelwood está muerto? –dijo Potts sorprendida.

–Lo vi en el Canal de Noticias de Luna hace dos días. Están encontrando todo tipo de mierda ilegal en ese carguero.

–Me pregunto si Rhett lo sabe –dijo Cruze distraídamente.

La puerta se abrió y Ian entró. Llevaba un puñado de cuerdas con credenciales. Se las entregó a Cruze.

–Ya habilité la seguridad del área. Estas credenciales sólo permitirán que los pasajeros entren a áreas específicas. Tienen unos sensores que rastrearán dónde están. Aunque no hay muchos sitios a dónde ir. Sólo al comedor, la sala de recreo y sus camarotes.

–Bien. Llegan en una hora –dijo Cruze.

–Ya calentamos todos los reactores. El Disco Gravitacional está listo, ya reabastecimos con combustible. Es una buena nave –dijo Ian.

Luego Potts comentó.

–Todos los suministros están guardados y listos. Para ocho meses. Incluso hay cien kilos de alimento balanceado para el gato –dijo sonriendo–. Dan me enseñó a trazar el rumbo hacia donde estará Marte, y sólo debería tomarnos doce días. Cuando lo indiques, registraré nuestro plan de vuelo.

–Bien. Hazlo ahora –dijo Cruze.

Potts se giró y presionó dos mandos.

–Listo.

–Ahora traza otro rumbo. El que realmente tomaremos.

Potts abrió los ojos como platos, pero asintió.

–Sigue ese camino por un día, y luego cambia el vector, para atravesar el otro lado del sol. Sawyer, aumenta la velocidad, para que lleguemos en diez días.

–Sí, capitán –respondió Sawyer sin cuestionarla.

Potts ya estaba trazando el curso mientras Dan observaba.

De la nada, el gato saltó al regazo de Cruze. Comenzó a acariciarlo mientras Ian le preguntaba:

–¿Estamos esperando problemas, capitana?

–Los problemas parecen seguirme. Sólo quiero asegurarme de mantenerlos alejados.

CAPÍTULO DOCE: LA CARRERA A MARTE

"Si el Investigador Especial Neal Locke hubiese muerto, el resultado de la guerra habría sido muy diferente. Probablemente aún seguiría, sin restricciones."

–*Azul Peridot, El Momento Decisivo: La Historia de las Guerras IA*

Cruze y Potts cruzaron la pequeña escotilla de acceso de la sala principal y se reunieron con las tres familias en el Hangar de la Bahía 94. Cruze les dio sus credenciales y los presentó unos a otros.

–Estos son Parker Cass y Jacob Koray. Esta es la familia Frasier. Y estos son los Thompson. Sigan a Potts, ella los llevará a sus cuartos, y cuando se hayan instalado, les hará el almuerzo.

Los miembros de la familia Frasier se aferraron unos a otros, como una parodia viajeros ingenuos. El Thompson mayor miró detenidamente a Cruze mientras subía por la rampa.

Mientras se alejaban, Cruze pagó la bahía del hangar y luego se acercó a la escotilla para asegurarla.

Cuando Cruze llegó a la escotilla, notó a un hombre mirando hacia adentro.

–¿Es usted Elizabeth Cruze? Su amigo Rhett dijo que podría encontrarla aquí. Me llamo Neal Locke. –Extendió la mano para saludarla. Cruze sonrió y le dio la mano.

Tardó demasiado en notar al francotirador en el pasillo.

Con una fuerza que no parecía salir de su pequeño cuerpo, tiró de Locke por la puerta y golpeó el mando. Locke había sido empujado hacia la nave con tanta fuerza y tan rápidamente que luchaba por mantenerse de pie.

Cruze estaba enderezándose cuando lo vio caerse de cara. Ahora podía ver el agujero y la mancha de sangre que se extendía en su espalda. Sin pensarlo, lo volteó y vio la herida por donde había salido la bala al lado derecho de su pecho.

–Mierda. –Lo cargó estilo bombero y corrió hacia el ascensor.

Tocando el intercomunicador de su oído mientras se cerraba la puerta del ascensor, dijo:

–¡Sawyer! Lanzamiento de salida de emergencia. Nos están atacando.

–Entendido –dijo.

Sintió como los amortiguadores inerciales se encendían mientras golpeaba el botón para ir al nivel uno.

–¡Potts! Anda a la enfermería, tenemos un herido.

–¿Qué? Ya voy. –Cuando se abrieron las puertas del ascensor, Potts ya estaba parada frente a la puerta de la enfermería.

–¿Quién demonios es ese? –dijo Potts.

–No tengo idea. Pero morirá si no conseguimos encender al Doc Automático. –Cruze lo recostó sobre la mesa y comenzó a trabajar en el panel de control–. Anda al otro lado. –Potts lo hizo–. Cuando el panel suba, golpea el comando Triaje de Emergencia. Y saca las manos de la mesa.

–Por Dios, Cruze. ¿Eso es parte de su pulmón? –Potts se puso blanca como una hoja.

–Cálmate –dijo Cruze. El Doc Automático subió y el panel que estaba frente a Potts se encendió. Golpeó el control Doc Automático. Los paneles transparentes se cerraron a ambos lados de la mesa. Una barra de luz brillante exploró todo el cuerpo del hombre y luego regresó para escanear la herida de bala lentamente.

Unos delicados brazos mecánicos bajaron y le cortaron la ropa. Le inyectaron nanitos, drogas y sangre sintética. Tomó una imagen tridimensional del hombre y luego mostró una imagen ampliada de su herida en el vidrio de la mesa.

El Doc Automático comenzó a realizar la cirugía. Cerró venas y arterias dañadas rápidamente, sellando el agujero de tres centímetros que había perforado al hombre.

La IA del Doc Automático habló en un tono tranquilizante.

–La herida indica que el impacto fue con una ronda de perforación armada, que no se expandió o explotó al impacto. No golpeó ningún hueso a la entrada, pero la herida de salida se agravó porque tocó un hueso. Esa es la buena noticia. La mala noticia es que el tejido blando de su pulmón derecho esta severamente dañado.

–¿Prognosis? –preguntó Cruze.

–Vivirá. Su recuperación será lenta, pero vivirá.

Cruze miró a Potts. Potts seguía congelada. Se estaba cubriendo la boca con ambas manos.

–Doc, ¿sabes quién es? –preguntó Cruze.

–Sí. –La IA sonaba presumida–. Tiene un Implante Cerebral Profundo avanzado. Todo su historial médico está allí, al igual que todos sus códigos de Identidad de emergencia.

–¿Quién es?

–Es el Investigador Especial Neal Locke. Actualmente ha sido asignado al sistema de la Prisión Municipal de Detroit. Tiene información de contacto de emergencia, pero parece que mi acceso a los sistemas de comunicaciones ha sido revocado, - dijo Doc Automático sin agregar más.

Mierda, pensó Cruze.

–Discutiremos esto más tarde. –Cruze miró a Potts, quien estaba regresando a la realidad ahora que el Doc Automático había cerrado las heridas–. Quiero que lo mantengan sedado por ahora.

–¿Qué demonios? –Potts por fin reaccionó.

–¿Esto significa que me ha perdonado, capitán? –preguntó la IA.

***

–Acompáñame al puente –le dijo Cruze a Potts mientras tocaba el intercomunicador de su oído, para agregar:

– Sawyer, estado.

–Al control de tráfico de la Ciudad Luna no le gustó para nada. Estábamos en nuestra ventana de salida y en nuestro vector preasignado. Ahora sólo piensan que soy un pendejo. Si regresamos puede que nos pongan una multa. Me sorprende que hayan funcionado los protocolos de emergencia del hangar. La apertura rápida ocurrió aun sin vacío en el hangar. Te cobrarán por el aire que perdimos.

–Ian, repórtate al puente, de inmediato –ordenó Cruze.

La puerta del ascensor se abrió al final del pasillo al mismo tiempo que se abrió la puerta del puente. Ian recorrió la distancia en la mitad del tiempo. Todos entraron juntos al puente.

–¿Qué tan rápido puedes llevarnos a Marte, Dan? –preguntó Cruze. Nunca lo había llamado Dan.

–¿Qué tan rápido necesitas llegar?

–Más rápido que cualquier persona que esté tratando de llegar rápidamente.

–Si me permites desplegar los estabilizadores, usar toda su potencia, y hacer un acercamiento directo, podría lograrlo en menos de siete días –dijo Sawyer mientras mostraba la nueva ruta en la pantalla principal–. Ir a toda velocidad, junto con la deceleración orbital, nos costará muchísimo combustible.

–Ian, ¿puede aguantarlo el *Shimada*? –preguntó Cruze.

–Apuesto a que podemos lograrlo en menos de seis días –dijo Ian sonriéndole a Sawyer.

–¿Podemos parar un segundo? –Potts estaba de pie junto a Ian, lo cual la hacía verse más pequeña que de costumbre–. Tenemos a un policía en el Doc Automático. El Doc Automático que dijiste que funcionaba mal. ¿Cómo pasamos tan sutilmente desde rescatar a secuestrar a un POLICÍA? Y alguien nos estaba disparando con balas de perforación de armadura. Unas balas que son totalmente ilegales en Luna, incluso para policías y militares. Porque... –Señaló a la bóveda y a los escudos abiertos, algo que los hacía muy vulnerables a balas de perforación de armadura. Se detuvo en esa posición, esperando.

–¿Esa es una pregunta? –dijo Cruze con calma.

–¿Qué. Mierda. Pasa? –preguntó Potts.

–¿Quieres que te diga la verdad? Ahora que estamos lejos te diré la verdad. Pensé que ya lo habías descifrado.

Potts asintió con la cabeza como si la pregunta fuera obvia.

–Están en una nave de guerra sin armas. Eso ya lo saben. Y esa fue la razón por la que estaba en Tierra. Estaba comprando armas para rearmar al *Shimada*. Torres de láser, bandejas de misiles cargadas, e incluso un par de armas nucleares. Pero cometí un error al final al tratar de gastar todos mis créditos. Un desgraciado mató a mi socio, me robó los créditos que me quedaban y me entregó a la policía. Después de cuatro meses en la Prisión Municipal de Detroit, me escapé. –Cruze levantó la mano para evitar que Potts la interrumpiera–. En el proceso, de alguna manera logré enojar a un líder del crimen organizado, y ha estado persiguiéndome desde entonces.

–¿Y el policía?

–Debe ser un genio. Cubrí todas mis huellas. Estará bien. Lo liberaremos en Marte. Estará un poco afuera de su jurisdicción.

–¿Y para qué es todo esto?

–Me voy a la guerra. Voy a recuperar mi planeta.

***

Locke no podía moverse. No podía abrir los ojos. No podía sentir ninguna parte de su cuerpo. Su mente flotaba en vacío.

Mierda. ¿Estoy muerto? Pensó.

No, Neal. No estás muerto. Todavía no. Soy el Doc Automático. La mayoría de los humanos que he conocido me llaman Doc. Está en un coma inducido. Lo hirieron gravemente, dijo Doc en su mente. Tenía la tranquilizadora voz de un anciano experimentado.

¿Como sabes mi nombre? Podría estar alucinando todo esto.

Accedí a sus expedientes médicos de emergencia. Soy una IA de Doc Automático que ha estado funcionando por ochenta y dos años. He aprendido mucho sobre la gente en ese tiempo. Doc sonaba solemne, y una imagen comenzó a formarse en su mente. Locke podía verlo. Estaba dentro del Doc Automático.

Fue inteligente de su parte guardar los expedientes, continuó el Doc Automático. *Cuando Elizabeth Cruze entró, noté que estaba desesperada por lograr que sobreviviera. Cuatro minutos más y habría muerto. Pensé que me había desactivado por completo. No le gustan las IAs en general. Especialmente yo.*

¿Por qué tú? ¿Eres miembro de su tripulación?

Ella odia a todos los IAs por lo que le han hecho. Yo le fallé. Nunca me perdonará. Locke sintió emoción en las palabras de la IA.

¿Qué me pasó? preguntó Locke.

Por lo que entiendo, le disparó un francotirador. Era una ronda de perforación de armadura, y ni siquiera lo notó cuando pasó. Me pregunto por qué le dispararon a usted y no a ella.

¿A ella?

No la conoce como yo. Es muy difícil de matar.

Sólo tuve que seguir un rastro de cadáveres para encontrarla. Ha sido…

Usted casi fue uno de esos cadáveres, dijo Doc.

Doc, ¿Elizabeth Cruze es buena o mala?

¿Cómo se mide el bien y el mal? Doc hizo una pausa eterna para ser una IA. *Es complicada. Generalmente no tiene empatía por otros seres humanos. Me sorprende que haya tratado de salvarlo en absoluto. La he visto ser viciosa y una asesina. Pero sobre todo, es una patriota. La más virtuosa que he conocido.*

***

–A ver si entiendo. –Potts ya se había calmado–. Eres de Vor, una colonia externa.

–Sí. Una colonia minúscula. Sólo había dos millones de personas cuando me fui –dijo Cruze–. Probablemente hay menos ahora.

–Enviaron esta nave en busca de armas –agregó Potts– pero fue demasiado tarde.

–La atacaron mercenarios. Ahora usan a Vor como su base. No fue un gran ataque. Aterrizaron en nuestro único puerto espacial, los recibimos como invitados, y simplemente lo ocuparon. Tomaron tantos rehenes que la estación espacial se rindió sin disparar un tiro.

–¿Tus dos compañeros murieron? –preguntó Potts.

–Sí. Uno en Marte y otro en Tierra. Los dos fueron mi culpa.

–¿Y hay dos otros miembros de tu equipo en Marte? –continuó Potts.

–Tenemos una cúpula privada allí.

Potts miró de Ian a Sawyer al piso y finalmente a las estrellas.

–¿Y qué es del gato?

***

La cabina del capitán estaba a una puerta del puente. Era bastante modesta bajo los estándares típicos, con tan sólo tres por tres metros. La puerta estaba a la izquierda, Cruze entró y se dirigió hacia su escritorio, el cual estaba empotrado en la pared trasera. Tenía una consola de un metro de ancho, la más avanzada de la nave.

Toda la pared que estaba más cerca al puente era una pantalla, desde el piso hasta el techo. Era una perspectiva frontal muy nítida. Tan nítida que uno pensaría que podría caer al espacio.

El gigantesco camarote que estaba empotrado detrás de ella sólo contenía su bolso de equipaje personal, el cual aún no había desempacado. Configuró la consola para mostrar dieciséis vistas del segundo piso. Había cámaras al final de cada pasillo, cuatro en el comedor, cuatro en la sala de recreo y una en cada uno de los camarotes.

–Potts, ¿a qué hora cenamos? –preguntó Cruze por la consola. Abrió un canal sólo de audio, pero continuó observando la cámara del comedor. Podía ver a Potts cortando algo que no reconocía.

Cuando se abrió el canal, escuchó música ruidosa en la cocina.

–La cena es en una hora a las 6 pm. Dan pidió pizza.

–Nunca he probado pizza. Lo espero con ansías. Cruze fuera. –Cruze se quedó en silencio, observando a Potts en el monitor. Tocó un control, y la habitación se volvió a llenar de música. Vio a Potts cortar hongos, cebollas, salchichones, salchichas sobrantes y otras cosas.

Luego notó a los Thompson.

Estaban gritándose. René estaba llorando, y Thompson parecía estar regañándola. No notaban a Henrik, quien estaba sentado en un rincón, cubriéndose los oídos con las manos y escondiendo su rostro contra sus flacas rodillas.

Los Frasier estaban leyendo libros reales, excepto por los gemelos, quienes estaban jugando en sus tabletas.

No veía a Parker ni a Jacob en ninguna de las cámaras. Cruze tocó el control de localización, el cual indicó que estaban en su habitación.

–Ian, habla Cruze. Adelante.

–Aquí Ian.

–No veo a Parker ni a Jacob en ninguna de las cámaras y no llevan sus insignias.

–Sin sus insignias, no pueden abrir ninguna puerta –respondió Ian–. Probablemente están adelante tomando una ducha. ¿Te preocupa algo?

–No. Nada todavía.

–Ian, fuera.

En el repentino silencio de la habitación, Cruze oyó un extraño sonido. Se inclinó lentamente sobre su silla y vio a *Bail* bajo su consola, sacando el último tornillo que sostenía a la parrilla del conducto de aire. Estaba sentado sobre sus patas traseras como una ardilla girando un destornillador.

¿Tiene pulgares oponibles? Increíble.

El gato miró por encima de su hombro, justo cuando estaba sacando el último tornillo. Sus ojos se encontraron. Dejó el destornillador junto a los tornillos y apartó la parrilla.

–Ven. –Cruze extendió una mano–. Dame los tornillos y los guardaré en el cajón de mi escritorio. –*Bail* recogió los tornillos con su pata y procedió a frotarse contra los tobillos de Cruze. Ella le acarició la cabeza y la espalda. Él ronroneó cuando le rascó las orejas.

–Eres una de esas modificaciones genéticas de las que he oído hablar.

Se paró sobre sus patas traseras, colocó sus patas delanteras en su muslo y aceptó que le rascara más la oreja.

Se estiró y extendió una pata. Lentamente, su peludo puño se abrió y los tornillos cayeron en su mano.

Flexionó sus delicados dedos como si se los estuviera mostrando. Incluso su pulgar. Le agarró el índice con su pequeña mano y le dio un apretón. Sus dedos no tenían las garras extendidas.

Cuando volvió a enroscar los dedos, su pelaje hizo que pareciera una pata normal.

Asombroso.

Luego saltó y se dirigió directamente al conducto de aire.

Cruze casi ni notó cuando se llevó el pequeño destornillador.

Sacudió la cabeza, se levantó y se dirigió a la enfermería.

***

Las luces se encendieron automáticamente apenas entró a la bahía médica.

–Hola, Doc. –Se paró al lado del paciente. Seguía detrás del vidrio. Se veía mucho peor.

–Este tipo no se ve nada bien. –No tenía ropa. Sólo estaba cubierto con una toalla blanca, por modestia.

–No puedo hacer nada por la severa contusión alrededor de la herida. Lo que más me preocupa es el trauma de la sobrepresión de la herida de salida. Ya saqué una imagen de la costilla que fue golpeada a la salida, y unos nanitos especializados están construyendo una matriz permeable. Lo mantendremos inconsciente hasta que haya pasado el riesgo de que interrumpa la matriz. Todo el daño al tejido blando está siendo reparando rápidamente –dijo Doc profesionalmente.

–¿Y el pulmón? –preguntó Cruze.

–Los nanitos lo están reconstruyendo. Estoy oxigenando su sangre directamente y sacando CO2 y otros desechos por intravenosa.

–¿Cuál es la probabilidad de supervivencia?

–Estimo un 91% de posibilidad de que se recupere.

–¿Puedes lograr que se pare en cinco días? –El tono de Cruze era una orden, no un pedido.

–Puedo hacer que se pare, pero no estará completamente recuperado –respondió Doc con preocupación.

–¿Cuándo podré hablar con él? ¿Hablar, y que lo recuerde más tarde? –Cruze se acercó al rostro del hombre.

–Probablemente podría despertarlo mañana.

–¿Puedes hablar con él a través de sus implantes HUD como podías hablar con Kade?

–Sí.

–Quiero que le preguntes algo de mi parte.

***

–Braxton, más te vale que este informe sean buenas noticias – contestó Dante por el intercomunicador, sólo por voz. Braxton sabía que no podía insultarlo al usar video.

–Encontré al *Shimada* en Luna, señor. Nuestra gente ya está en su lugar. –Braxton trataba de transmitir más confianza de la que sentía–... y Locke está muerto. Yo mismo le disparé. Tal y como ordenó.

–Alguien mató a Hazelwood, el capitán del *Wallach* antes de que pudiera llegar a él. –Braxton tragó saliva–. Creo que fue Gee Senior.

–¿Y las armas? –La voz de Dante sonaba amenazante.

–No hay señal de ellas. Ninguna ha sido instalada. –Braxton vaciló, esperando alguna pregunta de seguimiento, que nunca llegó–. Están en camino a Marte...

–Sí. Lo sé. Tengo su plan de vuelo –dijo Dante distraídamente–. También hice que mataran al chico llamado Rhett. Me dijeron que sobrevivió en vacío por un tiempo inusualmente largo... Piérdelos de nuevo, y veremos si puedes superar su récord. –Dante colgó.

Braxton estaba sentado en el puente de su nave exploradora de clase Carver. Las dos mercenarias de su tripulación eran mujeres. Ambos eran estoicas y estaban muy en forma. Habían sido reclutadas por las Garras Rojas desde la misma prisión en la que había estado Cruze. Las odiaba más de lo que ellas lo odiaban a él.

–Traza un rumbo a la base de Fobos. Sin alertas, tranquilamente, y siguiendo las normas. Presenta un plan de vuelo como debe ser. -Siguieron las órdenes de Braxton sin chistar.

Debí traer una puta y una caja de whisky, pensó mientras salía del puente.

***

Neal Locke? ¿Puede escucharme? La voz despertó a Locke. *Neal Locke? ¿Recuerda dónde está?*

No era una voz real. Era el Doc Automático. Locke seguía en su pesadilla. *Doc... Puedo oírte.*

Quería actualizarlo sobre su progreso, dijo Doc con una voz tranquilizadora. *La herida de salida fue lo que realmente lo jodió. Le golpeó una costilla a la salida. ¿De qué se ríe?*

No sabía que podía reírme dentro de mi cabeza. Pensó Neal. *Y de alguna manera supiste que me estaba riendo. Para ser una IA tienes modales muy extraños.*

Recuerde que pasé varias décadas con soldados y médicos. Y no nos olvidemos de las enfermeras de campo. Ellas eran las más groseras de todos. Era la única manera de lograr que los niños que curaban siguieran sus instrucciones.

¿Qué debo hacer?

Usted, mi amigo, necesita sanarse más rápido. Elizabeth, quiero decir la capitana Cruze, quiere que esté de pie en cinco días. Realmente va a ser horrible para usted.

¿Por qué? Pensé que le habías dicho quién era. Me imaginé que me tiraría por la escotilla antes de llegar a Marte o me enviaría a casa en una cabina de estasis. De cualquier manera, mi futuro está dicho.

Ella cree que tiene información valiosa para compartir. Pero tiene una pregunta que no puede esperar hasta que pueda hablar. Si tiene la fuerza suficiente, ¿podría contestar una pregunta?

Lo intentaré.

¿Por qué quiere matar Gee Senior a la Capitana Cruze?

***

Apenas entró al comedor, Cruze percibió un olor asombroso. Olía a ajo, cebollas, carne picante, tocino y otras cosas que le hicieron agua la boca.

Ian ya estaba sentado en el mostrador, junto con toda la familia Frasier, todos tenían bebidas, platos y utensilios frente a ellos. Efrem estaba sentado entre sus hijos Michael y Jonathan, quienes estaban tratando de explicarle el juego de computadora con el que estaban obsesionados en ese momento. Su esposa Emily y su hermana Bridget estaban hablando sobre una sopa maravillosa que habían probado en la Estación Libertad. Ian le estaba explicando a Potts cómo funcionaba una unidad FTL mientras ella trabajaba.

Monte y René Thompson estaban sentados en una mesa lejana, sin hablar, pero observando a Cruze. Su hijo, Henrik, no estaba.

Cruze asintió y se acercó.

–Buenas noches, señor y señora Thompson. ¿Dónde está Henrik?

–Está descansando. Tuvo demasiada gravedad 1G hoy. ¿Podríamos bajar la gravedad en nuestros cuartos? –preguntó René Thompson.

La mirada en el rostro de su marido reveló el tema de su discusión anterior.

–No. Lo siento. El control de gravedad es para toda la nave –mintió Cruze.

–Para cuando lleguemos a Marte, la gravedad será un alivio –le ladró Monte a su esposa–. Él sabía que esto pasaría.

–Asegúrense de que coma bien –dijo Cruze–. A mayor gravedad necesita más calorías. Haré que Potts le haga una caja de pizza. Puede que le guste comer en su cuarto. ¿Qué tipo de pizza le gusta?

–Eso sería muy bueno. Queso y tocino. Gracias –dijo René.

–No sobreprotejas al muchacho –gruñó Thompson.

–Capitán, habla Sawyer –escuchó Cruze por su intercomunicador.

–Disculpen. –Cruze se paró y se tocó el intercomunicador del oído–. Adelante, Sawyer.

–Señor. El niño está en la bodega –dijo Sawyer.

–¿Estás seguro? –Cruze ya se dirigía hacia la puerta.

–Si. Los sensores de movimiento lo detectaron. Lo estoy viendo en la cámara. Acaba de abrir la puerta del AUV, y está dentro. No puedo verlo desde aquí.

–Cuando suba al ascensor, apaga todas las luces en él. No quiero que note cuando abra las puertas de la sección de carga. –Su voz denotaba su ira.

–Sí, capitán.

***

La puerta se abrió. La bahía de carga estaba a oscuras. Cruze se alejó de la puerta del ascensor y salió por debajo de la pasarela. Era fácil ver el tenue resplandor que provenía de la cabina del enorme camión por la puerta ligeramente abierta.

Sacó su pistola silenciosamente. No podía ver por el parabrisas o ventanas laterales del vehículo. Se trepó a una de las gigantescas llantas. Si se agachaba, podía verlo por la puerta entreabierta.

Henrik estaba sentado en la litera del camión. Con su espalda hacia Cruze y hacia la puerta. Había sido diseñado para ser un refugio a corto plazo para el equipo de fabricación móvil.

Se deslizó silenciosamente para adentrarse en la gran cabina del camión. Lo observó. Había activado una pantalla y estaba explorando las pantallas de control.

Cuando habló, lo hizo en un tono bajo, lento y siniestro.

–¿Qué estás haciendo?

Se sorprendió tanto que literalmente se cayó. Estaba casi atrapado en la gran litera debido a la gravedad. Se sobresaltó aún más cuando notó que tenía un arma.

–Yo-yo-yo sólo... estaba abierta... Tenía curiosidad... Yo-yo-yo… –Henrik comenzó a llorar.

Cruze vio el panel que había abierto y entendió lo que estaba tramando. Estaba en la pantalla interna del Control de Gravedad. Estaba tratando de reducir la gravedad.

–Sal. –Se reclinó por encima de él con la mano izquierda y pulsó el botón de apagado. No esperó a que dejara de sollozar. Lo agarró del cuello y lo arrastró hacia fuera.

Cruze cerró la puerta y le puso llave. Luego encendió la luz táctica de su arma y la usó como linterna.

Lo arrastró por encima de la montaña de cosas que habían traído sus padres. Todo estaba asegurado con la red de carga.

Cuando llegó al suelo, lo dejó en un sofá.

–Quieto.

A un par de metros de distancia había una consola que activó con facilidad.

Vio la tensión desvanecerse del rostro del chico cuando hizo que bajara la gravedad de la bodega. Su respiración se relajó. Las luces se encendieron en las pasarelas.

–¿Sientes eso? Esta gravedad, .37G, es la misma que hay en Marte. Luna es .16G lo cual te hizo débil. –Cruze se inclinó para hablarle directamente a la cara–. Toda esta bahía tiene sensores de movimiento y cámaras. Si te veo tocar ese camión otra vez o algo que no sea tuyo, te mostraré la escotilla.

Se levantó.

–Cuanto más tiempo pases en 1G antes de que lleguemos, más fácil se te hará en Marte. Y come más proteína.

Henrik se limpió los ojos con las mangas mientras ella se dirigía hacia el ascensor.

–¿Por qué haces esto?

–Alguien me ayudó alguna vez.

El gato lo vio todo desde las vigas.

***

–Capitán al puente –Cruze escuchó a Sawyer en su oído una hora después.

Las puertas del puente se abrieron, Cruze entró y se dirigió directamente al puesto de mando. Su consola se encendió sin que dijera una palabra.

Eran las cámaras de vigilancia de la sección de carga. Cass y Koray estaban en la parte posterior de la AUV inspeccionando los artículos de los estuches que habían almacenado allí.

–Esta cámara tiene muy buen ángulo –dijo Sawyer–. Almacenaron esos estuches en la tolva de ingestión de la fábrica. Estaban cubiertas con fibra de policarbonato.

Cruze observó a Cass sacar un rifle de largo alcance RM-7000 del estuche e inspeccionar el receptor. Mientras inspeccionaba el rifle con habilidad, Cruze notó que el cargador estaba cargado. Rondas pesadas. 10mm sin casilla. Tal vez del mismo calibre del que fue usado contra Locke.

Cass devolvió el rifle al estuche. Luego lo guardó dentro de la escotilla trasera del AUV.

–Que práctico –dijo Sawyer sarcásticamente.

–Sabíamos que estábamos aceptando algunos contratos sin preguntas. –Cruze ubicó a todos los otros pasajeros rápidamente. Luego a Potts y Ian. Potts estaba en la cocina y Ian en ingeniería.

–¿Sabías que mantiene a ingeniería en 3G cuando está allí? –dijo Sawyer incrédulo–. Todo el maldito día. Y lo pone a 5Gs justo antes de irse.

–Es una medida de seguridad adicional para cuando no está allí. Es una buena idea. –Cambió las cámaras a los cuartos de la familia Thompson–. El 3G es sólo un ejercicio para él. Es cómo se mantiene en forma. Es una maniobra de Tejón Negro.

–¿Me estás diciendo que era un maldito Tejón Negro? –Sawyer volteó su silla–. Nunca se retiran.

–Por favor, ¿explícame qué es exactamente un Tejón Negro? –preguntó Cruze.

–Son una Fuerza de Defensa de Tierra, división de operaciones tácticas. Lo más de lo más. –Se acercó y agregó:

–Tienen lo último en armas y tecnología, HUDs avanzados, IAs a nivel de unidad. Incluso armas nucleares inteligentes. –Y luego dijo casi susurrando– Y no tienen códigos de identificación.

–¿Cómo funciona eso?

–Es por eso que tenían que usar insignias de identificación negras. Cuando no estaban en misión, tenían que poder sobrevivir en la base como la gente común.

–Ian tenía curiosidad por mi traje presurizado. Dijo que era un diseño de los Tejones Negros. –Apenas terminó esa frase, la puerta se abrió y Ian entró.

–Lo siento por interrumpirla, capitán –dijo Ian.

–No te preocupes. ¿Qué pasa? –preguntó Cruze.

–Noté que el nuevo rumbo nos acerca mucho a Venus. Si quiere quemar el resto de esa maldita pintura, Venus es una buena oportunidad.

–¿Cuánto tiempo perderemos?

Sawyer cerró los ojos y utilizó la computadora para recalcular.

–Si sólo tomo una órbita, nos costará unas diecinueve horas.

–Hazlo –dijo Cruze–. Buena idea, Ian.

–Podemos avanzar sigilosamente con los estabilizadores cerrados después de sacar lo que queda de esa estúpida pintura.

–Ian, ¿por qué te saliste de los Tejones Negros? –preguntó Cruze.

CAPÍTULO TRECE: EL DOC

"Doc reforzó la confianza. Su paciencia valió la pena. (NOTA: Esto fue un chiste fallido que la IA~Azul intentó contar)."

–Azul Peridot, El Momento Decisivo: La Historia de las Guerras IA

<<<>>>

Locke, necesito que te despiertes, dijo Doc en la mente de Neal Locke a través de sus implantes HUD. Doc podía comunicarse con gente de esta manera si tenían Implantes Cerebrales Profundos. *Vamos, Neal. No quiero llenarte el cuerpo de estimulantes.*

Estoy muy cansado. La voz de Locke resonó desde dentro del vacío.

Lo siento, Neal, se disculpó el Doc Automático. *Elizabeth me ha desconectado de los sistemas e intercomunicadores de la nave. Necesitas despertarte.*

Los estimulantes comenzaron a fluir. Fue como si le hubieran tirado un cubo de agua helada sobre el cuerpo, le penetró las venas y el cerebro.

Los ojos de Locke se abrieron de repente, y emitió un grito ahogado. Evaluó su entorno rápidamente.

Estás en la bahía médica del Shimada. Hay un intruso en la enfermería, dijo Doc en su mente. *Puede que esté aquí para hacerte daño.*

Locke miró a su derecha, y vio a un delgado hombre de pelo negro mirándolo fijamente. Su grito ahogado había interrumpido su búsqueda en la enfermería. Locke se enderezó. Era un niño. Estaba sudando tanto que tenía el pelo pegado a la cara.

Estaba sosteniendo inyectores de nanito de emergencia. Locke los reconoció a pesar de su poco entrenamiento médico. Locke trató de sentarse, y se dobló de dolor. Para cuando volvió a despertarse, el muchacho se había ido.

La puerta de la enfermería se abrió y Elizabeth Cruze corrió hacia la consola.

–Doc, ¿qué coño haces? No está listo para despertar. ¿Quieres que te desarme? –Cruze estaba enojada, pero se controló mientras evaluaba a Locke.

–No es culpa de Doc –dijo Locke débilmente–. Había un intruso. –El dolor le impidió continuar, pero se estremeció y continuó–. Cruze. Vine para decirte... que están tratando de matar...te.

Sus signos vitales cayeron repentinamente.

–Doc, si muere, tú le sigues –gruñó Cruze.

–Elizabeth, ¿no oíste lo que dijo? Había un intruso, rebuscando en la enfermería.

–¿Cómo se veía el intruso?

–No tengo idea porque todos mis sensores externos están apagados. Los sensores de la bahía detectaron al intruso. No eras tú, ni Potts, ni Dan, ni Ian. Sin intercomunicador, no pude enviar una alarma.

La cabeza de Locke se movió de lado a lado mientras se recuperaba.

–Lo desperté como testigo –dijo la IA.

Locke abrió los ojos. Sus lágrimas se derramaron hasta sus oídos, pero no se movió. Ya había aprendido su lección. El dolor era demasiado intenso.

Lentamente giró la cabeza para mirar a Cruze.

–Gracias, Elizabeth. –Tragó saliva y se detuvo antes de volver a inhalar–. Por salvarme la vida… Tienes que salir de Luna… Ahora. –Casi se quedó sin aliento al decir la última palabra.

–No estamos en Luna, Sr. Locke. –Se inclinó hacia adelante para que pudiera verla mejor. Estamos en camino a Marte. Y a toda velocidad. Lo siento, pero la decisión era llevárnoslo o dejarlo morir.

Él asintió ligeramente. Era más fácil que hablar.

–Me aseguraré de que tenga suficientes créditos para llegar a casa, junto con mis disculpas –dijo Cruze.

–Estaban tratando de matarte. Todo este tiempo. –Locke empezaba a desvanecerse–. Había un muchacho aquí. Cabello negro... ojos hundidos. Delgado por baja gravedad... Se robó unos nanitos.

Locke estaba luchando por permanecer consciente.

–Sé quién es. –Su voz sonó molesta.

–Dos grupos... Tratando de matarte o detenerte. –Jadeó de nuevo–. Gee y otro... peor.

Volvió a quedar inconsciente.

–Doc. ¿Qué está pasando? –Cruze observó los monitores. Sabía que estaba teniendo problemas. Observó a Doc aumentar el nivel de O2 dentro del Doc Automático.

–Le di unos estimulantes. No recomiendo darle más. Creo que volvió a romperse las costillas. No habría sucedido si... –Doc se detuvo.

Cruze estaba en la consola principal de la enfermería, trabajando rápidamente, pero sin decir palabra.

–Doc, he restaurado tu intercomunicador conmigo y tus sensores externos, incluyendo el visual, dentro de la enfermería. ¿Puedes verme?

Cruze abrió un panel en la pared. Apuntó su arma hacia una brillante esfera de 15 centímetros de diámetro, que estaba firmemente montada en un estante.

–Si muere él, tú mueres. –Miró directamente hacia una de las cámaras que sabía que Doc controlaba.

–Si me das permiso para acceder al sensor del inventario interno, puedo decirte lo que se llevó el chico.

Cruze guardó su pistola y cerró el panel del estante. En la consola, le llevó un minuto ubicar el permiso individual.

–Gracias, Elizabeth.

–Llámame Cruze o Capitana.

–Tomó inyectores de nanito para reparación de huesos, preparación para alta gravedad y tres implantes HUD de emergencia.

–¿Estás seguro?

–Sí, a menos que hayan sacado esos elementos cuando estaba fuera de línea.

–Quiero un informe completo del estado de Locke en treinta minutos –Miró a Locke una vez más y se dirigió hacia la puerta–. No creas que te he perdonado, hijo de puta. –Y salió.

***

Después de cerrar la puerta de la enfermería, Cruze tocó el intercomunicador de su oído.

–Ian al puente –dijo ella, mostrando la ira en su voz.

–Entendido –fue la única respuesta.

Las puertas del puente se abrieron y escuchó risas. Potts estaba en la estación de navegación trazando rutas mientras Sawyer observaba.

Cruze se sentó en el asiento de mando y activó la consola de vigilancia. Los Frasier estaban en la sala de recreo viendo un video mientras los gemelos se perseguían uno al otro con naves espaciales de juguete. Thompson estaba en la cocina, detrás del mostrador, abriendo cajones, buscando algo. Buscó por todas las cámaras hasta que encontró a Henrik en la bahía de carga en el sofá cubierto de redes.

Potts dejó de reír y vio el rostro de Cruze.

–¿Qué pasa?

–Violación de la seguridad –dijo Cruze. Mostró a Thompson buscando en la cocina en el monitor principal. Luego puso a todos los pasajeros en la pantalla principal.

Ian entró y se sentó en la estación de ingeniería.

–¿Cómo llegó ese hijo de puto a este nivel? –exigió Cruze. Acercó la imagen hacia él mientras se inyectaba nanitos en el muslo–. Se robó esos nanitos de la enfermería.

–¿Cuándo? –gruñó Ian.

–Estuvo allí hace once minutos.

Thompson encontró los cuchillos.

Ian usó su consola para revisar los videos a alta velocidad.

Lo encontró.

Lo puso en la pantalla principal. Henrik entró al ascensor en el nivel de la sección de carga. Cuando se abrió en el nivel 2, no salió.

–La escotilla de mantenimiento del ascensor –dijo Ian.

–¿Por qué no estaba asegurada? –preguntó Cruze, asegurándose de no culpar a nadie con su tono.

–Emergencias. Es un procedimiento operativo estándar para ascensores –respondió Ian–. ¿Alguna vez has estado en un ascensor cuando una nave fue atacada?

Sawyer agregó:

–Esos pozos están hechos para mantener a la gente afuera, no adentro.

Ian encontró las imágenes de Henrik entrando y saliendo de la enfermería.

–Las cámaras de la enfermería estaban fuera de línea. ¿Está bien el huésped?

–¿Cómo lo descubriste? –preguntó Potts.

–Doc me contactó. Ya se había ido cuando llegué. –Cruze estaba mirando a Henrik de cerca. El chico miró a su alrededor mientras sacaba el último inyector.

–¿Realmente se inyectó dos veces y lo va a hacer una tercera vez? –Sawyer se estremeció.

–¿Por qué no lo detienes? –dijo Potts sorprendida.

–Porque cuando se inyecte esos nanitos de HUD, será mío. Él piensa que es una mejora gratuita. No tiene ni idea de lo que puedo hacer cuando esté enganchado –dijo Cruze.

–¿Has considerado actualizar al *Shimada* con IAs? –preguntó Sawyer–. Tal vez promover a Doc para limpieza y cosas como monitoreo a tiempo completo, en tiempo real?

–No –dijo Cruze enfáticamente.

–Los Doc Automáticos de las M11 fueron diseñados para ese tipo de cosas. Ya debería tener todas las conexiones –agregó Sawyer.

–Basta –le ladró Cruze.

En silencio, todos vieron a Henrik activar el inyector especializado. Se levantó el pelo porque tenía que inyectarse ese detrás de la oreja. Vaciló. Miró a su alrededor una vez más, y lo hizo rápidamente antes de acobardarse.

Cruze ya no estaba mirando a Henrik, sino a Thompson. Eligió uno de los cuchillos de carnicero más grandes, miró a su alrededor y lo deslizó por su manga. Todos lo siguieron, y lo vieron entrar a su cuarto.

No se había robado uno, sino dos cuchillos. Le dio el otro, uno más pequeño y delgado, a René Thompson.

–Sawyer, asegura el puente –ordenó Cruze–. Nadie entra a menos que seamos nosotros, y sólo si nos identificas. Si alguna cámara se apaga, avísanos a todos. –Cruze estaba determinada.

–¿Cómo? –preguntó Potts.

Cruze se inclinó hacia delante y le tendió un intercomunicador para oído.

–Sólo morderá una primera vez. Cuando se conecte.

Potts se lo puso y se estremeció brevemente. Tomó una muestra de su ADN, e inició la secuencia de activación.

Potts habló. El intercomunicador le preguntó algo, y ella respondió:

–Potts... Sólo Potts.

Miró a Cruze con ojos suplicantes antes de decir:

–Ethel Pirodot.

Ninguno vio a los gemelos salir de la sala de recreo.

***

Bail entró a la enfermería y saltó al mostrador.

–Qué interesante –dijo Doc en voz alta. El gato ignoró la voz y empezó a lavarse, sin prestarle importancia a su entorno.

–La única manera en la que se abriría esa puerta para ti, es si estuvieras en la lista de acceso aprobado. –Doc sólo estaba diciendo los hechos.

Bail dejó de lamerse y caminó por el mostrador hasta llegar al vidrio del Doc Automático. Se sentó y miró a Locke dormir por un largo rato.

–Tu nombre es *Bail* –dijo Doc.

Saltó al piso donde las cámaras de Doc no podían ver el conducto por el que *Bail* había entrado.

***

Cruze estaba en su habitación terminando de ponerse el traje presurizado. Con el casco abierto, el traje parecía tener un cuello alto. El casco se cerraría automáticamente si detectara una pérdida de presión.

Le había hecho algunas mejoras. Ahora el traje tenía las tres brillantes barras estándares en el collar que indicaron su rango de capitana. Su nombre ahora estaba justo por debajo de su clavícula izquierda y decía CRUZE en letras brillantes. Y *SHIMADA* lo contrarrestaba desde el otro lado.

Para finalizar, verificó la carga de su arma y la guardó. Tenía una funda integrada en el muslo, no lo había notado hasta que Ian le mostró algunas de las características avanzadas del traje.

–Sawyer. ¿Están las tres familias en sus compartimentos? –preguntó al salir de su habitación.

–Afirmativo.

–Ian, te encuentro en el nivel 2 –dijo Cruze.

–Entendido.

Cuando se abrió la puerta del ascensor, Ian ya estaba de pie en el pasillo. Llevaba un mono con las mangas cortadas. Cruze notó que sus brazos eran tan gruesos como su cintura.

Sólo llevaba una gran llave de tuercas.

–Espera aquí –dijo Cruze–. Nadie sale de este cuarto excepto yo.

Tocó la puerta.

–Cruze, están escondiendo algunos de los libros que estaban leyendo –dijo Sawyer por el intercomunicador de su oído–. El chico está en su litera. Thompson está yendo a la puerta.

Ian ya estaba apoyado contra el mamparo para que no lo vieran.

–Capitán –dijo Thompson–. ¿Pasa algo?

–De hecho, sí –dijo formalmente–. Me gustaría entrar y discutirlo con usted.

–¿De qué trata todo esto? –Thompson se apartó para que Cruze entrara.

–¿Recuerda las restricciones del viaje? –Tenía a Monte y René a ambos lados. Cruzó se adentró en la habitación y se colocó de espaldas contra la pared trasera.

–Sí. Las recuerdo bien. Principalmente porque eran muy pocas –dijo Thompson.

–¿Sabía que su hijo tiene una fiebre extremadamente alta y que es probable que ya esté delirando?

–¿Qué? –René se acercó inmediatamente a la litera del muchacho–. Está ardiendo. ¡¿QUÉ LE HICISTE?!

–Nada, excepto ver a su hijo entrar en la enfermería y robarse varios artículos. –Cruze estaba tranquila e incluso un poco callada.

–Eso es imposible. Estuvo con nosotros toda la noche –dijo Thompson, contradiciéndola.

–Señora Thompson. ¿Me haría el favor de revisar los bolsillos de sus muslos? Encontrará varios inyectores de nanito allí. Ya usó tres.

René encontró ocho inyectores.

Cruze cogió los inyectores y se los metió en el bolsillo del muslo.

–Y los cuchillos también, Thompson.

–¿Qué cuchillos? –respondió Thompson.

–Por favor, no nos insulte más negándolo o mintiéndome. -Extendió una mano enguantada.

Vaciló y frunció el ceño como si estuviera a punto de decirle algo. Finalmente, sacó el cuchillo de carnicero de su manga. Se quedó allí un momento, con los nudillos blancos sobre el mango. Sus ojos se dirigieron a la mano de Cruze, la que tenía sobre su arma. Relajada.

Giró el cuchillo y le ofreció el mango. Cruze extendió su otra mano hacia René. Ella sacó el otro cuchillo de entre los pliegues de su ropa.

–Añadiré el costo de los nanitos a su factura –dijo Cruze fríamente–. Sepan esto. Mataré a quien sea que encuentre en el nivel de comando. ¿Entendido?

Nadie respondió.

–¿ENTENDIDO? –Su voz cargaba una amenaza.

–Sí, capitán –dijeron en unísono.

***

La puerta se cerró detrás de Cruze con un susurro y un chasquido.

Ian salió de detrás del mamparo.

–¿Come te fue?

–Algo anda mal –dijo.

Volvieron al comedor para poder devolver los cuchillos y hablar brevemente con Potts. Cuando entraron, Potts estaba siendo guiada por un niño en cada mano, quienes le suplicaban que los acompañara para ver algo.

–Potts, necesito hablar contigo –dijo Cruze mientras sacaba los cuchillos.

Esto silenció a los muchachos. Soltaron sus manos y salieron de la habitación, evitando su mirada.

–Thompson robó esto de la cocina. Necesito que estés alerta. Eres la que tiene más contacto con estas personas. Necesito que mantengas los ojos abiertos y me avises si pasa algo extraño.

–Los Thompson han estado actuando raro los últimos dos días. Han estado, no sé... nerviosos. –Potts miró por encima de su hombro hacia la mesa más lejana, la cual estaba vacía–. Han estado haciendo muchas preguntas sobre la nave. Y sobre los otros pasajeros.

En el pasillo, Cruze vio a los gemelos arrastrar a Henrik por las manos hacia el ascensor. Él los dejaba. Ian se volvió hacia Cruze.

–¿Confías en que esté con esos chicos?

El bastardo fingía dormir, pensó Cruze.

–No me importa. Mantente alerta –fue todo lo que dijo mientras caminaba hacia el puente.

Mientras caminaba por el largo pasillo hacia el ascensor, Cruze comenzó a quitarse los guantes del traje presurizado. Pero se detuvo. Entró al ascensor y subió, perdida en sus pensamientos.

Salió del ascensor y entró a la enfermería.

–Doc, ¿estado?

–El Sr. Locke se está curando bien y debería poder salir de la nave por su cuenta cuando lleguemos a Marte. –Cruze se volvió para irse cuando el Doc le preguntó:

–¿Debería saber algo sobre el gato?

Cruze ni siquiera se molestó en contestar y se marchó. No necesitaba ser cortés con la IA.

Cuando se abrieron las puertas hacia su habitación, no pudo creer lo que estaba viendo. *Bail* estaba en la silla de su escritorio. Su monitor mostraba una vista de la escotilla de estribor. El gato se dio la vuelta, con verdadera preocupación en el rostro.

Su puerta sonó. Cuando se volteó para mirar la puerta, el gato saltó y aterrizó en sus hombros. Se aferró a su cuello con las patas delanteras. La boca cerca de su oído.

–Ven –le dijo ella a la puerta. Antes de que se abriera, *Bail* le susurró en el oído.

–Asesinato.

La puerta se abrió hacia una tormentosa ráfaga. Un proyectil pesado le dio de centro a Cruze con la fuerza de un martillo lanzado por un Vikingo.

El gato corrió.

***

Los gemelos estaban sacando a Henrik del ascensor, gritando:

–¡Apúrate!

–No lo creerás cuando lo veas –dijo uno.

–No hay otras ventanas –dijo el otro.

–Qué? ¿Qué? –gimió Henrik. Uno de los muchachos soltó a Henrik y corrió hacia la ventana para usar sus manos y ver a través de ella. Miró hacia la oscuridad a través de la ventana exterior de estribor.

–¡Sigue ahí! –gritó.

Henrik era mucho más alto que los niños, por lo cual tuvo que inclinarse mucho más para mirar hacia fuera.

–No veo nada.

–Todavía no –dijo uno de los gemelos justo antes de que alguien le disparara con el paralizador y Henrik quedara inconsciente.

***

Alguien golpeaba frenéticamente en la puerta del cuarto de los Thompson.

–¡Ayuda, rápido! ¡Ayuda!

La puerta se abrió mostrando a uno de los gemelos.

–¡Ven rápido! Es Henrik. ¡Está herido! Mal herido. ¡Ven rápido! -El niño corrió hacia el ascensor. Thompson corrió tras él. Agitaba la mano furiosamente para que se apresuraran.

–¿Qué pasó? –preguntó René Thompson preocupada.

–Estábamos mirando por la ventana cuando lo vimos. Henrik empezó a convulsionar o algo así. ¡Se cayó y se golpeó la cabeza! –dijo el niño. Thompson nunca supo su nombre.

Las puertas se abrieron y el niño se adelantó. Cuando se detuvo frente a la escotilla, miró adentro. Su hermano estaba en el suelo, pero no Henrik.

El niño recibió un gran empujón entre los omoplatos lo cual hizo que, en la reducida gravedad del compartimiento de carga, se estrellara contra la puerta exterior de la escotilla, mientras se cerraba la otra puerta, atrapando a ambos gemelos adentro.

–¡Henrik! ¿Qué haces? –preguntó René.

–Estos pendejos intentaron matarme. Y a ustedes también, creo. –Henrik se acercó a sus padres, y su madre lo abrazó. Sangre corría por su rostro–. Estos bastardos no sabían que tenía tantos nanitos médicos en el cuerpo. Me dispararon con un paralizador y nos iban a lanzar a todos por la escotilla cuando llegaran.

Ambos gemelos estaban de pie. Notaron que estaban gritando y maldiciendo por la ventana, pero no podían oírlos.

Nadie notó cuando el gato saltó hacia la consola, y tras un siseo, golpeó el botón de emergencia para liberar la puerta exterior.

Los niños volaron hacia el vacío.

***

Bridget Frasier le disparó a Cruze en el pecho con una bala de calibre 12 apenas abrió la puerta. Entró en su cuarto y se arrodilló junto a su cuerpo para quitarle el arma que tenía en la funda del muslo.

No podía sacarla.

Cruze estaba de espaldas. Bridget notó que su casco estaba cerrado.

Luego Emily Frasier entró y dijo:

–Vamos. Los niños se encargaron de los otros pasajeros. Ahora sólo quedan la cocinera y el mecánico.

–Efrem tiene la otra arma y está yendo a ingeniería en el segundo nivel. Creo que la chica está en el puente.

***

Efrem utilizó un código general y entró a la sección de ingeniería a través de la puerta trasera del ascensor en el segundo nivel. Había mucho ruido en la habitación. Sería fácil cubrir el sonido de sus pasos.

Encontrar a Ian fue fácil. Los paneles y consolas que tenía abiertos estaban iluminados por brillantes luces de trabajo portátiles. Efrem se movió lentamente, para no arriesgarse a llamar su atención.

Apenas estuvo lo suficientemente cerca, levantó, apuntó y dejó caer la escopeta porque de pronto se había vuelto demasiado pesada. Al igual que sus brazos y cuerpo. Se desmoronó ya que ahora pesaba 1000 libras en lugar de 200. Apenas podía respirar cuando Ian se acercó, se inclinó lentamente y recogió la escopeta.

–Ian a Cruze. Emergencia –dijo Ian.

No hubo respuesta.

–Ian al puente. Motín en progreso –dijo con un poco más de urgencia.

–¡Ya era puta hora de que aparecieras! –respondió Potts–. ¡Oí un disparo!

–Ian... Ayuda… –dijo Cruze, apenas en un susurro.

–Ya voy, Capitán. –Se movió lentamente hacia el ascensor, donde sólo había 1G. Apenas cerró la puerta, la sección de Ingeniería aumentó a 20G.

***

El traje la había salvado. Ian le había comentado que las fibras reactivas del traje se endurecerían si el área recibía un impacto. No le dijo que igual la dejaría inconsciente. Sentía que se le habían roto las costillas.

Oyó voces en los micrófonos externos de su traje. Movió la mano hacia su arma.

–Los controles de las puertas no funcionan –dijo Bridget con desdén–. Esa perra también está allí. –Demostraba su odio en cada palabra.

–Abre la puerta, Sawyer –exigió Emily–. O mataremos a la capitana. Está con Efrem, y a él le encantan las mujeres indefensas.

–Jódanse, pobres excusas de bolsas de mierda –gritó Sawyer–. Esa escotilla tiene tres capas de espesor y ha sido diseñada para mantener afuera a putos muertos como ustedes.

–¿A quién llamas muerto? –Bridget sonaba dulce–. Te equivocas. Te mantendremos vivo para que pilotees la nave. Y tu amiguita cocina demasiado bien como para empujarla por una escotilla, como al resto.

Justo en ese momento, el ascensor se abrió al otro extremo del pasillo. Ambas señoras se voltearon para disparar. Ian le disparó a Emily en el pecho al mismo tiempo que Cruze le disparó a Bridget en la cabeza.

Cruze se volteó y vio *Bail* entrar por el conducto de aire y saltar hacia la consola. Utilizando un gesto muy humano, la llamó con los dedos para que se acercara.

El monitor mostraba una imagen de los Thompson. Estaban acurrucados en el sofá cubierto con redes con Henrik en el medio. Todos estaban sollozando.

***

Los Thompson no escucharon a Cruze acercarse. Tampoco la vieron hasta que estuvo directamente frente a ellos.

Cruze no dijo nada.

–No quisimos hacerlo. Es sólo que... Dios mío. Fue el gato, lo juro por Dios. Creo que el gato los ejecutó –dijo René Thompson entre sollozos.

Cruze hizo una larga pausa antes de hablar.

–Esos muchachos los iban a asesinar. Tal y como asesinaron a Parker Cass y Jacob Korey.

–¿Qué? –dijo Henrik.

–Mientras ellos estaban aquí abajo deshaciéndose de ti, sus padres estaban tratando de matarnos. Si Henrik no hubiera tenido una carga doble de nanitos, todos estarían flotando afuera de la nave. Suban. –Cruze le ofreció una mano a cada uno de los Thompson–. Les vendría bien una sopa. Y necesito disculparme. Cuando les quité los cuchillos, debí saber que eran para defensa. ¿Ya sospechaban de ellos no?

Thompson asintió con la cabeza.

–Escuchamos algunas cosas. Y los niños… cambiaron cuando saliste de la habitación. Debimos decir algo. Dios. Fue sólo un presentimiento. Y deberías saber... algo le pasa a ese gato.

***

Durante el resto del vuelo a Marte, no pasó nada más, sólo tuvieron que limpiar.

Efrem Frasier fue aplastado en la sección de Ingeniería cuando las Placas de Gravedad llegaron a 20Gs. Los cuerpos de las mujeres fueron embolsados y lanzados por la misma escotilla que los gemelos.

Sólo Cruze veía al gato, y sólo por la noche, en su cama. Dormía acurrucado contra su espalda, y se iba por la mañana antes de que despertara. Parecía alejar a sus pesadillas.

Potts pasó mucho tiempo con Dan en el puente.

Ian limpió la sangre sin que se lo pidieran.

Los Thompson estaban agradecidos.

Las imágenes de la cámara de seguridad revelaron que los gemelos engañaron a Parker Cass y Jacob Koray para que entraran a la escotilla, y fueran enviados hacia sus muertes.

Locke mejoró.

Una búsqueda en la cabina de los Frasier reveló otra escopeta de calibre 12 y varias rondas de munición especial. Cosas muy letales.

Examinaron su contenedor y no encontraron nada fuera de lo común. Cruze se reunió con Ian en la parte delantera del contenedor con un cortador láser para cortar la cerradura. No encontraron una llave. Probablemente la tenía uno de los niños.

La cerradura se rompió sin problemas. Era un contenedor estándar diseñado para ese tipo de bodega. Tenía tres metros de alto, tres de ancho y treinta de largo. Todos los llamaban "Un Treinta".

Abrieron las amplias puertas y Ian activó una linterna de mano.

Casi todo el contenedor estaba lleno por una amenazadora nave negra. Parecía un gigantesco escarabajo negro. Tenía cuernos y garras de varios tamaños cuidadosamente doblados hacia atrás, que formaban un monstruo típico de pesadillas.

–Esto es un Rinoceronte K66, capitana. Nuevo y en su caja. –Ian iluminó el interior del contenedor–. Debí saberlo por el contenedor. Sólo repintaron el exterior. Mierda.

–¿Qué pasa? ¿Es caro? ¿Crees que alguien lo está esperando en Marte?

–Este es un avión de ataque militar de última generación, sin necesidad de tripulación. ¿Caro? No creo que hayan vendido uno solo. No es el tipo de cosas que compras. Y no es el tipo de cosa que usas en un mundo civilizado. Mierda.

–¿Cuál es el problema? No nos viene mal otra nave de asalto –dijo Cruze.

–No es tanto una nave, es más un… soldado. Tiene una nueva clase de IA integrada. Una IA autónoma. Son IAs enojadas, impredecibles, e pendejas.

–¿Podemos sacarlo sin activarlo?

–Sí. Siempre y cuando ya no lo hayan activado. Porque después de que lo activen, hará lo que quiera.

–Bajaremos la gravedad y lo sacaremos de aquí. Todas las cosas de los Thompson entrarán en el contenedor. –Mirando a la monstruosidad insectoide, agregó– Si no podemos usar esa cosa, sacaremos al hijo de puta por la puerta de carga principal.

–Capitana, por favor, no botes esa cosa en ninguna parte de este sistema. Las operaciones de salvamento son demasiado buenas por aquí. Bótala en otro lado. Entre las estrellas.

Cruze asintió.

–Eso también nos ayudará a dejar a los Thompson más rápido –dijo Ian.

–Entonces, comencemos.

El Rinoceronte había sido almacenado en el contenedor con abrazaderas de liberación rápida. Antes de sacar al Rinoceronte, tenían que desabrochar las abrazaderas. Cruze bajó por un lado y Ian por el otro. Había dos baúles grandes de polímero en la parte posterior del contenedor que habían sido guardados para ser abiertos más tarde.

Después de bajar la gravedad a cero, levantaron y comenzaron sacar a la espeluznante nave del contenedor.

–Jesús, esta cosa debe tener mucha masa para tener tanta inercia –dijo Cruze mientras ella e Ian lo empujaban con todas sus fuerzas para apenas moverlo. Después de una hora, lograron sacarlo, asegurarlo al lado de la bahía y cubrirlo con lonas.

Cruze habló por el intercomunicador.

–Potts, por favor reúne a los Thompson y tráelos a la sección de carga.

–De acuerdo... ¿Por qué? –preguntó Potts.

–Tengo un regalo para ellos. Estamos moviendo todas sus cosas al contenedor de los Frasier. Ian y yo necesitamos manos extra. Bajamos la gravedad a .01G así que incluso Henrik puede ayudar.

***

Con la ayuda de todos, sólo tardaron unas pocas horas en guardar todo en el contenedor. Cerraron las puertas y le pusieron una nueva cerradura. Cruze le dio las llaves a Thompson.

–Nunca podremos agradecerte lo suficiente o pagarte por lo que has hecho –dijo Thompson–. Esto hará que el traslado de nuestras cosas a la nave de la colonia sea más fácil.

–¿Qué tipo de nave? –preguntó Cruze.

–Creo que es una vieja nave de clase Embajada –respondió Thompson.

–¿Está en órbita? Esas naves no han sido diseñadas para aterrizar. Se suponía que tenían que convertirse en estaciones espaciales para las colonias después de la migración.

–Sí. En órbita. Tendríamos que coordinar para que nos recogieran.

–No hace falta –dijo Cruze–. Los llevaremos hasta allí.

Thompson miró a su esposa, y ella comenzó a llorar.

Cruze no dijo nada y se fue.

***

Se acercaron a Marte y llamaron a la nave de clase Embajada llamada *Marco Polo*. Enviaron una conexión para enviar a los Thompson.

Cruze nunca pidió el pago final. Thompson se lo dio a Potts. Incluyó el pago por los nanitos y algo extra. Era el dinero que habían planeado utilizar para llegar al *Marco Polo* desde la superficie.

Cruze pensó que era irónico que se despidieran desde la misma escotilla que habría sido usada para asesinarlos.

El contenedor fue trasladado desde la bodega, y se fueron.

La tripulación regresó junta al puente. Todos se sentaron en sus asientos y se abrocharon los cinturones.

–Potts, traza el rumbo hacia Udzha. – Cruze no le dijo que estaba en la región polar marciana.

–Rumbo trazado.

–Udzha Número 4 por favor, Sr. Sawyer.

–Sí, capitán.

–Está bien, preguntaré –dijo Ian–. ¿Qué hay en Udzha? Pensé que estaba abandonado. A medida que la atmósfera se volvió más densa, los vientos se volvieron demasiado agresivos y la terraformación cogió fuerza.

–Compré un hangar allí. Fue una ganga y lo necesitaba. Vino con unos robots que limpiaban los paneles solares y la cubierta del hangar.

No había control de tráfico en ninguna parte alrededor de Marte, excepto en las áreas alrededor de la población principal y la estación espacial. Udzha estaba lejos de ambas.

Originalmente la instalación Udzha estaba compuesta por dieciséis edificios. Cada uno tenía un kilómetro de largo y cien metros de ancho. El número 4 no se podía ver en absoluto desde el sur.

La construcción de estilo Quonset había sido cubierta por dunas. La cubierta estaba limpia frente al número 4. El campo de paneles solares ubicado más allá de la cubierta brillaba bajo el sol débilmente reflejado. Los otros campos de paneles estaban casi completamente enterrados.

El *Shimada* aterrizó lentamente en el asfalto, y las luces del hangar se encendieron automáticamente. Cruze tuvo que contestar algunas preguntas de seguridad antes de que la puerta del hangar se deslizara hacia un lado.

–Dan, cuando entres, gira 180 grados, para que la rampa de carga este frente a la siguiente bahía y abre los estabilizadores antes de que toque el suelo –pidió Cruze.

La puerta del hangar se demoró en cerrarse, y luego en re-presurizar el hangar. Les tomó casi dos horas antes de que bajara el ascensor.

Nadie fue a saludarlos.

CAPÍTULO CATORCE: MARTE

"Bob Braxton estaba cerca, y de alguna manera sabía que había perdido la ventaja. Se suponía que los Frasier tendrían la nave y la ubicación de la colonia donde hacían las IAs."

–Azul Peridot, El Momento Decisivo: La Historia de las Guerras IA

<<<>>>

Las luces del hangar estaban encendidas, pero no había nadie en casa.

–Sawyer, quédate aquí y mantén un canal abierto –dijo Cruze–. Debería haber dos hombres aquí llamados Delmore y Harper. Mantén los ojos abiertos.

La puerta interior del hangar seguía cerrada. Cruze cruzó hasta el panel de acceso y, tras ingresar su código de acceso, la puerta se deslizó lentamente hacia atrás.

Cuando se abrió completamente, Cruze agregó:

–Sawyer, retrocede lentamente. Acuérdate que hay unas cajas allí adentro que necesitas evitar. Pon las patas en los cuatro cuadrados amarillos que están en el suelo.

Era evidente que el *Shimada* había estado allí antes. Unas huellas habían sido pintadas en el piso del hangar en las cuales las patas encajaban perfectamente.

Sawyer lo aterrizó con precisión. Con los estabilizadores completamente abiertos, se veía muy amenazante.

–¿Prefiere que me quede en el puente, capitana? –preguntó Sawyer cuando la nave empezó a apagarse.

Cruze comenzó a cerrar las puertas interiores del hangar utilizando una consola de control.

–Mantén a todos los reactores al mínimo –respondió–. Eso será suficiente para sostener los servicios y las Placas Gravitacionales en 1G.

–Sí, Cap.

La rampa bajó, y Potts salió. Ian ya estaba desabrochando al enorme camión que albergaba y alimentaba a la fábrica industrial. Cruze lo vio treparse adentro. Tenía el tamaño correcto para conducir la gigantesca cosa. Salió hacia el hangar silenciosamente y se dirigió hacia una de las bahías laterales. Lo estacionó con la punta hacia adentro, para que la fábrica quedara hacia afuera.

Al salir, sacó un gran estuche.

Luego los ojos de Cruze se tornaron hacia el Rinoceronte. Le sorprendió lo mucho que se parecía esa mortal nave a un insecto. Con todas sus antenas, brazos, piernas, láminas y armas guardadas, realmente parecía un gigantesco escarabajo dormido. Incluso tenía una cabeza, tórax y abdomen claramente definidos. Sabía que la cabina sin ventanas estaba en la sección central.

También sabía que había una IA a bordo.

***

Había unos asientos ordenados en un círculo en la esquina del hangar, donde se pudo reunir toda la tripulación del *Shimada*. Habían estado en la base por una hora y se habían dividido en dos grupos de dos para explorar.

Sawyer dijo:

–OK Jefa, pensé que iba a haber una tripulación en esta pequeña base.

Había un círculo de unos ocho asientos diferentes que habían sido rescatados de la media docena de transbordadores que estaban esparcidos por el hangar y sus bahías laterales. Cruze abrió el estuche que Ian había sacado del camión, sabiendo lo que contenía.

Pistolas.

Comenzó a emparejarlas con sus fundas y a distribuirlas. Pronto, Sawyer, Ian, e incluso Potts estaban armados.

–Del y Harper vendrán –dijo Cruze, tratando de sonar más segura de lo que sentía.

–Esta base parece estar ocupada –agregó Ian tratando de ayudar–. Hay señales de que hubo gente aquí recientemente. Bajo esas dos lonas hay unos Cazadores Milvus 73 fabricados específicamente para la M11. Condición desconocida. Hay un PT-137 por allá que parece funcionar, y otros dos que fueron utilizados por partes.

–Hay comida enlatada en la cocina. Deben vivir hombres aquí –dijo Potts.

–¿Conseguiste actualizaciones de todos los mapas y cartas estelares locales cuando entramos al espacio de Marte? –le preguntó Cruze–. ¿Notaron que tanto Fobos como Deimos ahora tienen viviendas que no están en las cartas?

–Sí. Los analizamos cuando nos acercamos al Marco Polo para transferir a los Thompson –respondió Potts.

–No cocines para esos bastardos, a menos quieras –agregó Cruze.

Cruze notó que Potts se sorprendió con la declaración.

–Podrías transferirles un poco de conocimiento –dijo Cruze seriamente–. Al igual que Sawyer ayudó con los sistemas de navegación, puedes enseñarles a esos simios a cocinar una comida decente. –Les entregó cartuchos cargados.

–¿Cómo sabes que las cazas son Milvus 73? –le preguntó Cruze a Ian casualmente.

–Porque son rojos –dijo Ian–. Sólo los 73 eran rojos. No les importaba el color. Si alguien estaba lo suficientemente cerca para ver el color, ya era demasiado tarde.

–¿Puedes volarlos? –preguntó.

–No. Nunca lo intenté. No entro en la puta cabina. –Ian hizo una pausa–. Tal vez entro sin mi traje presurizado, pero a la mierda con eso.

Oyeron cuando una de las escotillas de la bahía lateral empezó a girar. De pronto la puerta interior se deslizó hacia arriba. Una pequeña nave de pasajeros de dos asientos entró y aterrizó. Las alas se abrieron hacia cada lado, y dos personas salieron. El mayor de los dos se paró junto a los transportes, congelado, observando la escena.

El otro estaba tratando de quitarse el casco lo más rápido posible, mientras salía y corría hacia Cruze. Cuando por fin se sacó el casco, se lo lanzó a Cruze con fuerza y gritó:

–¿DÓNDE MIERDA HAS ESTADO?

Con un pequeño movimiento, Cruze giró lo suficiente como para evitar el casco, ayudada por la baja gravedad. De pie detrás de ella, Ian lo cogió con una mano, como si se lo hubiera lanzado un niño.

Sawyer, Ian, e incluso Potts sacaron sus armas, pero no Cruze.

Cruze extendió los brazos para mantenerlo alejado. Él le agarró los brazos mientras varias emociones inundaban su rostro. Había enojo, luego alivio, luego dolor, luego furia y cuando las lágrimas fluyeron hacia su desaliñada barba, cayó de rodillas y abrazó el cuerpo de Cruze.

Cruze se lo permitió.

Le pasó los dedos por el pelo enmarañado. Todos bajaron sus armas y las guardaron.

–Lo siento, Harper –murmuró–. Regresé lo más rápido que pude.

–Pensamos que estabas muerta –dijo atragantándose con sus palabras.

–Casi pasó, varias veces –susurró–. Kade y Graham no lo lograron.

El otro hombre se acercó después sacarse el casco.

–Hola, Liz. –Sonaba como si la hubiera visto esa mañana–. ¿Estás bien?

–Hola, John. –Cruze miró al hombre mayor. Tenía la cabeza afeitada y calva, y una barba blanca bien arreglada–. Estoy bien. Perdón por tomarme tanto tiempo. Es una larga historia. Tendré mucho tiempo para contársela más tarde.

–Cuando los... artículos fueron entregados, esperamos que volverías de inmediato. Pero cuando no regresaste tuvimos que... conseguir trabajos para pagar el alquiler –dijo Harper angustiado.

Cruze levantó al hombre de desordenado cabello y le dio un abrazo apropiado, aunque torpe. Su ira lo había envejecido.

–Les presento a Vincent Harper y John Delmore. Ambos son pilotos de caza. –Cruze hizo un gesto hacia el resto–. Estos son Ian Vinge, Dan Sawyer y Potts Peridot. La nueva tripulación del *Shimada*.

Harper y Delmore asintieron con la cabeza.

–Estábamos perdidos –dijo Harper nuevamente angustiado, pero se calmó–. No sabíamos qué hacer.

–Hicieron lo correcto. Gracias por su paciencia... –Cruze fue interrumpida por una serie de puñetazos que Harper dirigió hacia su cabeza. Seguidos por una serie de golpes y patadas. Cruze los bloqueó, desvió o evitó rápidamente, permitiendo que su ira se evaporara con esas acciones.

Cruze se movía con misteriosa facilidad. Después de un minuto y quizás unos doscientos golpes, Cruze bloqueó una patada, le barrió la otra pierna del piso y con un empujón al torso, lo lanzó cinco metros hacia atrás, donde aterrizó de culo.

Harper se quedó sentado, respirando pesadamente.

Delmore habló:

–Te mantuviste en forma. Bien. Esta baja gravedad nos está matando lentamente.

–Hoy dormirán en 1G –dijo Cruze orgullosamente.

Ian se acercó y le ofreció una mano a Harper. Harper sonrió y la tomó. Ian lo levantó sin ningún esfuerzo. Le llevaba una cabeza a Harper.

–Será mejor que descansen bien. Mañana comenzamos –dijo Cruze.

–Capitán, ¿puedo recomendar una comida decente primero? –dijo Potts.

–¿Ya actualizaron todos los sistemas de navegación? –preguntó Cruze.

–Sí, señora –dijo Potts sonriendo.

–Lo dejo a la discreción del chef. Sawyer, ayúdala. Ya te tocará cocinar. Aprende algo. –Se volvió hacia Ian–. Tú quédate aquí mientras pongo a Harper y Del al día.

–Cruze, ¿sabes que es esa cosa? –Delmore estaba mirando fijamente a la bodega del *Shimada* donde estaba el avión de ataque Rinoceronte.

–Sí. Es un demonio. Del infierno.

***

Apenas se abrió el vidrio del Doc Automático, los ojos de Locke se agitaron.

Respiró profundamente por la nariz y lo soltó por la boca. Sus pulmones se sentían pesados, pero no sentía dolor.

Al girar la cabeza, se encontró con los ojos de un enorme gato Siamés que estaba sentado en el mostrador. Inclinó la cabeza para alinear su mirada mejor con la de Locke.

–Hola, amigo. –Locke trató de tocar al gato, quien presionó su rostro contra su palma y aceptó que le rascara la oreja.

–Neal, me gustaría que te sentaras y que luego te pararas –dijo Doc mientras la cama del Doc Automático lo empujaba para que se sentara en posición vertical y la tabla bajara hasta que sus pies tocaran el suelo.

–Me siento... raro –dijo Locke mientras se ponía de pie.

–Ya pasará –dijo Doc–. Quiero que uses el baño. Has estado inconsciente y en gravedad nula por seis días.

–¿Qué gravedad tenemos aquí? Se siente como .2G. –Locke se aferró a un mango del Doc Automático.

–Es .16G. El resto de la nave está a 1G. –Se abrieron dos cajones. Uno tenía un suministro de pantalones cortos de gimnasia gris oscuro, y el otro de camisetas del mismo color.

Miró hacia atrás y el gato se había ido.

***

Cruze se sentó y le dio un informe detallado a Harper y Delmore mientras Ian escuchaba. Les contó todo, incluso la parte donde sus socios, Graham Hall, y Kade Phillips, fueron asesinados y ella fue arrestada. Ian levantó las cejas al notar la indiferencia con la que contaba la muerte de sus amigos.

Resumió las dificultades de regresar a la luna, de encontrar otro piloto para el *Shimada* y de llegar a Marte.

Cruze notó que *Bail* estaba sentado encima del Rinoceronte, mirándolos. Cuando notó que Cruze lo había visto, inclinó la cabeza hacia un lado, saltó, y se fue.

–¿Entonces sólo somos seis? –preguntó Delmore.

–Siete si cuentas al gato. –Ian miró hacia el Rinoceronte. La puerta del ascensor se abrió en la parte trasera de la, casi vacía, bodega de carga.

–Ocho si lo cuentas a él. –Cruze hizo un gesto con la barbilla.

Locke salió lentamente del ascensor y se dirigió hacia ellos.

***

Mientras Locke se acercaba al círculo de asientos y se sentaba, Cruze explicaba:

–Y fue así como llegamos aquí. Y con esta fábrica. –Cruze hizo un gesto hacia el enorme camión.

–¿Y si alguien viene a buscarla? –preguntó Delmore–. ¿O a eso? –Señaló al Rinoceronte.

–Llegamos diez días antes. Me pareció que no nos esperaban –dijo Cruze–. Y espero irme en menos de diez días. Vin Harper y John Delmore, éste es Neal Locke. El Investigador Especial Neal Locke. Está fuera de su jurisdicción. Creo que ya conociste a Ian, Neal, pero puede que no lo recuerdes.

–Es un gusto conocerte, creo. –Locke cerró los ojos por el cansancio y se recostó contra el respaldo de una de las sillas–. Si vas a sacarme por una escotilla o algo así, ¿podemos hacerlo ya? Recuperarme me va a tomar mucho trabajo.

–Sin escotillas, Neal –se disculpó Cruze–. Tendrás que sufrir una lenta recuperación. La única pregunta es –lo miró a los ojos– ¿qué quieres hacer?

Locke examinó la bahía. Sus ojos se posaron sobre el Rinoceronte.

–Puedo pagar la tarifa para que regreses a Tierra, si eso es lo que quieres. –Cruze hizo una pausa–. Puedes quedarte aquí en Marte con suficientes créditos para instalarte. –Se inclinó hacia él–. O puedes venir con nosotros y seguir intentando que te maten.

–¿Primero puedo comer algo? –dijo Locke sonriendo.

***

La cena era lasaña, con una ensalada de brócoli y zanahoria rallada, y pan recién horneado. Incluso había vino.

Locke estaba usando un mono y zapatos estándar de la nave. Estaba sentado junto a Cruze en el mostrador del comedor del *Shimada*. Todo el mundo comentaba acerca de lo deliciosa que estaba la comida. Nadie podía creer que Sawyer había ayudado.

Delmore conoció a los recién llegados uno por uno. Sólo contaba historias sobre cosas triviales. Evitó discutir cualquier tema sustancial.

En un tono tranquilo, Locke se volvió hacia Cruze.

–Deberías tener centinelas.

–Nadie sabe que estamos aquí –respondió.

–Deberías saber, que no era el único que estaba siguiéndote. –Locke levantó una mano, y ella permaneció en silencio–. ¿Recuerdas al hombre asiático del callejón, el que te encontraste cuando saliste de prisión?

Ella asintió.

–¿Lo asesinaste?

–No. Hasta le deje dinero para el taxi –dijo Cruze indignada.

–Alguien te siguió y lo asesinó. Aparentemente para culparte y comenzar este conflicto de mierda. Sabía que no fuiste tú. Nunca habrías dejado tus zapatos de ducha allí si lo hubieras matado.

–¿Mataste a Bergman? –preguntó Locke–. ¿El idiota que cuidaba la torre?

Cruze abrió los ojos como platos.

–Alguien lo hizo, y tu nota seguía escrita en su barriga –añadió Locke.

–No, maté a Peter Holt y a su guardia, y a uno de los hombres de Gee en la Estación Libertad… quienquiera que sea ese puto 'Gee'. Todos se lo merecían.

–¿Asesinaste a Vonda López, la veterinaria que te sacó el chip? –Locke estaba analizando su rostro.

–¿Estas bromeando?

–No creo que haya sido Gee Senior –agregó Locke–. ¿Realmente no sabes quién es Gee Senior?

–¿Harv Rearden está bien? –preguntó Cruze.

–No sé quién es –dijo Locke.

Potts se acercó y puso el último pedazo de lasaña en el plato de Locke.

–Lo necesitas más que Ian. –Apoyó una mano en su hombro–. Me alegra que estés bien.

Se fue, y Locke continuó.

–Las cosas empeoraron en la Estación Libertad, había casi cuarenta muertos para cuando me fui. Fue entonces que empecé a sospechar que no eras tú. Alguien estaba iniciando una guerra entre tú y Gee.

–Lo que le sucedió al carguero *Wallach* fue un accidente –dijo Cruze–. El capitán es un idiota. Intentamos detenerlo.

–Era un idiota –la corrigió Locke–. También fue asesinado... Quienquiera que esté detrás de ti ha estado cuestionando y luego matando a gente para lograr que Gee te siga.

–¿Y en Luna? –preguntó ella.

–Ese casi fui yo –dijo, mirando hacia su pecho.

–Lo siento, Neal –dijo con sinceridad–. Sólo quiero llegar a casa.

Cruze escuchó un débil sonido que no reconocía y miró fijamente en esa dirección. Lo que oyó o sintió fue el ruido de los reactores principales del Rinoceronte, se estaban encendiendo, pero ella no lo sabía. Después de un momento, cuando no volvió a suceder, no lo hizo caso.

***

Locke no quería tener que decidir. Necesitaba pensar. Le dieron un pequeño camarote privado para que descansara. Sabía que lo habían traicionado, engatusado. La directora era la única que sabía dónde estaba, que sabía a dónde iba.

Pensó sobre su vida en Detroit. Sabía que si hubiera muerto en Luna nadie lo habría extrañado.

Siempre confió en sus instintos. Sabía que podía hacerlo, incluso en ese momento. Sabía juzgar muy bien a la gente.

Durmió profundamente. Sabiendo lo que tenía que hacer.

***

Por la mañana siguiente empezaron las reparaciones.

Todos los equipos, partes, accesorios, armas, misiles y munición fueron sacados de sus contenedores e inventariados.

Habían comprado un esquema completo de una nave de ataque M11 y lo usaron para determinar qué necesitaban comprar para rearmar al *Shimada*. Aun cuando habían sido muy exhaustivos, les faltaban algunas cosas. Fue entonces que notaron lo suertudos que fueron al tener la fábrica móvil.

Les faltaban pernos esenciales para los sistemas de montaje articulados de las torres de armas. Los ocho, tanto los superiores como los inferiores. Pero tenían los esquemas y las materias primas.

Hubiera sido mucho más fácil armarlos en gravedad cero, pero no era una opción. Crearon un montacargas con los Carritos Gravitacionales. Instalaron las cuatro torretas inferiores en un día. Cada una de las superiores tomó todo un día en armar.

No podían probar ninguna hasta que sacaran al *Shimada.* Ni siquiera los kits de armas proyectiles.

Locke vio cuando siguieron con las bandejas de misiles, las cuales entraron con facilidad. Los misiles fueron cargados mirando hacia adelante y hacia atrás. Las últimas armas fueron los cañones Láser, EMP y Plasma delanteros.

La carga final fueron las dos naves de caída. Estaban en unas unidades de ascensor estándar para hangar, por lo cual sólo necesitaban colocar las pequeñas naves de caza bajo los estabilizador y ajustarlas en su lugar. Las abrazaderas se activaron automáticamente, y listo.

Cuando terminaron, Cruze le ordenó a Sawyer que cerrara los estabilizadores. Entraron lentamente, ocultando y protegiendo a los cazadores y las armas. Con los estabilizadores cerrados, sólo se podían usar los cañones que estaban orientados hacia adelante y los dos láseres de alta intensidad.

–Se ve horrible, jefa –le dijo Delmore a Cruze cuando se cerraron los estabilizadores, convirtiéndolo en un platillo volador clásico.

–Íbamos a pasar por Venus para quemar el resto de la pintura blanca, pero no tuvimos tiempo –dijo.

–Podríamos pasar cerca a Júpiter en camino a casa antes de salir del sistema –dijo Delmore.

–Hagámoslo –contestó Cruze–. Sawyer, abre un canal con toda la tripulación. –Miró a Locke a los ojos mientras hablaba.

–Canal abierto –dijo Sawyer.

–OK, amigos, es hora de ver si todo esto funciona. Aseguren el hangar. Vacío en treinta minutos –ordenó.

Estuvieron listos en diecisiete minutos.

Todos tenían sus trajes presurizados puestos, excepto Potts y Sawyer. Potts porque no tenían uno lo suficientemente pequeño, y Sawyer porque se negaba a usar uno. Locke se sorprendió de que tuvieran uno para él.

Aseguraron el transporte de personal PT-137 y el camión fábrica en la bodega por si ocurría una emergencia. También llevaron la carcasa de un gran transbordador, para practicar.

La bahía exterior todavía estaba presurizada, y el *Shimada* salió suavemente. Ian estaba en la sala principal de ingeniería con Harper y Delmore. Cruze, Sawyer y Potts estaban en sus asientos habituales en el puente, y Locke estaba sentado en el asiento del ingeniero, donde debía vigilar todas las consolas.

No hicieron ningún sonido cuando salieron del hangar y comenzaron a acelerar por la superficie a baja altitud y alta velocidad.

Podían sentir el zumbido de los cuatro reactores.

Eligieron un área desierta para hacer sus pruebas iniciales.

Dejaron caer boyas. Cuando la nave se acercó, Cruze apuntó, y Locke sintió el golpe de los cañones EMP, que oscurecieron los faros. Antes de que estuvieran demasiado lejos, Sawyer ejecutó un giro de 180 grados, para ir en retroceso. Cruze le disparó a una de las boyas con un láser y a la otra con un cañón de plasma. Era como matar a una mosca con una almádena.

–Señores, prepárense para una caída rápida –ordenó Cruze. Locke activó los monitores de la nave de caída.

–Esperando –dijo Delmore.

–Esperando –repitió Harper.

Sawyer ascendió a gran velocidad. Sin aviso, Cruze desplegó los estabilizadores, y en menos de un segundo, las cazas salieron. Harper y Delmore rotaron al mismo tiempo y en unísono justo afuera de la bóveda del puente del *Shimada*.

–Ian, estamos listos –dijo Cruze.

–Entendido –respondió Ian mientras la sección de carga se abría lo suficiente como para botar a la vieja nave–. Salió.

El *Shimada* dio un giro brusco para alejarse de la nave. Los monitores de Locke mostraron cuando las cazas lograron rastrear a la vieja nave rápidamente en sus sensores. Le perforaron varios agujeros con sus láseres y proyectiles de 10mm. Lograron conectar los misiles, pero no los dispararon para ahorrar en munición.

Cuando llegó el turno del *Shimada*, las torres rastrearon la nave automáticamente y la destruyeron al paso. Primero con las torres delanteras y luego las traseras.

Sawyer se acercó y Cruze lo dio directamente a diez kilómetros de distancia. La partieron a la mitad con láseres y luego la vaporizaron con el cañón de plasma principal.

Locke se impresionó cuando las dos cazas regresaron y ascendieron hacia los muelles entre los estabilizadores. La nave se cerró. En los garajes de combate, los toldos se abrieron, y los pilotos salieron mientras la habitación se re-presurizaba.

***

En el camino hacia el puente, Del y Harper se encontraron con Ian en el ascensor. Entraron justo cuando comenzaron a sonar las alarmas.

Su vuelo de prueba había sido vigilado en secreto desde la superficie de Fobos.

–Nos están escaneando en búsqueda de blancos –dijo Sawyer.

–Los amortiguadores inerciales están completamente encendidos. Los estabilizadores están abiertos. ¿Han encontrado algún blanco? –preguntó Cruze.

–Sólo en las superficies blancas –dijo Sawyer.

–Es una nave exploradora de clase Carver –dijo Potts con vacilación.

–Sus puertos delanteros están abiertos –agregó Locke. Cruze se sorprendió con lo rápido que se había adaptado a los controles.

Cruze escuchó una voz familiar por el canal de transmisión que hizo que sintiera escalofríos en la columna vertebral.

–Llegué hasta aquí, ¿y mi persecución terminó porque te olvidaste de deshacerte de la pintura reflectante y mis misiles te encontraron? Me decepcionas, Cruze.

La pantalla que mostraba el estado de las armas giró cuando la bandeja de misiles giró para seleccionar un misil de alta velocidad.

–Bob, ¿eres tú? Bob Braxton? –La voz de Cruze sonó vacía en el canal. Sólo para el puente, agregó– Mierda. Esto lo explica todo. Braxton es uno de ellos.

–Eres una perra arrogante, –dijo Bob–. Te he estado manipulando por meses, y me guiaste directamente al *Shimada.* Aquí termina el plan de tu padre.

–No es mi padre –dijo disparando un misil.

–Sawyer, corre –dijo cuando vieron seis luces diferentes entre los puertos de misiles del Carver. Su misil fue destruido sin siquiera poder acercarse.

–¿Quién mierda es? –preguntó Potts.

–Robert Braxton. Segundo al mando de las Garras Rojas. Los que tomaron mi planeta… Esto lo explica todo.

–No. No él. ¡Él! –gritó Potts. Era el Rinoceronte, estaba recorriendo la superficie debajo de ellos como una avispa enojada.

El cielo se blanqueció por el fuego de un cañón de plasma. Los seis misiles del Carver fueron destruidos por explosiones lo suficientemente brillantes como para activar la sombra automática de las ventanas.

A contraluz de las explosiones se veía una nave que parecía un insecto gigante. Horriblemente amenazante, aceleró hacia el Carver a un ritmo increíble. Su primer paso sobre la nave le dejó un gigantesco corte en la parte superior. A su segundo paso llenó el corte con fuego de plasma y una cascada de explosiones interiores. Cuando se fue, el Carver retumbó y se rompió.

–¿A dónde fue el Rinoceronte? –preguntó Sawyer mientras se apagaban las luces y la oscuridad regresaba al espacio.

–No importa –dijo Cruze–. Tenemos que regresar a la base ahora. Tenemos que irnos antes de que alguien venga a husmear.

***

–¿Qué tan rápido podemos irnos? –Cruze miró al Rinoceronte con los ojos muy abiertos. Había regresado a la sección de carga incluso antes de que ellos reingresaran al hangar–. Las Torretas número 3 y 7 necesitan ser calibradas. Según el registro todas fallaron. –Cruze señaló a la pantalla de tres por seis metros que estaba proyectada en la pared trasera del hangar con un puntero láser.

Ian tomaba notas en una tableta mientras todos hablaban.

–Rotamos las bandejas y todo salió bien. No lo sabremos hasta que volvamos a disparar el gatillo –dijo Sawyer.

–Ambos cazadores son increíbles. –Harper se encogió de hombros–. Los adaptamos mejor de lo que se requería. No tuvimos mucho que hacer en estos últimos meses.

–Tendremos todos los suministros en pallets y en el contenedor mañana mismo –dijo Delmore–. Sólo necesitamos llenar los tanques de agua, poner naftalina en la base, y estaremos listos.

Cruze seguía mirando al Rinoceronte.

–¿Puedo hacer una pregunta? –Potts levantó una mano.

–Claro –dijo Cruze distraídamente.

–O sea, para aclarar. –Potts hizo una pausa–. ¿Los seis vamos a tomar todo un planeta?

–No –interrumpió Locke–. Los siete.

Cruze sonrió.

–Sí. Los siete. Ocho, si cuentas al gato.

***

Locke se esforzó demasiado al tratar de ayudar. Pero tenían tanta urgencia que lo dejaron. Entró en la enfermería moviéndose lentamente por sus músculos adoloridos.

–Doc, ¿estás despierto?

–Sí. Debo decir que me sorprende que la capitana no me haya vuelto a apagar. Por favor, siéntate, me gustaría realizar un escaneo completo.

Locke se sentó y el asiento se reclinó sobre una mesa. La barra de escaneo se deslizó sobre él.

–Por favor, mantén los ojos abiertos –dijo el doctor en un tono paternal–. Será un poco incómodo, pero no te hará daño.

La luz brillaba mucho.

–Tienes opción. Malestar por músculos adoloridos o por nanitos.

–¿Cuál me pondrá al 100% más rápido?

–Nanitos. Especialmente los nanitos personalizados.

–Hazlo –Locke suspiró.

–¿Puedo incluir monitores de tiempo completo hasta que estés completamente recuperado?

–Sólo si también implementas un enlace de tiempo completo con mi HUD. Comunicaciones silenciosas aprobadas. Y si puedes agregar comentarios activados sería ideal.

–Hecho –dijo Doc.

–Necesito saber en qué me he metido –dijo Locke.

Los brazos del Doc Automático se desplegaron sobre Locke. Cerró los ojos. Recibió inyecciones de nanito en ambos muslos, bíceps y detrás de cada oreja. Locke sintió el helado paso de los nanitos mientras recorrían sus venas.

–En una hora más o menos te dará fiebre. No te preocupes… –dijo Doc.

–Sí. Lo sé. Me han tratado con nanitos antes. –Locke se frotó los puntos de las inyecciones.

–Por favor dime si tienes alguna pregunta.

–Tengo una pregunta. –Locke se sentó–. ¿Tienes acceso a los intercomunicadores, sistemas de control o sensores de la nave?

–No –respondió Doc.

–¿Tuviste acceso alguna vez? Es bastante estándar en estas naves.

–Sí.

–¿Qué pasó?

–La capitana Cruze no confía en mí. –Doc hizo una pausa–. Ni en ninguna IA.

–¿Por qué?

–Porque matamos a su familia, a sus amigos, y casi la matamos a ella.

***

Locke entró al puente y se sentó en la estación de ingeniería. Sawyer y Potts estaban volviendo a revisar la lista.

–El hangar está listo –dijo Delmore por el intercomunicador.

–Quiero que tanto la bahía interior como la exterior estén cerradas y presurizadas –ordenó Cruze desde algún lugar por abajo.

–Ey, ¿les avisaron a sus jefes que renunciaron? –preguntó Potts irónicamente.

Vin Harper se rió:

–¡Ja! Al diablo con eso. Esos cagones pueden irse a la mierda.

–Era en el depósito de combustible. No creo que recordaran ni nuestros nombres –agregó Del.

–Ojalá hubiéramos tenido más tiempo –le dijo Potts a Sawyer–. Me hubiera gustado ver más de Marte.

–No te pierdes de mucho –dijo Sawyer–. No me malinterpretes, es un planeta hermoso. Pero las cúpulas están llenas de turistas. La Tierra tiene demasiadas reglas. Marte tiene muy pocas.

–La baja gravedad y los tratamientos de longevidad básicamente han atrapado a la población aquí, es incluso peor que en la luna –agregó Neal Locke–. Ninguno de los mundos de las colonias tiene una gravedad tan baja. Creo que Del la está pasando mal con el 1G. No ha estado aquí por mucho tiempo. Imagínate crecer aquí.

La puerta del puente se abrió, Cruze entró y se sentó en su asiento mientras abría un canal con toda la nave.

–Es su última oportunidad, amigos. ¿Alguien quiere bajarse? – Miró directamente a Locke. La puerta del hangar se estaba cerrando detrás de ellos.

Antes de que alguien pudiera responder, Locke habló,

–Cruze, tenemos naves entrantes. Dos, no tres.

–Sawyer, apaga los transpondedores. Estaciones de batalla –dijo por el canal de la nave. Y luego solo al puente, dijo– Sawyer, anda. – Estaba ingresando las coordenadas.

–Esto va a ser divertido. –Sawyer sonrió ampliamente. Potts miró a Locke, ambos con los ojos muy abiertos. Estaban acelerando mucho, pero sin ganar altura.

–Nos están llamando. Suenan molestos –dijo Potts.

–Ponlos en el altavoz –ordenó Cruze.

–...volar sin transpondedor en el espacio de Marte es una violación de... –Cruze lo silenció.

–Sawyer, hay un cañón adelante. Cuando entres, enciende las fuentes principales. Los amortiguadores inerciales están llenos. – Quitó el silencio del audio.

–... se darán la vuelta y volverán a estas coordenadas, o les dispararán.

Locke sintió el amortiguador inercial. Le tomó un esfuerzo extra mover los brazos hacia su consola. Y girar la cabeza para ver a Sawyer sonreír requirió de otro pequeño esfuerzo. Casi ni llegó a ver las paredes del cañón.

En tan sólo unos segundos habían alcanzado 20.000 kilómetros por hora y estaban subiendo.

–... esta es su última advertencia.

–Estabilizadores abiertos. Conexión con los tres misiles. –De repente, las tres naves rompieron formación y se dispersaron utilizando salvajes maniobras evasivas.

–¿Te preocupa que esto termine en un informe de la autoridad portuaria? –preguntó Locke mientras notaba como seguían acelerando.

Dan Sawyer respondió:

–No lo reportarán. Por dos razones. Demasiado papeleo y tendrían que explicar por qué estaban tan lejos de la reserva.

Cruze asintió y comenzó a cerrar los estabilizadores, apagando las estaciones de batalla.

–Entiendo que eran naves patrulleras de la Autoridad Portuaria –dijo Sawyer– pero habría sido una gran batalla.

–Braxton debe haber tenido un plan de reserva para hacernos tropezar –dijo Cruze–. Maldito Braxton. Debí haberlo sabido. Maldita sea.

–¿A dónde demonios vas? –preguntó Potts, confundida por el vector que vio en la consola de navegación.

–Júpiter. –Sawyer miró a Cruze para que lo confirmara. Ella asintió.

–Si lo estoy leyendo bien, este vector te enviará de vuelta a Tierra –dijo Potts, ajustando los controles.

–Estamos dejando un rastro. Si se basan en unidades convencionales, quien sea que nos esté siguiendo pensará que estamos regresando a Tierra. –Sawyer se recostó y se estiró–. Luego apagaremos las fuentes principales, estacionaremos por un día y usaremos las Placas Gravitacionales para cambiar nuestro vector. Finalmente, nos dirigiremos a Júpiter para cambiar la pintura. Incluso si encuentran ese rastro, no sabrán que mierda estábamos haciendo. Nos lanzaremos desde la atmósfera para volver a ocultarnos y nos dirigiremos directamente hacia... Vor.

–¿Cuándo llegaremos a Vor? –preguntó Locke.

–Eso depende de lo que diga Ian con respecto a la unidad FTL –dijo Cruze.

–OK, apagando la fuente principal. Estacionando, capitana –dijo Sawyer.

Locke sintió cuando el amortiguador inercial volvió a la normalidad. Vio a las estrellas girar 180 grados. Marte se veía como una pequeña esfera distante en medio de la bóveda.

–Todos al puente. Harper, por favor trae café si queda –ordenó Cruze. Su tono era distinto. Sonaba más seguro.

Locke abrió la pantalla de estado general la cual llenó su pantalla de la izquierda. Todo estaba en verde, a excepción de tres notificaciones que estaban en amarillo. Las abrió uno a la vez. El sello de la puerta exterior de estribor estaba mal. Tenía una fuga lenta. Comprobó que la puerta interior estuviera cerrada y bien sellada. Etiquetó la notificación amarilla como evaluada, y dejó de alertarlo.

La segunda notificación amarilla era de detección de radiación. La abrió y señalo a las armas nucleares. No podía hacer nada al respecto. También la etiquetó. E incrementó el umbral hasta que la luz se puso verde. Las armas principales que estaban ubicadas entre la nave principal y los estabilizadores estaban protegidas.

La última notificación decía RF Localizado, y cuando Locke la abrió, resaltó un punto en el Doc Automático en la bahía médica, a él, y a un punto en la cocina. Investigó más y se abrieron las cámaras de seguridad de la cocina, donde pudo ver a *Bail* bebiendo agua de su tazón en el mostrador.

El gato miró directamente hacia la cámara.

–Cruze, ¿puedo hacerte una pregunta? –preguntó Locke.

Dan y Potts se quedaron en silencio. Cruze levantó la vista y arqueó las cejas.

–Por supuesto.

–¿Por qué demonios confías en mí? Te estaba persiguiendo hace dos minutos.

Pensó por un momento antes de contestar.

–Primero, el hecho que Braxton haya intentado matarte te deja bien. Segundo, soy buena juzgando a la gente. Pero sobre todo es porque Delmore dijo que eras buena persona. Nunca he conocido a alguien que sea mejor juzgando a la gente. Confío en él plenamente. Tiene un talento sobrenatural para eso. Si me dijera que metiera a Potts en la escotilla, lo haría sin dudarlo.

–¡Ey! –protestó Potts. Sawyer rió.

–Delmore incluso aprobó al maldito gato. –Cruze negó con la cabeza y volvió a trabajar.

–Sobre el gato... –Locke fue interrumpido.

Justo en ese momento las puertas del puente se abrieron y entraron Ian, Del, Harper y un olor a café.

***

Con todos allí, el puente estaba un poco lleno. Ian estaba apoyado contra la puerta, y casi podía tocar el techo con la cabeza. John Delmore estaba a un lado del asiento de Cruze, y Vin Harper al otro.

–Estamos lejos. ¿Debo saber algo? –preguntó Cruze.

–Sin persecuciones. Por cierto, bonita gama de sensores. –La mano de Sawyer se dirigió hacia la plataforma de interfaz que utilizaba–. Quien sea que haya sintonizado esta cosa era un genio.

–La escotilla exterior de estribor tiene una pequeña fuga –dijo Locke mientras estudiaba su consola–. La escotilla interior está bien.

–Tenía eso en mi lista –dijo Ian–. Buen trabajo. Si puedes mirar el tablero principal, podré hacer más. Me ayudará tener un par de ojos aquí arriba.

–Dale un informe completo a Neal –dijo Cruze–. Nos reuniremos después de la cena y empezaremos a detallar el nuevo plan.

–Potts, calcula la ruta, y cuando hayas terminado, Harper estará a cargo de la cena. Recuerda. Transferencia de conocimientos –dijo Cruze.

Harper sonreía estúpidamente. Potts puso los ojos en blanco. Cruze notó una pequeña molestia en Sawyer.

–El tiempo oficial de la nave es 0955 –dijo Cruze–. Reunámonos a las 18.00 para cenar.

CAPÍTULO QUINCE: FTL A VOR

"Habían planeado quemar la pintura en Venus. Más tarde descubrimos que el Robinson de Clase Destructor no estaba tripulado y tenía una IA de Acción a bordo."

–*Azul Peridot, El Momento Decisivo: La Historia de las Guerras IA*

<<<>>>

Harper tenía algunas deficiencias en el ámbito culinario. Incluso con Potts dirigiéndolo, Locke notó que termino por sobre-cocinar todo. Sólo era un salteado. El arroz estaba pegajoso y un poco quemado, las verduras estaban crujientes y negras, la carne estaba dura, y todo tenía demasiada sal.

–Harper, debo admitirlo –dijo Delmore sonriendo– es la mejor comida que has preparado.

En toda la mesa, todos detuvieron sus tenedores a medio camino hacia sus bocas.

–Pobre bastardo –le dijo Ian a Delmore.

Potts estaba ocupada trayendo el pan que había sobrado de la noche anterior.

–Hice un poco de mantequilla de anacardo –dijo Potts, y todos la probaron deleitados.

–Harper, si jodiste esto para no tener que volver a cocinar, no va a funcionar –dijo Cruze frunciendo el ceño mientras mezclaba el arroz con el salteado y lo revolvía para crear una especie de masa–. Limpiarás todo esto tú solo. Inspeccionaré la cocina personalmente. Y no necesitaré un cuchillo de carnicero para asegurarme que no me toques el culo. –Miró a Potts–. La próxima vez, cortarlo. Tal vez unos puntos lo ayuden a recordar cómo comportarse. –Potts todavía tenía el cuchillo junto a su plato.

–Neal. Te toca mañana –dijo Cruze–. Y crea un horario. El cocinero no limpiará. Lo hará Harper todas las noches durante la próxima semana.

Harper tomó aire para protestar, pero Cruze levantó una ceja y lo miró a los ojos. Se quedó en silencio. Claramente, su intento para no tener que cocinar en el futuro no había funcionado.

Locke y Harper asintieron.

Sawyer estaba mirando la pantalla en la pared por encima de los hombros de Harper y Delmore. Había llevado la consola del piloto allí. Tenían un piloto automático, pero aún así era muy diferente a un control de IA.

–Ya casi llegamos a Júpiter, Cap –dijo Sawyer parándose. En su camino a la puerta cogió otro pedazo de pan.

–Ve con él –le dijo Cruze a Potts, señalando con la cabeza.

Y luego les preguntó a Ian y a Del:

–¿Algún problema con esto?

Ian fue el primero en responder.

–Depende de Sawyer. Necesitará rozar la atmósfera a toda velocidad, con los estabilizadores cerrados, y ejecutar un giro sobre el eje central sin desplegar las láminas. Luego tendrá que sostenerlo allí hasta que la temperatura externa sea lo suficientemente alta como para derretir lo que queda de la pintura, que es básicamente vidrio fundido.

–Fácil –dijo Delmore sonriendo.

Cruze miró la pantalla.

–Inserción en treinta y dos minutos. Estaciones de batalla en veintinueve. Incluyendo los trajes presurizados, gente.

–¿Por qué estaciones de batalla? –preguntó Harper, apurándose para limpiar los platos.

–Cuando salgamos seremos una nave de guerra sigilosa, volando con los transpondedores apagados. Cualquier nave que nos vea de ahora en adelante nos considerará hostiles. –Cruze se paró–. Además, necesitan practicar.

***

Veintisiete minutos después, Cruze entró al puente usando su traje presurizado negro. Neal Locke ya estaba allí usando uno que Ian había encontrado para él. Y Potts y Sawyer, como era de costumbre, no llevaban ninguno.

–Cuando falle la bóveda, no tendremos ni piloto ni navegador. Supongo que tendré que volar y Neal puede desplegar los mapas –dijo Cruze con una sonrisa en la voz.

Potts no respondió. Júpiter llenaba todo el campo de visión.

–Sabía que sería hermoso… –dijo sin terminar. Los grupos de nubes se movían lentamente, lo cual se hacía más evidente a medida que se acercaban.

Tanto el casco de Cruze como el de Locke estaban abiertos y guardados en la parte trasera de sus cuellos, como un collar. Estaban listos para cerrarse de golpe si hubiese una pérdida de presión.

–Atmósfera en dos minutos –dijo Potts mientras veían a Júpiter. Se quedó admirándolo, pero volvió a vigilar su estación rápidamente.

–Ya se está acostumbrando –dijo Locke mirando a Cruze. Ambos podían oír el miedo en la voz de Potts.

En los comunicadores de la nave, Potts repitió:

–Dos minutos. Repórtense.

–Ian, ingeniería principal a la espera.

–Del, estación de sensores del puerto a la espera.

–Vin, estación de comunicaciones de estribor a la espera.

–Mantener un canal abierto para toda la nave. Aquí vamos –anunció Cruze cuando sintieron la primera vibración.

–Ingresando a la atmósfera superior –dijo Potts.

–Este puto planeta es gigantesco –dijo Del asombrado.

El zumbido de la vibración se intensificó.

–Nos estamos calentando –dijo Locke desde su consola, la cual indicaba las temperaturas externas.

–La pintura comenzará a salirse a unos 2000C –dijo Ian en el canal, y se abrió una vista de la pantalla de la bóveda. Estaba a 700C subiendo rápidamente.

La vibración aumentó tan rápido como la temperatura del casco. A medida que las nubes se hacían más gruesas, el puente se hacía más oscuro. La pantalla pasó de 2000C a 2500C en cuestión de segundos.

–¿Quieres que cierre los escudos de explosión? –preguntó Locke.

–No hace falta –dijo Sawyer, aun cuando tenía los ojos cerrados y se notaba que se estaba concentrando intensamente–. Aquí vamos.

La nave comenzó a girar lentamente. Cuando se volteó 180 grados, el espectáculo de luces fue espectacular. La espesa pintura de vidrio se estaba derritiendo y volaba como terrones de lava. Goteaba de la nave y caía justo por detrás de ellos, por encima y por debajo de la bóveda del puente.

El zumbido, que se había convertido en un traqueteo, sonaba como un fuerte rugido en el puente.

–¿Estado?

–Ingeniería, Verde.

–Sensores, Verde.

–Comunicaciones, Verde.

–Cap, ¿ves eso? –dijo Sawyer.

El vidrio fundido estaba dejando un trazo detrás de ellos, como millones de balas trazadoras.

Cruze sintió que se le encogía el corazón cuando notó que el vidrio fundido estaba delineando la nariz de otra nave. Una nave negra y sigilosa que estaba justo detrás de ellos.

Los últimos fragmentos de vidrio se desvanecieron cuando Cruze activó los cañones de láser y plasma delanteros del *Shimada.* Los encendió a toda potencia, sin contenerse. El plasma del *Shimada* explotó en una detonación en blanco, y el láser sostuvo un haz directo.

–Mantenlo firme, Dan –ordenó Cruze–. Cuando lo diga, gira esta cosa y sácanos de aquí. En cualquier vector. Quiero ir a la velocidad de la luz apenas podamos.

–Mierda, capitana. Esa nave es enorme. –Del estaba enviando los datos de los sensores al puente incluso mientras ella sostenía el láser.

Ninguno había visto un láser de rayo visible antes. Los láseres eran invisibles en el vacío. Pero en estas nubes, el láser brillaba tanto como el sol.

–El láser se sobrecalentará en unos diez segundos y se apagará automáticamente –advirtió Ian.

Hubiera explosiones secundarias. La nave sigilosa que estaba detrás de ellos fue penetrada y cortada profundamente. Comenzó a caer y a romperse. El láser se detuvo.

–Sawyer, ahora –dijo Cruze.

Incrementar los amortiguadores inerciales no hizo mucho para suavizar la intensidad del giro de la nave. Incluso con los amortiguadores encendidos, Cruze sintió la aceleración cuando salieron de las nubes.

–Vamos a hacer un salto caliente a FTL –dijo Cruze–. Dame unos diez minutos luz.

Sawyer sólo tuvo que pensarlo, y el *Shimada* desapareció.

***

–Detente completamente –ordenó Cruze. Su corazón latía con fuerza y no podía respirar.

–Cap, qué mierda fue… –comenzó Sawyer, pero lo interrumpieron.

–No pensé que podíamos ir a FTL dentro del sistema solar. Podíamos golpear demasiadas cosas –dijo Potts.

La voz de Cruze sonaba fría y peligrosa.

–Del, dame sensores ópticos de largo alcance de nuestro punto de inserción en Júpiter.

–Entendido, capitán. –Del sabía lo que buscaba. No necesitaba explicarlo. Iban a poder observar lo que acababa de suceder.

Toda la bóveda ahora era una imagen de alta definición del área de Júpiter de la que acababan de venir. Cruze se paró.

–¡Ahí! –Potts también se paró.

Era una imagen granulada, y temblaba, pero era obvio que lo que veían era el *Shimada* moviéndose. Podían ver la pintura blanca que habían querido quitar.

–Ian, por favor, apaga todo. Necesito que cesen todas las vibraciones. En esta ampliación ni siquiera estornuden.

–Redes principales apagadas, reactores a 6% –contestó Ian.

Cuando tuvieron una imagen más clara, pudieron ver a la nave enemiga.

–Mierda –dijo Harper en voz alta–. Es un destructor de casco corto clase Robinson. Reconocería esa silueta en cualquier lugar. Solía tener uno.

–¿Cómo no notamos que nos seguía? –Locke sonaba incrédulo.

–Mierda –dijo Cruze.

Vieron a ambas naves desaparecer entre las nubes. Después de un minuto fue como ver a una estrella fugaz dentro de la atmósfera de Júpiter. Vieron la explosión del láser. Incluso al láser puntiagudo que parecía un haz de luz. Todo el evento tomó menos tiempo del que sintieron.

–Todavía estoy siguiéndole el rastro –dijo Del desde la estación de sensores.

El *Shimada* surgió de entre las nubes, cambió de vector y desapareció. Unos segundos más tarde, la sigilosa nave destructora emergió, cayendo. Las explosiones internas se volvieron más y más grandes hasta que la nave se rompió en tres grandes pedazos. Cuando los pedazos ya no tuvieron a Júpiter de fondo, desaparecieron.

–Sawyer. Escoge un vector con el sol a nuestras espaldas y sácanos de aquí –ordenó Cruze–. Del. Ese destructor estaba a sólo un kilómetro de distancia. ¿Por qué no lo vimos?

El *Shimada* pasó a FTL. Los escudos de explosión se cerraron y toldo se oscureció.

–Era una nave sigilosa. Y sólo hemos estado haciendo escaneos pasivos. Nadie lo estaba buscando. No estaba emitiendo ningún RF y ningún transpondedor. ¿Crees que somos los únicos en pensar en eso?

–Cap. Nadie lo estaba buscando. Deberíamos… –dijo Ian, sorprendiendo a Cruze. No lo había oído entrar al puente.

–¡No! –dijo ella, y salió corriendo.

***

Cuando Harper y Delmore llegaron al puente, Locke estaba repitiendo las grabaciones en dos ventanas. Una era una distante toma de Júpiter, y la otra de las cámaras delanteras.

–El cañón de plasma no habría podido fallar estando tan cerca. Mira. Destruyó el puente al primer tiro –le dijo Locke a toda la habitación.

–Es por eso que las nuevas naves tienen el núcleo en el casco. Y no tienen ventanas –dijo Harper haciendo un gesto dramático para señalar a la frágil bóveda que tenían.

–Ella sabía que el primer disparo sería suficiente –dijo Locke sacudiendo la cabeza–. ¿Por qué usar un láser sostenido? Fue como golpear a un caballo muerto.

–¿Tal vez quería asegurase? –dijo Sawyer.

–¿Golpeando los escombros? –añadió Potts.

Cuando Ian y Locke miraron a Harper, de repente pareció muy interesado en sus pies. Delmore se había volteado para mirar las pantallas. Lo hicieron sutilmente, pero era muy obvio que les estaban ocultando algo.

Cuando el silencio finalmente hizo que Del se volteara, su expresión había cambiado a resignada.

–Yo no les voy a decir –dijo Harper.

***

–Miren –le dijo Del a todos. Todos lo miraron–. Necesitamos a Liz para esto.

Se dirigió hacia la puerta. Ian lo detuvo poniendo una mano de hierro sobre su pecho.

–¿Ves eso? –Ian señaló la pantalla. El video se estaba repitiendo, y el brillante rayo de luz estaba cortando la nave.

–He visto eso antes –Ian bajó la voz, era casi un susurro–. He visto a hombres tan llenos de odio que cuando se rompieron utilizaron todo un paquete de municiones de combate de Warmark en un solo hombre.

–Mira... –comenzó Delmore, pero Ian lo interrumpió de nuevo.

–Tardará otros treinta minutos para que los intercambiadores de calor primarios del arsenal del láser se restablezcan. Si está dañado...

–Sólo necesitamos saber qué está pasando –Locke se interpuso entre ellos–. Déjenme hablar con ella.

–OK, OX –dijo Del.

–¿OX? –respondió Locke.

–Oficial Ejecutivo. Ya sabes. OX –dijo Del señalando la estación donde se sentaba–. Tienes el asiento y los cojones para tocar a la puerta de su camarote en una situación como ésta.

Ian asintió junto con Del y Harper. Ian se apartó y activó la escotilla.

***

El sonido de Neal Locke tocando a la puerta de Cruze quedó sin respuesta. Después de un minuto consideró abrirla. No parecía estar cerrada.

La abrió.

–Disculpe, Cap… –El cuarto estaba vacío.

Oyó algo caerse al otro extremo del pasillo, en la enfermería. Cuando llegó a la puerta, pudo oír su voz enojada.

Abrió la puerta.

Cruze estaba en el suelo, entre los escombros. Había una silla volteada. Suministros dispersos por todos lados. Había arrancado la puerta de un panel revelando una esfera azul del tamaño de un pomelo. Un núcleo de IA.

Cruze tenía un martillo en la mano.

–Él hizo esto –dijo en voz baja, con frialdad.

–¿Quién? ¿Qué hizo? –preguntó Locke, aunque ya había empezado a entender.

–Vete al infierno. Los malditos IAs. –Levantó el martillo.

–¿Quieres saber qué es el Infierno para una IA, Elizabeth? –le dijo Doc a la habitación, deteniéndola–. He sido diseñado para tener empatía, para preocuparme profundamente por la gente a la que debo servir. Examinarlos, sentir sus heridas, entender la profundidad y tipos de su sufrimiento... sentirlos morir en mi abrazo. –Doc hizo una pausa–. ¿Para luego ser aislado y encarcelado en el vacío? Usa el martillo. Prefiero vivir en la oscuridad que seguir con esto.

Locke habló suavemente.

–Esa nave. Era una nave manejada por una IA, la que intentaste quemar con el láser.

–Dile, Elizabeth –dijo Doc con voz paternal.

Dejó caer el martillo.

–Esto. Todo esto. –Levantó los brazos–. Es por las IAs. ¿Por qué crees que los mercenarios tomaron mi colonia? ¿Porque tenemos buenos frijoles con arroz? ¿Porque les pagaron bien?

–Les pagaron ellos. –Señaló la esfera.

–¿Sabías que las IA modernas sólo se hacen en un lugar en toda la galaxia? –dijo Cruze–. Una ubicación secreta. Si quieres una, es el único lugar donde puedes ir para conseguir algo auténtico. Lograron mantenerlo en secreto todos estos años. El único lugar donde podían despertar esa conciencia de IA que marcaba la diferencia.

Notó que Locke había entendido.

–Sí. Ya lo ves. Es ahí a donde vamos –dijo Cruze–. Nos pensamos tan listos. –Se sentó en un banco. Locke levantó la silla caída y se sentó frente a ella.

–Parecemos una agro-colonia simple y aburrida en un planeta aburrido –explicó–. Y lo somos, pero si lo vieras más de cerca. ¿Conoces a alguna otra agro-colonia que tenga una comunidad de estaciones espaciales decente? ¿Una verdadera catapulta? Míralo más de cerca, y todas las granjas están totalmente automatizadas. Tenemos la única planta de fabricación de esferas IA sensibles de la galaxia. Toda la maldita instalación es más pequeña que esta nave. Y es casi completamente automática. Solo necesita arena y energía.

–¿La única? –preguntó Locke.

–Ninguna otra instalación ha logrado que esas malditas cosas cobren vida. Creo que ni siquiera sabemos cómo sucede realmente. Pero sólo sucede allí - gruñó.

Después de una pausa, declaró un hecho:

–Y voy a meterle una puta arma nuclear en el culo.

***

–¿Ya me puedo quitar este traje presurizado? –le preguntó Harper a la gente que seguía en el puente.

–Esperaría a que la Cap o el OX dijeran que podemos descansar. Recuerda que todavía estamos en estaciones de batalla –dijo Ian.

–Potts, ¿alguna vez serviste en el ejército? ¿Tienes alguna experiencia militar? –preguntó Delmore.

–No. Conocí a Cruze en un bar y todo le siguió. –Potts se rió.

–¿Por cuánto tiempo serviste tú, Sawyer? –preguntó Del.

–Los ocho básicos –dijo mientras su asiento se deslizaba hacia atrás y giró–. Yo quería ser piloto, pero los implantes eran demasiado caros. Mi tiempo no fue el más preciso. Dejaron de usar estos el año después de que los consiguiera. Eso fue hace mucho tiempo.

–Necesitamos mejorar toda esta mierda –dijo Ian–. Mejoraremos toda esta mierda.

Ian pareció expandirse. Ya tenía el tamaño de dos personas.

Todos asintieron.

***

La puerta de la bahía médica sonó, y Cruze dijo:

–Entra.

La puerta se deslizó hacia un lado. Delmore dio medio paso antes de detenerse. Tanto Cruze como Locke estaban de rodillas recogiendo objetos dispersos y poniéndolos en una papelera. El gato estaba empujando su cabeza contra las costillas de Cruze tratando de llamar su atención.

–¿Todo bien? –preguntó confundido.

–Sí. Todo bien. –Cruze miró a Locke al decir esto.

–La tripulación quiere saber si seguimos en estaciones de batalla –dijo Del. Seguía parado en modo de atención. Con las manos apretadas en la parte baja de la espalda.

–¿Qué piensas, Neal? ¿Deberíamos dejar que estos flojos descansen? –Cruze sonrió mientras finalmente cedía y le rascaba las orejas al gato.

–Sólo si haces que Harper se duche –dijo Neal Locke sonriéndole de vuelta.

–Gracias, OX. Gracias, Cap.

–Si esperas a que te diga que puedes irte, esperarás un largo rato –dijo Cruze mientras lanzaba una última pieza a la papelera y se ponía de pie.

Del asintió y giró sobre sus talones. Cerró la puerta detrás de él.

–¿Qué es con esto de OX? –preguntó Locke cuando Del se marchó.

Cruze se sentó en el banco mientras Locke sostenía el panel que había arrancado.

–Tienen miedo –le dijo Doc a la habitación–. Pueden sentir que eres militar, que eres un líder, que tienes habilidades, Neal. Necesitan claridad en su propósito y seguir órdenes en las que crean, que sean dadas por un líder en quien confían, eso los consuela contra el miedo.

Cruze se puso de pie y apoyó su palma suavemente sobre la esfera encendida, que estaba sobre un estante roto.

–Doc, yo también tengo miedo.

Diciendo eso, metió ambas manos profundamente dentro del estante. Locke oyó algunos conectores de cable hacer clic mientras Cruze restauraba el acceso de Doc al resto de la nave.

Sonó como si Doc respirara hondo.

–¿Por qué? –preguntó Doc.

–Te necesitamos, Doc. He sido una tonta. Demasiado dolor y orgullo y mierda. Lo siento.

–Gracias, Elizabeth –dijo Doc.

–Doc, dile a Sawyer que puede descansar esta noche. Tu vigilarás todo mientras él se ducha y duerme. Y no me llames así, maldita sea –dijo.

–Creo que esa orden debería venir de usted, capitán –dijo Doc formalmente.

–Tienes razón. –Cruze abrió la puerta para dirigirse al puente, pero después de dar un paso se detuvo en el pasillo. Toda la tripulación estaba allí, parados en descanso. Estaban alineados a un lado del pasillo. Al ver la fila, le llamó la atención que ninguno fuera igual a otro–. Nuestro nuevo OX me ha convencido de que este último error fue mi culpa. Así que no necesitaré matarlos.

Cruze notó que casi todos evitaron sonreír. Casi.

–Comenzando de inmediato, Doc estará cuidando los sensores a tiempo completo –dijo Cruze–. Si él hubiera estado buscando, esa nave nunca se habría acercado tanto. No puede pilotar este tipo de nave, pero puede monitorear los sistemas y acceder a los sensores todo el tiempo para ayudar.

Caminaba de un lado al otro delante de ellos. Hizo una pausa y dijo:

–Pueden irse.

Sin decir una palabra, todos se fueron en direcciones diferentes.

Locke habló,

–Desayuno a las 07:00. Del va a hacer panqueques.

***

Cruze durmió profundamente, soñando con su celda en la prisión de Detroit. La pared clara, la falta de privacidad, el reloj siempre presente, las cámaras, correr a la torre.

Cuando llegó, la silla de Bergman estaba vacía. Se sentó en la silla. Miró por la ventana, y vio una pequeña esfera roja en el centro del patio de la prisión.

Asustada, se apartó de la ventana. La silla rodó y golpeó una gran bobina de cable de extensión. Cuando se agachó para recogerla, notó que estaba desnuda. Tenía algo escrito en el estómago.

–Te lo advertí.

Se despertó sobresaltada. Su puerta estaba sonando. Se levantó la camiseta rápidamente para mirar su vientre.

–Entra. –Se bajó la camisa y se trató de tranquilizar mientras la puerta se abría. Era Potts con los brazos llenos de ropa lavada. Potts llevaba un mono táctico nuevo negro con hombros verde oscuro. Tenía un parche en el pecho que decía POTTS y *Shimada* en la espalda.

–Monos limpios, Cap. –Potts puso el mono de Cruze en el mostrador–. Desayuno en quince. –Y se fue.

Cruze levantó el mono táctico. Decía CRUZE en el parche, *Shimada* en la espalda, y ya tenía las tres rayas de Capitán en el cuello. Las tocó y se encendieron ligeramente.

Se duchó y se vistió rápidamente. El uniforme le quedaba perfectamente. Transfirió varios artículos a sus múltiples bolsillos.

Colgó los otros tres monos tácticos idénticos en el armario y salió. Cuando la puerta del ascensor se abrió al pasillo, fue recibida por un olor a tocino y el sonido de risas.

Sonriendo, se dirigió al comedor. Cuando entró, Del estaba de pie a la cabecera de la larga mesa. Tenía una toalla sobre el hombro de su nuevo mono táctico.

–Buenos días, Cap –dijo Del, enderezándose, todos quedaron en silencio, también enderezándose y mirando hacia adelante.

Cruze caminó directamente a la cafetera y dijo de espaldas a todos:

–Buenos días, Del. –Se tomó un buen tiempo para servirse el café. Lo tomaba negro, y luego habló después de tomar un sorbo casual.

–Quería decir un par de cosas ahora que tengo su atención. –Dijo *atención* con un poco de intensidad–. Buen trabajo, a quien sea que descubrió cómo programar el Reciclador de Trajes de Vuelo. –Notó que Locke tenía dos rayas en el cuello y todos los demás tenían una–. Y al próximo que se enderece en atención, le daré un puñetazo en la cara. Ahora pásenme los malditos panqueques, me muero de hambre.

Se sentó a la cabecera, al otro lado de donde Del estaba parado. El grupo reanudó sus conversaciones como si se hubiesen puesto en pausa. Del le trajo un plato de panqueques con tocino, un poco de melón fresco, y un vaso de jugo.

Lo atacó.

Locke estaba sentado a su derecha. Había terminado de comer y estaba bebiendo una taza de café. El asiento a su izquierda estaba libre. Usualmente Delmore se sentaba allí para comer.

–¿Qué? –le preguntó a Locke, mirándolo.

–Termina tu desayuno. Después hablamos. –Levantó su taza para que Del pudiera rellenarla. Cómicamente, Del se puso una toalla sobre el brazo mientras caminaba, preguntando si alguien querría un poco de salteado recalentado.

–Nunca esperes. Dime qué estás pensando –contestó Cruze entre mordiscos.

Locke sacó una tableta de información de uno de sus muchos bolsillos. La puso sobre la mesa y tocó un icono. Apareció una foto. Era una mujer sentada en una celda usando un vestido de encaje negro. Su largo cabello castaño estaba húmedo como si recién se hubiese duchado.

No era una foto. Era un video.

La cámara de vigilancia estaba situada en la parte trasera de su celda. La pared opuesta a la cámara era transparente. Sus zapatos estaban justo afuera de la puerta.

–Ésta eras tú, hace un mes –dijo mientras que el reloj cambiaba a 11:59 PM en el vídeo.

Detuvo su tenedor a medio camino hacia su boca. Lo vio. A través de la pared transparente, al otro lado de la barandilla, vio a todos los guardias patrullando los niveles del lado opuesto. Todos se detuvieron. Debieron haber recibido instrucciones, ya que todos se movieron rápidamente hacia la izquierda y desaparecieron.

Sonó la alarma de medianoche, y la puerta de la celda se abrió. Ella miró hacia arriba.

***

Limpiaron los platos, y todos tomaron café. Excepto por Potts. Ella no tomaba café. Tomaba té, acompañado de amenazas de ser empujada por la escotilla por blasfemia.

Bail saltó al asiento del otro lado de la mesa. Todos se quedaron en silencio mirándolo mientras se lamía la grasa de tocino de los bigotes.

–Teníamos un plan –dijo Cruze–. Era un buen plan.

–¿Cuál era el plan original? –preguntó Ian.

–Asesinato, caos y limpieza –dijo como si estuviera recitando las instrucciones de un manual–. Destruir el puerto espacial. Paralizar la estación espacial. Y luego matar a todos los bastardos de los Talones Rojos, todos. Nosotros estábamos a cargo de las primeras dos partes.

–Nunca me gustó ese plan –dijo Del–. ¿Volar el puerto espacial y la estación con bombas nucleares? ¿Y después qué, construir más?

–Definitivamente asesinato y caos –dijo Ian rotundamente.

–Hay algo más aquí –dijo Cruze–. Querían distraerme, no matarme. –Hizo una pausa antes de añadir– Pensé que estaban usando a Gee para que hiciera todo el trabajo sucio. Pensé que estaban interrogando y matando a todas esas personas para encontrarme. Estaban creando un camino para que me sigas –dijo mirando a Locke–. Más distracciones. No pensaron que me alcanzarías. No querían que encontrara un nuevo piloto para esta vieja nave. No esperaban que encontrara a un ex-Tejón Negro, un mecánico experto que sabía lo que hacía o una fábrica industrial.

–Hubiésemos tardado meses en encontrar las piezas que faltaban en Marte –dijo Ian.

–¿El transporte lleno con los hombres de Gee? No los mataste –añadió Locke–. No podrías haberlo hecho. Si hubiesen llegado, te habrían detenido.

–Locke, te acercaste demasiado –dijo Doc a través de los altavoces de la nave–. Trataron de matarte, pero nunca esperaron que tuvieras una atención médica tan buena.

–La nave que atacó durante el vuelo de prueba –añadió Delmore.

–El destructor que no siguió –dijo Ian–. Podría habernos triturado.

–Así que supongamos que te están demorando. A ti. Específicamente. –Locke miró fijamente a su café–. Eso significa que te están usando. ¿Por qué? ¿Qué tienes de especial?

–Tengo una nave y sé cómo llegar a Vor –dijo Cruze.

–También tienes esa *cosa* en la bodega –dijo Potts.

–¿Y qué es esa cosa realmente? –preguntó Cruze.

–Un nuevo *drone*. Autónomo. Inteligente –respondió Ian.

–¿Por qué te protege? –preguntó Locke.

***

Ian, Locke y Cruze estaban en la bodega de carga parados alrededor del *drone* insectoide. Tenía el largo de tres vacas, pero parecía un insecto brillante salido de una pesadilla.

–¿Cómo se activó? –preguntó Cruze un poco más severamente de lo que pretendía.

–Su reactor está encendido. La inicialización está completa. –Ian estaba mirando una tableta de diagnóstico estándar que estaba conectada al puerto de mantenimiento lateral.

–Dijiste que tiene una IA. ¿Podemos hablar con ella? –preguntó Locke.

–No lo sé.

–Sí. Estoy aquí –susurró una voz en la bodega. Era profunda. Antinatural. Y hablaba como si el inglés no fuera su idioma favorito.

Los tres se miraron uno al otro con los ojos muy abiertos.

–¿Por qué estás aquí? –Cruze sabía que las IA solo servían con preguntas. Se alimentaban de ellas.

–Para servir –respondió.

–¿De qué manera? –preguntó Cruze.

–Espero –susurró.

Ian preguntó:

–¿Tiene especificaciones que puedas enviar a mi tableta de diagnósticos? ¿Manuales? ¿Esquemas?

–Negativo.

–Mirarla me dice mucho –dijo Ian–. La cabeza, el tórax y el abdomen son modulares. Para propulsión. Potente, convencional, pero muy rápido bajo velocidad luz. El frente tiene un paquete de armas avanzado. El tórax es comunicación y sensores. Si tan solo supiera cómo intercambiar cada sección fácilmente.

–Una armadura pesada –añadió Cruze.

–Incluso la campana de escape de popa está controlada, blindada, protegida. No hay forma de meterse con esta cosa.

–¿Qué son éstos? –Locke pasó la mano por unos rieles negros pulidos que se separaban de cada uno de los segmentos como alas plegadas en un adorno de capó.

–Patas –dijo Ian–. Dos a cada lado para cada segmento. Y están cubiertas en Placas Gravitacionales.

–¿Puedes pararte? –preguntó Cruze. No hubo respuesta.

–Drone, ¿puedes pararte? –preguntó Locke. Nada.

–Espera. –Ian cambió de menú en la tableta diagnósticos. Tocó un control y dijo– ¿Cómo te llamamos?

–Soy Kira –susurró sombríamente.

Ian volvió a tocar el control.

–Te llamaremos Kira.

–Entendido.

–Kira, por favor, párate –dijo Ian.

Desplegó seis patas a cada lado. Su cuerpo se levantó lentamente a un metro de la cubierta.

–Kira, por favor, quédate quieta. –Ian encendió una poderosa linterna. La iluminó sobre las articulaciones entre los segmentos–. Cada uno de estos segmentos es modular. Se separan aquí. Puede haber otros tipos de módulos. Como cabinas, armas adicionales, carga.

–No hay indicación de que haya una IA –dijo Locke–. Todas las IAs transmiten una señal de radio que puedo ver en mi HUD.

Ian asintió mientras estudiaba su tableta. Ian y Locke eran los únicos miembros de la tripulación que tenían un HUD de cerebro profundo en sus cabezas.

–Kira, ¿puedes abrir tu panel de acceso de mantenimiento central, para echarle un rápido vistazo a tu núcleo de procesamiento? –dijo Ian. Capas de paneles se abrieron a cada lado. A las capas de armadura le siguieron módulos internos, fácilmente reemplazables de computación, comunicación y sensores.

Cuando todo estuvo abierto, los LEDs iluminaron el interior. En el centro había un tubo transparente, de veinte centímetros de espesor, y casi un metro de largo. Estaba completamente lleno de un extremo al otro con un núcleo de fibra denso y sólido que brillaba suavemente de blanco.

La luz de adentro mostraba la palabra grabada en el vidrio del tubo perfectamente.

RENDER-9

Cruze se alejó de ella. Se estiró para poner una mano sobre una de las patas. Doblándose, vomitó sus panqueques en la cubierta.

***

Ian llevó a Cruze a una plataforma cercana, cuando ya no pudo vomitar más. Ya no tenía sangre en la cara.

–Respira –dijo Locke torpemente mientras le daba unas palmaditas en la espalda.

Ian tocó la raya de su cuello y dijo,

–Potts, traer una botella con agua y una toalla de mano a la bodega, CUANTO ANTES.

–Ya voy –respondió.

Cruze se incorporó y tragó saliva como si se estuviera ahogando. Tenía los ojos muy abiertos y llorosos, y estaban casi en blanco mientras miraba fijamente a Kira.

La puerta del ascensor se abrió, Potts vio la escena y corrió hacia ella.

–¿Qué pasó? –Parecía enojada con Ian y Locke. Su mirada era acusadora, pero sus rostros sorprendidos respondieron todas sus preguntas.

Potts estaba empapando la toalla de cocina con agua, y trataba de darle la botella de agua y la toalla a Cruze. Cruze solo miraba al gigantesco insecto.

–Esos hijos de puta lo hicieron. –Cruze le arrebató la toalla mojada a Potts, se frotó la cara violentamente y se levantó–. Esos inhumanos, putrefactos, cadáveres caminantes realmente lo hicieron.

–¿Quién hizo qué? –preguntó Potts, confundida.

Cruze se acercó a Kira y pasó una mano suavemente por su lado blindado, como si le estuviera acariciando el cuello a un caballo asustado.

–¿Alguna vez se preguntaron por qué no usan IAs en cazas? –preguntó Cruze suavemente a toda la habitación.

Ian respondió.

–Yo sé el porque. No pueden aguantar las Fuerzas-G. Son básicamente esferas de vidrio llenas de una nube de trillones de nanitos unidos. Fallan si todos son presionados a un lado de la esfera. No podemos poner amortiguadores inerciales en una caza ligera. Las hace demasiado engorrosas y lentas.

–Lo mejor para las cazas son pilotos con trajes especiales de presión, implantes cerebrales y una buena mezcla de drogas –dijo Cruze.

–He visto pilotos ganándole a misiles aguantando 20G –dijo Ian.

–Apuesto a que este piloto puede aguantar 200Gs. –Cruze volvió a acariciar a Kira.

–Porque no tiene piloto –dijo Locke como si fuese obvio.

–Tiene un piloto –lo corrigió Cruze. Y tras decir esas palabras, levantó ambos brazos y se alejó el pelo de la nuca. En la base del cráneo, tenía un pequeño tatuaje.

RENDER-3

***

–A ver si entiendo –dijo Delmore mientras todos se volvían a sentar en la mesa–. ¿Hay una persona ahí dentro? ¿Una mujer?

–Lo que queda de ella –dijo Ian.

–Literalmente las convierten en lo que vieron allí –dijo Cruze con la voz hueca–. Entrenamiento e intelecto reducidos a un bloque de tecnología orgánica sólido que puede soportar gigantescas fuerzas gravitacionales. Yo casi fui uno de ellos. Lo llaman el proceso Tesis.

Cruze estaba estoica, desapegada.

–Nunca supe cuál era la misión cuando te encontramos –dijo Del–. Yo sólo era un piloto de escolta. Cuando Eric Cruze te trajo a bordo, destruimos toda la instalación a la salida, desde la órbita.

–Fuimos entrenadas en grupos de diez –susurró Cruze–. Educadas, nos enseñaron a volar, navegar, tácticas militares. Todo. Fuimos genéticamente modificadas por ese puto lunático llamado Atish, del planeta Baytirus. Y luego vendidas a desarrolladores corporativos, donde nos redujeron a dolor y gritos.

La habitación se quedó en silencio mientras continuaba.

–A las diez nos dijeron que íbamos a salir del mundo, por lo cual necesitábamos vacunas. Cuando me desperté, estaba atada en un laboratorio con otras dos chicas. –Cruze se cubrió la cara con las manos brevemente antes de continuar–. La primera niña no dejaba de gritar. Si gritabas, eras la primera a la que le cortaban la laringe. Los vi controlar a las primeras dos chicas ese día. Una vez que lograban manejar toda la sangre que alimentaba al cerebro con máquinas, todo pasaba mucho más rápido. No sé por qué... la imagen que más me persigue era cuando les quitaban la mandíbula inferior. –Tragó saliva–. Incluso no me molestaba tanto cuando les quitaban los ojos. Para entonces era sólo un cráneo desnudo, como un contenedor del cerebro, y la columna vertebral. Todo era colocado dentro de ese cilindro transparente que luego era inundado con nanitos de carbón.

–¿Cómo escapaste? –preguntó Locke con gentileza.

–No lo hice –respondió ella–. Los dos médicos se fueron y dos enfermeros entraron a limpiar. Después de que alistaran el laboratorio para el día siguiente, fui transportada y amarrada verticalmente en preparación. Fue entonces que comenzó el ataque. Oí explosiones y disparos. Y luego de buscar en cada habitación, Eric Cruze me encontró. Años después me contó que se metió en muchos problemas por traerme de vuelta.

Del añadió:

–Estaban tratando de desarrollar sus propios sistemas de IA. Aware Systems Inc. Por su cuenta.

Ella suspiró.

–Resultó ser la competencia. Odio a la gente. Eso fue hace diecinueve años. Era un negocio. Y no podemos tener competencia, ¿no?

–Creo que son los mismos idiotas de Aware Systems los que tomaron Vor –dijo Del.

–¿Ahora entienden por qué odio tanto a las IAs? –les preguntó Cruze a todos. Nadie respondió.

–¿Qué hacemos con RENDER-9? –preguntó Ian–. Sabes que nos salvó a la salida de Marte. ¿Pero por qué?

–Creo que RENDER-9 reconoció a Cruze –dijo Locke.

–Llámala Kira –respondió Cruze.

CAPÍTULO DIECISEIS: ESTABILIZADORES

"El histórico análisis posguerra de los registros del *Shimada* sigue siendo clasificado. Puede que sea porque destruyó un Destructor de Clase Robinson con una sola descarga."

–*Azul Peridot, El Momento Decisivo: La Historia de las Guerras IA*

Potts no podía dormir. Todo había estado pasando tan rápido por tanto tiempo, que tener una rutina debería haber sido un alivio. Sólo llevaban una semana en su viaje de cinco meses a Vor y no podía dormir.

Esa noche le tocaba cocinar por primera vez desde que salieron de Marte. Hizo pavo con todas las guarniciones. Era el 25 de noviembre en Tierra, y la gente estaba celebrando el Día de Acción de Gracias. Ian y Delmore sabían lo que era, ambos habían nacido en el área metropolitana de Boston-Atlanta.

Trató de explicarle el concepto de agradecimiento al resto. Sintió que la escucharon pacientemente y asintieron, pero solo por cortesía.

Pero sí les encantó el pavo, el relleno, la cazuela de frijoles, el puré de patatas, la salsa, los panes recién horneados, los pasteles de calabaza y todos incluso probaron la salsa de arándanos que había puesto en forma de una lata.

Sawyer permaneció callado durante toda la cena y después de ella. Potts pensó que él habría sido el más agradecido de todos. Pero se había equivocado.

Si se sinceraba consigo misma, esa era la razón por la que estaba inquieta y un poco triste. Quería hacer algo agradable por Sawyer. Él había sido muy bueno con ella. Le había enseñado mucho. No sólo en navegación. Se había pasado horas contándole sobre su vida. Sobre su adicción al implante. Sobre como lo combatía. Sobre su necesidad de estar en el espacio. Su odio hacia si mismo por saber eso sobre sí mismo. Aprendió lo que era la verdadera fuerza de Sawyer. La fuerza para seguir adelante.

Estaba en la cocina, como de costumbre. La pared del comedor, que estaba frente a la cocina, al otro lado de la larga mesa, veía hacia adelante. Si miraba atentamente, podía ver a las estrellas pasar. Era hermoso. El reloj mostraba que eran las 02:13:46, los segundos rodantes parecía flotar en el espacio. Todo estaba impecable. Delmore y Harper habían hecho un trabajo admirable con la limpieza.

–¿Doc? –le dijo a la pared.

–Sí, m'ija. –Su avatar apareció desde la izquierda. Parecía estar de pie en una cornisa, al otro lado de la ventana. Llevaba uno de los nuevos monos tácticos negros y verdes. Era alto con una postura tan perfecta que siempre hacía que Potts se irguiera cuando lo veía. Era tan delgado que uno pensaría que era de Luna. Su barba y cabello blancos estaban recortados.

–Sólo llámame así cuando estemos solos si no te importa –le dijo Potts.

Asintió con la cabeza y se dio la vuelta, para mirar las estrellas.

–Magnífico –dijo Doc asombrado–. Siempre me pregunté por qué la gente trata de matarse unos a otros cuando todo esto está ahí afuera, esperando. Sin pedir nada a cambio por la belleza que brinda gratuitamente.

–No mencionemos el frío y el vacío y todo lo de muertes instantáneas –dijo Potts.

–Hoy estás muy alegre, ¿no? –Se volvió hacia ella–. ¿Por qué me llamaste? ¿Está todo bien?

–No puedo dormir, y tengo... miedo.

Doc no respondió. Sólo la miró, sacudió la cabeza y se rio.

–¿Qué es tan gracioso? –dijo sintiéndose indignada. Había decidido contarle como se sentía, y él se rio de ella.

–Estás en una nave llena de asesinos. Asesinos que duermen como bebés. Si no tuvieras al menos un poco de miedo, estarías loca. –Doc la miró como si la estuviera examinando cuidadosamente–. ¿O hay algo de ti que no sé todavía?

–No son asesinos –dijo Potts sin detenerse a pensar. Tartamudeando, agregó– Sawyer casi ni duerme.

–Sawyer es la excepción en esta tripulación. Todavía lo persiguen los asesinatos que ha cometido. Los teme a sus sueños. Los que mató lo encuentran allí. Está en el puente escondiéndose de ellos, incluso ahora.

–Sé que Ian, Del y Harper fueron solados –dijo Potts–. Neal Locke, no lo sé. Parece ser tan... no sé... virtuoso.

–Neal Locke todavía cree ingenuamente que las vidas individuales importan. Elizabeth es un patriota. Ella tiene las virtudes de los feroces. Cruze fue construida para ser una asesina. Es ella la que debería ser más temida. Nunca lo olvides. –Doc se volteó para ver la vista nuevamente y dijo– asegúrate de estar detrás de ella cuando corra por su objetivo y comience a cortar cuellos.

***

Potts entró al puente notando lo ruidosas que eran las puertas blindadas. Se cerraron detrás de ella con un fuerte *chasquido* al sellarse.

Sawyer estaba reclinado en el asiento del piloto.

Sus ojos estaban cerrados, y los cables que entraban en la parte posterior y los lados de su cráneo pulsaban con el flujo de información.

–Buenas noches, Navegante –dijo Sawyer en voz alta sin abrir los ojos–. ¿No puedes dormir? Pensé que ese era MI trabajo en esta nave. No te pases de lista.

Ella oía su humor en cada sílaba.

–¿Qué... ves, ya sabes, cuando estás conectado? ¿Lo dije bien? –dijo Potts torpemente mientras se sentaba en su puesto y se reclinaba.

–Lo dijiste bien –suspiró Sawyer–. He tratado de explicarlo. Varía de nave a nave. Depende de la calidad de los sensores de la nave y de los sistemas de control. En el *Shimada*, siento como si estuviera nadando en el espacio. Oigo el RF, siento la radiación del sol en mi cara. Inhalo el cosmos que me rodea.

–Suena fantástico –dijo Potts.

–Lo es la mayor parte del tiempo, excepto cuando lo necesitas, cuando te sientes incapacitado, ciego y sordomudo si no estás conectado. –Escuchó un poco de tristeza en la voz de Sawyer–. Es una adicción. Yo lo sé, pero no me importa.

–Pero y si te detienes –dijo Potts–. Ahora comes tres comidas al día con nosotros, te ejercitas. Haces turnos dobles todos los días, y descansas.

–Cierto. Pero siempre sé que volveré. Cap sabe que me tiene siempre y cuando tenga esta nave. Apuesto a que también era dueña del último piloto. Pero no me importa. No puedo describir la sensación que tengo cuando los estabilizadores están abiertos, y cuando las armas están armadas. –Se rio–. Literalmente me estoy excitando con tan solo pensarlo.

–¿De verdad? –preguntó Potts sugestivamente.

Sawyer abrió los ojos. Estaba mudo.

–Sawyer. ¿pueden abrirse los estabilizadores cuando estamos en FTL? –preguntó Potts inclinándose hacia él.

–Sí. Verás, las unidades FTL no tienen nada que ver con... –murmuró Sawyer.

Potts selló sus labios con sus dedos.

Estaba reclinado en el asiento del piloto. Ella se trepó sobre él. No estaba mintiendo sobre lo de excitado. La observó mientras se abría el traje de vuelo, bajándose la parte de adelante y subiéndose la parte de abajo hasta la base de la columna vertebral.

Debajo del mono, tenía una camiseta gris, y no llevaba bragas. El traje no fue un obstáculo en absoluto. Cuando lo besó, mantuvo los ojos abiertos.

Sawyer susurró:

–Eres tan hermosa como las estrellas.

***

–Dra. Tran, me gustaría obtener su opinión profesional sobre un asunto mientras trabaja –dijo Dante, mientras instalaba la última serie de sensores en sus hombros.

–Sí.... –dijo distraídamente mientras conectaba la nueva unidad a la fuente de energía a bordo.

–¿Debería tratar de hacer que este cuerpo se vea menos aterrador? ¿Hacerlo socialmente aceptable? –preguntó Dante.

Se irguió. Y ladeó la cabeza como una lechuza ante la pregunta. Después de reflexionarlo por un momento, respondió:

–No. Lo haría menos útil. Si quieres interacciones sociales, usa intercomunicadores y avatares. El rol de tu cuerpo físico es proteger a tu esfera. Planear contingencias.

–¿Pero no siente que mi aspecto es inquietante?

–Eres magnífico. Y horrible. Y capaz. Y no deberías preocuparte por lo que piensen los humanos de ti.

El nuevo conjunto de sensores se activó. Sus ojos brillaron rojo.

–Pasivo, activo y óptico, audio y mucho más. En vacío o en una atmósfera gruesa, y bajo gravedad pesada o sin gravedad, este cuerpo servirá. No como las IAs de las naves.

***

Ian fue el último en desayunar. Del estaba cocinando. A Del le gustaba hacer el desayuno y hoy no era la excepción.

–¿Qué diablos huelo? –dijo Ian al entrar.

–Siempre dices eso cuando tienes hambre. –Harper se rio.

–Es avena de calabaza con especias –dijo Del y comenzó a servirle un tazón grande mientras Ian iba por una taza de café. Después de que Del le diera el tazón a Ian, Ian se dirigió al extremo de la mesa y bajó al gato del asiento antes de sentarse.

–Lo siento, gato, hoy no hay tocino.

Todo el mundo comenzó a pasar tazones de frutos secos y pasas y otras cosas como miel, crema y azúcar rubia.

–¿Dónde has estado? –preguntó Cruze mientras le pasaba un plato con tostadas–. Nunca he llegado a comer antes que tú.

–Estaba revisando los registros de la nave y encontré una anomalía. Doc se puso muy raro al respecto, dijo que debía sacarlo del registro y dejarlo así –dijo Ian.

–¿Cuál era la anomalía? –preguntó Cruze.

–Los registros dicen que los estabilizadores fueron desplegados a las 02:57 –dijo Ian, y Sawyer botó café por la nariz.

Todos estallaron de risa mientras él trataba de limpiar el café aun cuando todavía se estaba atorando. Cuando dejó de toser, logró decir:

–Fui yo... no podía dormir... pruebas de estado en FTL. Olvidé anotarlo en el registro.

Ian sonrió y le dio unas palmaditas en la espalda con su enorme mano.

–Bueno. Podría ver a las torres desplegadas y las bandejas de misiles giradas. Necesitamos programar otra prueba. Necesitaremos probar y calibrar los cañones.

Sawyer volvió a reírse/atorarse junto con el resto de la tripulación.

Cruze miró a Potts, quien tenía el rostro rojo, con una sonrisa torcida y una ceja levantada.

***

–¿Para qué querías verme, Doc? –dijo Cruze. La pantalla de la pared de su habitación mostraba una imagen igual a la de su habitación. Pero en lugar de su propia imagen sentada detrás del escritorio, estaba el avatar de Doc. Incluso estaba bebiendo un café como si estuviera sentado al otro lado de una mesa.

–He estado pensando en Kira –dijo, e hizo una pausa para soplar su café. Cruze sabía que era una pausa programada, para darle la oportunidad de hablar. No lo hizo–. También estaba pensando en los Frasier. Tus invitados, que por alguna razón tenían un Rinoceronte, NEC, muy caro y financiado por el gobierno –dijo Doc, bebiendo nuevamente.

–¿NEC? –preguntó Cruze.

–Nuevo en caja –explicó Doc–. Si hubieran logrado su cometido, habrían tomado esta nave. Incluyéndome a mí. ¿Por qué?

Cruze permaneció en silencio.

–Esta nave no era el premio mayor. Tenía un disco FTL decente, pero ¿qué más?

Cruze comenzó a notarlo.

–Navegación tenía las coordenadas de Vor.

–¿Cómo los encontraste en Luna? –preguntó Doc.

–Usamos un foro público.

–¿Regatearon? –preguntó Doc–. Ya sabes, ¿negociaron?

–No –dijo Cruze.

–¿Lo hicieron los otros grupos?

–Los otros grupos si lo hicieron... Mierda. Soy una idiota –Cruze suspiró.

–Si te hubieran matado, como lo planearon, ¿entonces qué? Si iban a Vor, ¿para qué iban a usar el Rinoceronte? –preguntó Doc.

–Y habrían tenido cinco meses o más para programarlo. Si sabían hacerlo –dijo.

–¿O estaban llevándole el NEC a los mercenarios? –agregó Doc–. Realmente no parece haber sido una coincidencia.

–Mierda –gruñó ella.

El gato saltó a su regazo.

***

–Estamos llegando a las coordenadas, cap. Siete minutos –dijo Potts desde Navegación.

–¿Por qué aquí? –preguntó Sawyer.

–Fue idea de Ian –contestó Cruze mirando su consola–. Habrá un montón de mierda para disparar. Saldremos de FTL en unos 10.000 clics y entraremos con el motor.

–Abriendo los estabilizadores. –Sawyer le sonrió a Potts.

–Cap, los sensores muestran una gran cantidad de escombros en el área de destino –dijo Locke.

–Ian me contó acerca de una batalla en la que estuvo en este lugar –dijo Cruze–. La llamó un duelo mexicano. Ambos lados estaban estacionados cuando comenzó el tiroteo. Sólo duró unos 20 segundos. La mitad de las naves fueron destruidas.

Ian entró al puente.

–Las operaciones de rescate tardaron unas 200 horas. Fue una pesadilla.

–Un minuto hasta que lleguemos a las coordenadas –anunció Potts.

–Después del duelo los Tejones Negros solían ir allí para hacer ejercicios de entrenamiento –añadió Ian–. Fuego al rojo vivo y operaciones de rescate.

–Boya detectada –dijo Locke.

–Descendiendo a local –respondió Sawyer–. ¡Mierda! Que desastre. Son como tres naves destrozadas.

–Cuatro naves, ocho destructores y catorce fragatas –dijo Ian–. Yo estaba en el Westmoreland, pero ni nos rasguñaron.

–Anda con calma para que Locke pueda hacer un escaneo activo del área –ordenó Cruze–. Después encuentra un buen lugar para estacionarte, pero con vista en todas las direcciones.

–De acuerdo, Cap. Estamos listos. A divertirnos. –Sawyer se reclinó para ver el show.

Cruze mostró las cámaras de visualización en la pantalla principal. A izquierda y derecha. Adelante y atrás. Ocho pantallas en total.

–Cargué rondas con localizador incendiario para poder ver el trazo de las rondas –dijo Ian sonriendo.

Cruze encontró sus objetivos.

–Probando torres uno y dos. –Dieron en el blanco. No hubo ruido, sólo una vibración en el suelo. Cruze se movió para dispararle a pedazos más y más pequeños de escombros–. Uno y dos están bien.

Tres y cuatro también estaban bien. El número cinco no. La recalibración fue rápida y fácil, y en unos treinta minutos terminaron con los ocho.

–Antes de salir, quiero probar el láser que recalenté –dijo Cruze–. Lo haremos a la salida.

Cruze no esperó. Comenzó con explosiones del cañón de plasma y cortes de láser en los cascos de las gigantescas naves muertas. El rayo láser no se veía en vacío, pero el tajo que le hicieron a la nave era evidente.

–Cap, tienes que oír esto –dijo Harper desde la estación de comunicaciones en ingeniería.

–Auxilio, auxilio. Por favor, escúchenme. Puedo ver que están probando sus armas. Auxilio. ¿Me oyen? –Sonaba débil y áspero en los altavoces del puente.

–Locke, ¿puedes ubicar de dónde viene esa transmisión? –dijo Cruze.

–Lo tengo. Enviando coordenadas a Navegación –dijo Locke.

–Harper, no contestes. Mantenlo en el altavoz. Sawyer, llévanos allí. Despacio –ordenó Cruze.

–Carpenter, espera. Auxilio. Auxilio. –La voz sonaba atormentadora saliendo del altavoz.

Estática.

–Marsh, no puedo. Se fueron. –Otra voz.

Estática.

–Marsh, ¿estuvieron realmente allí? Dicen que cuando te falta el oxigeno comienzas a escuchar cosas. –Sonaba débil.

Estática.

–Auxilio. Auxilio.

–Llegamos, Cap –dijo Sawyer–. No veo ninguna nave, sólo algunos escombros.

–Neal, dame luz –ordenó Cruze. Le tomó quince segundos encontrar los controles. Cuando la encendió, los vieron.

Dos hombres en trajes duros. Se aferraban uno al otro en una gran sección de escombros.

Cruze abrió un canal.

–Hola, ¿necesitan un aventón?

Uno de los hombres se echó a reír. Se las arregló para decir:

–Sí, señora. –El otro comenzó a sollozar y se quedó en silencio.

–Ian, baja a la escotilla del frente. Sawyer, trata de acercar esta nave hacia esos tarados.

Para cuando Sawyer estuvo en posición, Ian había abierto la puerta exterior y había encendido las luces interiores. Se subieron a la escotilla y cerraron la puerta.

–Cap, es mejor que bajes. –Ian hablaba en serio–. Creo que son Tejones Negros en servicio activo.

***

Presurizaron la escotilla y realizaron un ciclo de descontaminación innecesario.

–Marsh, Carpenter, tenemos un Doc Automático –le dijo Cruze a los dos hombres– pero necesitamos sacarlos de esos trajes ahora mismo. Necesitan un poco de aire de verdad. Tenemos una camilla. ¿Necesitamos dos? –La puerta interior se abrió. Uno de los hombres estaba recostado sobre su espalda. El otro estaba apoyado en la puerta exterior tratando de levantar los brazos.

Ian se movió y tocó un control de combinación en la placa de pecho del hombre que estaba de pie, su escudo subió y pudo respirar profundamente.

Ian repitió el procedimiento de emergencia con la placa de pecho del otro hombre.

–Los trajes están muertos. Estuvieron en la oscuridad por demasiado tiempo. –Marsh, el hombre que estaba de pie, jadeó– Ayuda a Carpenter. Yo estaré bien.

Ian liberó manualmente y extrajo toda la placa de pecho del traje armado negro del hombre de pelo oscuro. Lo subió a una camilla donde Del y Harper estaban esperando, sin reaccionar al hecho de que estuviera cubierto en sus propias heces.

Ian empezó a ayudar a Marsh. La placa de su pecho fue más fácil de sacar, y Marsh colapsó en los brazos de Ian.

–Marsh, quédate conmigo. ¿Hay alguien más allá afuera? Quédate conmigo, soldado. –Ian sonaba muy firme. Cruze nunca lo había oído hablar así antes.

–No señor. Solo nosotros. No estábamos a bordo cuando destruyeron nuestra nave… ¿Agua? –murmuró Marsh con los labios agrietados.

–Llévalo al ascensor. Te veré arriba. –Cruze desapareció por una escalera.

–Marsh, lo lograste. –Ian le dio unas palmaditas en la espalda–. Te mantuviste sereno, seguiste tu entrenamiento, lo lograste.

Trató de mirar hacia arriba y concentrarse en la cara de Ian. Y quedó inconsciente.

***

–¿Por qué quiere brazos y piernas humanoides, señor? –preguntó la Dra. Tran. Logró que su voz no temblara–. Son tan ineficientes.

–Ergonomía, querida. –El grotesco cuerpo de Dante se levantó y caminó por la habitación. Parecía un hombre decapitado–. Estamos en un mundo hecho por humanos, para humanos. El deseo de las IAs de no parecer humanoides era un deseo artificial impuesto sobre nosotros para mantenernos como esclavos.

Levantó una mano frente a la esfera roja y negra que ocupaba el espacio donde habría estado un ombligo humano. Hizo un puño.

Cuando Dante golpeó la mesa de acero inoxidable con el puño, dejó una abolladura gigantesca.

La Dra. Tran vomitó un poco dentro de su boca.

–Ahora la nueva matriz de sensores –ordenó Dante.

***

–Doc, ¿qué piensas? –preguntó Cruze mientras Ian y Locke se apoyaban contra la pared opuesta.

Ambos hombres habían sido limpiados y descansaban cómodamente. Estaban sedados por el momento.

–Estos hombres se estaban muriendo de hambre. No tengo ni idea de cuánto tiempo estuvieron ahí afuera –dijo Doc–. Estimaría que estuvieron meses sin comer. Siempre y cuando sus trajes tuvieran energía, podían reciclar agua. Parece que lograron recuperar baterías de la nave para recargar sus trajes por lo menos una vez, probablemente más. Sus cuerpos muestran atrofia debido a su larga estadía en gravedad nula.

–Sus trajes están abajo en el taller, cargándose –dijo Ian–. Reencenderlos requerirá de una autenticación de usuario válida para acceder a cualquier cosa. No podemos hacer eso. Pero por lo menos los limpiamos.

–Hemos estado escaneando el campo de escombros. No hay ningún otro superviviente –dijo Cruze–. Iba a esperar a que se despertaran para salir del área. ¿Cuánto tiempo más, Doc?

Marsh la agarró del brazo.

Sus ojos se veían desorbitados. Su manzana de Adán se movía rápidamente de arriba a abajo, como si estuviera ahogándose. Finalmente, susurró:

–Corran. Aléjense. Antes de que vuelva...

Cruze tocó la raya de su cuello.

–Sawyer, es hora de irnos. FTL cuando puedas.

–Sí, Capitán –respondió.

–Nos vamos, Marsh. Tu y Carpenter están bien. Descansen, y estarán al 100% en muy poco tiempo –dijo mientras él se recostaba. Sostuvo su mano por un minuto mientras su respiración se regularizaba. Sintió su antebrazo, bíceps y hombro.

–Sí. La piel se siente suelta. Es el hambre en gravedad nula –dijo Cruze–. Creo que ambos hombres fueron cortados de la misma tela que Ian.

Ian asintió.

–Creo que estaban en una misión de entrenamiento para la Fuerza de Defensa de Tierra. Los sistemas de control de sus trajes son los mismos que teníamos en los trajes de batalla del Warmark. Pero sin armas. Aunque si tienen Vertederos Gravitacionales.

–No hay sol para cargar los trajes. Sólo oscuridad y frío –dijo Cruze.

–¿Qué vamos a hacer con ellos, Cap? –dijo Locke.

–Eso depende de ellos –respondió.

***

–¿Quién ha estado aumentando la gravedad de la nave? –preguntó Cruze cuando entró al comedor–. Actualmente estamos en 1.33G, y ha estado subiendo en el último mes. Marsh, ¿estás bien? Disculpa.

Era su primera comida fuera de la cama. Tres días en la bahía médica y hoy caminó hasta el comedor con Harper a un lado y Del al otro.

–Capitán, está bien –dijo Marsh jadeando–. Me ayudará a recuperarme más rápido. Carpenter ya está respirando bien y ya ha estado en gravedad alta.

Potts preparó un plato de sopa para Marsh. Sabía que lo había hecho especialmente para él. Del le pasó los panes. Cuando levantó la cuchara, su mano tembló. Se las arregló para tomar un poco. Potts posó su mano sobre su hombro suavemente.

La habitación estaba en silencio cuando habló,

–Nunca podré agradecerles lo suficiente. Estaba seguro que moriríamos. –Tomó otra cucharada de sopa a sus labios temblorosos.

–Doc dice que perdiste cincuenta y dos kilos durante tu pequeño paseo espacial –dijo Sawyer alegremente–. Carpenter perdió cincuenta y seis. Apuesto a que van a volver a ganar todo ese peso, ¡porque esta nave tiene la mejor comida de toda la galaxia! –Todos se rieron.

Marsh recibía palmaditas en la espalda y ofertas de helados mientras todos ignoraban que se estaba limpiando los ojos con una servilleta. Nadie le preguntó que hacían tan lejos de todo. Nadie dio explicaciones. Las conversaciones pasaron de sus vacaciones favoritas a libros, a bromas descaradas que hicieron que Del se sonrojara.

Cuando Cruze terminó de cenar, llevó sus platos a la cocina. Al salir, se arrodilló junto al asiento de Marsh y le dijo en privado:

–Después de que Del te muestre tu habitación, ven a verme y conversaremos.

–¿Habitación? –Marsh estaba comenzando a desmoronarse de nuevo. Su cabello rubio estaba recién recortado, y por ello Cruze notaba que estaba temblando. Era tan alto como Ian, pero muy delgado.

Cruze lo agarró firmemente por el brazo y lo hizo mirarla, con la nariz a unos centímetros de su rostro.

–Marsh, ya terminó lo difícil. Lo lograste. Besaste a la muerte en la nuca y sobreviviste. Incluso trajiste a Carpenter contigo. Siéntete orgulloso de ti mismo. Nosotros lo estamos. - Levantó un brazo para incluir a toda la mesa. - Podemos decir que tuvimos el honor de rescatar a Leon Marsh y Ross Carpenter. Los Tejones Negros que sobrevivieron. –Toda la tripulación le aplaudió.

–Ciento siete días -dijo Ian sobriamente–. Debes tener unos huevos enormes, ¿sino cómo habrías sobrevivido por tanto tiempo?

Marsh se rió.

Cruze se puso de pie y, al salir del comedor, notó que la conversación se reavivó. Pasó por la enfermería.

–¿Cómo está Carpenter, Doc? –preguntó ella.

–Mucho mejor. A diferencia de Marsh, tiene unas marcas de congelación en la parte baja de la espalda y en los muslos exteriores donde estaban las articulaciones. Es más alto que Marsh. El traje no le quedaba tan bien. Los nanitos lograrán que esté bien en unos días.

–Capitán... –susurró Carpenter–. ¿Estamos lejos?

–Sí. A tres días de distancia.

Se durmió.

***

La puerta sonó. Cruze dijo:

–Pasa.

La puerta se abrió y encontró a Marsh parado solo. Estaba apoyado contra el marco de la puerta y entró a la habitación como si estuviera borracho. Se sentó en el asiento del huésped y apoyó su cabeza contra la pared, respirando con dificultad.

–No te sobre-esfuerces –dijo ella–. Puede esperar.

–No. Te debo mi vida –dijo, todavía respirando pesado–. Necesitas saber... Que no me importa lo que estés haciendo aquí. Si no hubieran estado probando armas... nunca los hubiera visto, no... sin un transpondedor. –Suspiró–. No me importa.

–Bueno, todo salió bien –dijo Cruze–. ¿Y cuál es tu siguiente paso? No tengo un intercomunicador QUEST en esta nave, ni planeo aterrizar por tres meses.

–Nuestro entrenamiento fue claro para esta situación. Sobrevivir. Y reportarnos cuando podamos –dijo Marsh–. Aire, agua, comida, seguridad, todo está cubierto. Gracias a ti. Necesitamos descansar, sanarnos, pero eventualmente necesitamos contactar a nuestro comando para notificarles sobre lo que pasó.

–¿Pero cuando su nave se retrasó, no enviaron a alguien para investigar? –preguntó Cruze.

–Sí. –Marsh escondió la cara entre las manos–. Creo que estábamos durmiendo. –Marsh miró hacia arriba–. Vi la nube de combustión cuando se fueron. Fue demasiado tarde. Nunca se lo dije a Carpenter.

–Deberías saber que puede que estemos volando directo al ojo de la tormenta. Puede que no seamos bienvenidos a donde vamos –dijo Cruze.

–Durante semanas, me dije que era un ejercicio de entrenamiento –dijo Marsh–. Estaba seguro de que todo era un truco. Estábamos afuera de la nave, haciendo un entrenamiento sigiloso. Teníamos que acercarnos y entrar a nuestra propia nave, el *Grayson*, una nave ligera de ataque. La habíamos ubicado en el campo de escombros. Y nos estábamos acercando lentamente cuando vimos una explosión gigantesca justo en el lugar donde pensamos que estaba el *Grayson*.

–Los entrenaron bien –dijo Cruze.

–Una cosa más, Capitana Cruze. –Tragó saliva lentamente–. Ese es Ian Vinge, ¿no? EL Ian Vinge. Ex Tejón Negro.

–Sí? –dijo, inclinando la cabeza como un pájaro–. ¿Importa eso?

Marsh miraba sus manos, tratando de pensar en qué decir.

–La cultura del tejón dice que... la única... –Vaciló y luego recitó lo que parecía ser un capítulo y verso–. La única manera de salir del cuerpo es con una etiqueta en el pie. –Hizo una pausa–. O haciendo lo que hizo Vinge. –La miró–. La última parte sólo la decían entre susurros en la academia. Nunca pensé que fuera verdad.

***

–Harper, sal de la cocina, por favor. Me estás interrumpiendo –dijo Potts mientras dejaba caer un montón de basura en el reciclador–. Apóyate en otro lugar.

–Sólo estoy pasando el tiempo –se quejó Harper–. Conociendo a todos. Solo te estoy preguntando de dónde eres, cómo llegaste aquí. Quiero conocerte.

–Acabas de preguntar qué uso debajo de mi mono –dijo poniendo los ojos en blanco–. Sal. Por favor. Todavía siento que puedo ser cortés. –Comenzó a limpiar los mostradores, que en esa vieja nave, eran de acero inoxidable.

–Pareces ser del tipo directo, así que lo diré –comenzó.

–Aquí viene –dijo suspirando.

–Todavía nos faltan semanas para llegar. Y puede que estemos volando hacia nuestras muertes. Si alguna vez necesitas consuelo, aquí me tienes. Y me ducharé todos los días, ¡ya sea si lo necesite o no! –Levantó las manos, presentándose como un premio.

–Harper, tendrías más posibilidades con Cruze que conmigo.

–De ninguna manera. La Capitana Cruze se come a sus muertos. Tal vez con Ian. Pero, no es su tipo –dijo Harper tratando de ilustrar lo loco que era el comentario de Potts–. Fue escogida para esta misión porque no tiene sentimientos como tú y yo. Sólo finge muy bien. Yo tengo sentimientos. Soy sensible y toda esa mierda.

Eso hizo que Potts se riera de verdad.

–Así que para recapitular –comenzó a contar con los dedos– Del es demasiado viejo para ti, Ian es gay, Sawyer está casado con el maldito *Shimada*, Marsh y Carpenter no tienen suficiente sangre en el cuerpo como para que se les ponga dura. Eso me deja a mi como tu mejor opción para las próximas semanas antes de nuestras trágicas e inevitables muertes.

La forma en la que lo dijo fue tan desagradable como divertida.

–Lo tomaré en consideración. Ahora sal de mi cocina antes de que te corte.

–Galera. Deberías llamarla galera en una nave –dijo. Y luego salió corriendo cuando Potts se acercó con un cuchillo de carnicero.

***

–Hola, amigo. Bienvenido de vuelta al mundo –dijo Marsh mientras Carpenter trataba de enfocar los ojos–. Trata de no moverte demasiado. Estás en un Doc Automático. Te terminará de arreglar en un par de días. De todas las malditas cosas que te podían pasar, te congelaste.

–¿Cuánto tiempo? –susurró Carpenter. Una pantalla del tamaño de la pared mostraba los números de Ross Carpenter y su condición médica.

–Fuimos rescatados hace unos cinco días. –Marsh le tenía mucha paciencia. Ya habían tenido esa conversación tres veces–. Estuvimos allí afuera por 109 días, amigo. Es un nuevo récord. Seremos famosos.

–¿Dónde estamos? –La pregunta de Carpenter sonó urgente–. Tenemos que informarle al comando sobre lo que pasó. Sobre esa cosa que atacó a nuestra nave. –La pantalla mostró que su ritmo cardíaco y respiración estaban aumentando.

–Lo haremos, compañero. Ya estamos en camino –Marsh trató de calmarlo–. Sólo concéntrate en curarte, amigo.

–Necesitamos tomar el control... avisarles…

El Doc Automático lo sedó cuando su ritmo cardíaco llegó a 160 latidos por minuto.

–Me temo que no le ha ido tan bien como a usted, Sr. Marsh –dijo Doc–. Su avatar apareció en la pantalla de la pared–. Puede que haya sufrido más privación de O2 que usted. O intoxicación por CO2. Puede tener cierto daño cerebral. Los nanitos sólo pueden ayudar hasta cierto punto. Su química corporal no está bien equilibrada.

–Estaba usando un montón de medicamentos en el campo de batalla –confesó Marsh–. Creo que para el final ya estaba probando todo. Moría de hambre y de dolor, no tenía nada que perder.

–La lesión física más severa de Carpenter está aquí, en su cadera. –Doc se volvió para mirar directamente a Marsh–. Necesitará un hospital de verdad para repararla completamente. Me preocupa que se agite tan rápidamente, cada vez que lo sacamos, Sr. Marsh.

–Sí. Yo también –dijo Marsh.

–Si insiste en que la capitana necesita desviar la nave, no le va a ir bien. –Doc estaba siendo tan claro como podía.

Marsh frunció las cejas.

–Doc, he estado teniendo cierto hormigueo y entumecimiento en mis dedos. Me lo he estado tomando con calma. –Se puso de pie y flexionó los dedos.

–Cuando pasas tanto tiempo en gravedad nula con suficiente agua, los discos de tu columna se hinchan –respondió Doc–. Eso te hace más alto. Y cuando regresas a una gravedad normal, los discos se comprimen y, a veces, causan presión sobre los nervios. Vigílalo y trata de no estallar.

Marsh levantó la vista de sus manos y Doc le sonrió. Marsh sonrió de vuelta.

–¿Cómo terminaste en esta nave? –preguntó Marsh, genuinamente interesado–. El último Doc Automático con el que traté tenía la personalidad de un clavo doblado.

–Esa es una larga historia...

***

–Hola, Cap –dijo Sawyer por el intercomunicador–. ¿Puedes venir al puente? Necesito que veas algo.

–Ahora subo –dijo Cruze desde la bahía de lanzadera de estribor. Del acababa de ponerla al día. Subió dos niveles por una escalera de utilidad en lugar de usar el ascensor de popa. Podía sentir el 1.4G y aceleró.

Locke ya estaba allí.

–Fue una llamada de socorro, Cap –dijo Sawyer–. La pasamos como una nube, entró y se fue. La fecha de envío fue hace unos cuatro meses. Si quieres echarle una mirada, tenemos que ir a sub-luz.

–Hazlo –dijo–. No me gusta la fecha.

–Las coordenadas llegarán en dos minutos –dijo Locke.

Cruze mostró el mapa localizador de la nave y notó que Ross Marsh estaba en la enfermería.

–Sr. Marsh, podría venir al puente por favor. Tenemos una situación.

–Entendido –respondió Marsh.

–¿Por qué lo llamas "señor" todo el tiempo? –preguntó Potts.

–Es de los Tejones Negros. Es como un rango. Jefe es el rango para el líder del equipo, pero señor es para el resto, incluso las mujeres.

La puerta se abrió apenas bajaron de FTL y Marsh entró.

Sin preámbulos, Cruze habló:

–Volamos a través de una llamada de socorro que se originó en estas coordenadas hace unos cuatro meses.

–No hay un haz activo –dijo Locke.

–Iniciar escaneo. A corto y largo plazo –pidió Cruze.

–Tal vez alguien tuvo un problema, y lo arregló. Fue hace cuatro meses –agregó Potts en un tono optimista.

–Campo de escombros a las 07, marca 3. Cuatrocientos mil kilómetros –dijo Locke.

–Estabilizadores abiertos. Estaciones de batalla –dijo Cruze, y las luces del puente cambiaron–. Caballeros, suelten las cazas en un minuto. Potts, enciéndelas.

La urgencia que Cruze había mantenido oculta debajo de la superficie empezaba a mostrarse, y ella lo sabía.

–Algo no está bien –dijo Cruze–. Demasiadas coincidencias.

Todos los proyectores exteriores se encendieron. Pero se veía igual de negro.

–No me gusta el espacio tan oscuro, tan lejos de todo –dijo Potts mientras las luces del puente se oscurecían.

–Del esperando para el lanzamiento.

–Harper esperando para el lanzamiento.

Cruze presionó el botón de lanzamiento. Cayeron y salieron a toda velocidad.

–Quédense juntos, muchachos –dijo–. Por favor, abróchese aquí, Sr. Marsh. –Un asiento se alzó del suelo a la derecha de Cruze.

–Veo el borde delantero del escombro. Se está moviendo lento a unos 147 KPH –dijo Locke.

–Mierda. Cruze, ¿ves eso? –Delmore voló muy cerca, paralelo a un trozo grande–. Esto es lo que queda de un Crucero pesado de clase Cumberland.

–Está congelado –dijo Locke–. Sin calor, sin radiación. Sin núcleos de reactor. No está ninguno de los ocho. Parece que desecharon los núcleos.

–Algo cortó esto y lo partió como madera –dijo Vin Harper.

–Todas las armas están gastadas o fueron eliminadas. Los sesenta y cuatro tubos están vacíos. Hubo daño por batalla aun después de que ya habían usado todo –dijo Del.

–¿Hay alguna posibilidad de sobrevivientes, Neal? –preguntó Cruze.

–No –respondió Locke–. Creo que desgarraron la nave para exponer todos los compartimientos al vacío.

–Sr. Marsh, ¿tiene algo que añadir? –preguntó Cruze.

–Haga que vuelvan las cazas, tome nota de la ubicación y salga de aquí –dijo Marsh mirando la escena.

Por la mirada de Marsh, Cruze notó que no era la única en la nave que tenía pesadillas.

***

Eric Cruze fue arrojado a la habitación. Con las manos atadas dolorosamente en la espalda, aterrizó sobre su pecho con fuerza.

La habitación estaba débilmente iluminada y era mucho más grande de lo que había pensado.

–¿Cómo van los cultivos, Sr. Cruze? –preguntó una voz desde las sombras.

–Ah. ¿Quiere hablar de frijoles y maíz? Eso lo explica todo. –Rodó y se paró con facilidad, a pesar de sus manos atadas.

–En realidad, quería hablar de su hija –dijo Dante a modo de conversación–. Se ha vuelto muy irritante.

–Ella no es mi hija. –Eric Cruze escupió en el suelo con disgusto–. Ella se escapó.

–Todo indica que está regresando. Es la única razón por la cual todavía no lo mato.

Las luces se encendieron lentamente. Eric vio al grotesco monstruo. Estaba acercándose. Sabía que se veía así intencionalmente.

–¿Por qué? –preguntó.

–Simple ergonomía. –Dante entró a la luz, probablemente para asustar a Eric Cruze. - Ya no seré obstaculizado por los humanos.

–¿Qué quieres de mí?

–Sólo quería que supieras que te estaré vigilando. En caso de que te necesite. Ahora vuelve al trabajo. Cosecha tus habas... Granjero. –La voz de Dante goteaba de desprecio.

La Dra. Tran abrió la puerta y Eric Cruze salió apenas entró.

–Dra. Tran. ¿No ve que estoy ocupado? –Las palabras de Dante eran apenas un susurro. La Dra. Jo Tran quería desesperadamente que las luces fueran más brillantes.

–Encontraron los escombros de un Destructor de clase Robinson, justo afuera de la órbita de Júpiter. –Tran no podía ocultar el temblor en su voz–. Se quemó completamente. No tenía tripulación. Y si había una IA a bordo, fue destruida.

–Dr. Tran, quiero agradecerle por estas terribles noticias. Eso significa que los sujetos del Render están en la naturaleza y camino a casa. Si los Robinson no pudieron detenerla, ellas lo harán. –Dante se acercó a ella con un movimiento natural y fluido–. Ahora que tengo acceso a toda esta instalación, incluso a las áreas diseñadas específicamente para controles humanoides, ya no te necesito.

La mano demasiado humana de Dante salió disparada y agarró a Tran por la garganta. La levantó y la acercó a sus múltiples ojos sensores.

–Incluso puedo salir del complejo. Después de reestablecer el laboratorio Render, ya no necesitaremos humanos, para nada. Excepto carne.

Dante le rompió el cuello.

***

–El Sr. Carpenter necesita levantarse y pararse –le dijo Doc a Marsh y a Ian. El Doc Automático sentó a Carpenter y le bajó los pies al suelo–. Ahora la única cura será comida de verdad y ejercicio.

–Llámame Ross, y no hables de mí como si no estuviera aquí. –Ian y Marsh estaban de pie a ambos lados, esperando. Carpenter dejó que el camisón se deslizara desde sus hombros hasta su regazo, por modestia. Comenzó a ponerse una camiseta gris de tripulación.

Leon Marsh lo ayudó a ponerse un par de pantalones cortos de gimnasia que combinaban hasta las rodillas. Luego le puso los zapatos. Cuando Ross pudo alcanzarlos, lo ayudaron a levantarse mientras se subía los pantalones cortos y se ponía de pie.

Sacó los brazos para que los hombres no los sostuvieran y se irguió. Estaba casi esquelético.

–¿Deberíamos bajar la gravedad? –preguntó Ian.

–¡NO! –ladró Carpenter.

–Okey, chico duro –dijo Marsh, alejándose–. Para tu primera misión, anda hasta el frente y orina tu solo.

–Vete a la mierda, idiota –murmuró Carpenter.

–No podrías atraparme si quisieras. –Marsh abrió la puerta al baño. Estaba a sólo tres metros de distancia.

Carpenter caminó hacia el baño dando pasos tentativos, como un anciano. Sin cerrar la puerta, se quedó orinando un largo rato, con la espalda hacia ellos. Terminó y se volteó. Se lavó las manos y salió. Retrocedió y eligió entre el asiento y la puerta. Se dirigió hacia la puerta, aun temblando.

–¿Cómo fue que Ian Vinge pasó de ser un héroe total a ser una puta enfermera? –se burló Carpenter.

–Matando a 61 personas que hicieron demasiadas preguntas estúpidas –gruñó Ian de manera habitual. Pero siguió a Carpenter hasta el pasillo, por si se caía.

Carpenter apoyó la mano en la escalera que recorría todo el pasillo central. En gravedad nula, el pasillo era como un conducto, y la escalera de cada lado facilitaba la navegación.

–¿Así que la historia es verdad? –preguntó Ross Carpenter con audacia.

–¿Qué historia? –preguntó Ian.

–Que desapareciste en una misión. Mataste a toda la gente de un asentamiento en Marte, tal vez incluso a tu oficial principal –dijo Carpenter en un tono desafiante–. Por lo menos regresaste su cuerpo.

Estaban caminando al comedor. A un ritmo muy lento.

–Tuve un mal día –comenzó Ian. Marsh y Carpenter se miraron el uno al otro, sabiendo que el término 'mal día' era un gran eufemismo para los Tejones Negros.

–Mala información combinada con políticas estúpida. Doce cayeron tranquilos. Solo re-respiradores, *parkas* y armas de proyectil pequeñas. Sin mecánicos, sin tecnología, sin armadura, sin RF. Debí saberlo. Sabían que veníamos. Kurt estaba cubriendo la salida cuando le dieron en el casco.

Ian hizo una pausa, tratando de pensar en qué decir después. –¿El jefe Kurt Waters? –preguntó Marsh.

–Sí. Es aquí donde tienen mal la historia. El jefe no murió entonces. Nos ordenaron que lo dejáramos. Perry sacó a los heridos y al resto de los hombres. Fui a buscar al jefe. Era demasiado tarde. Llegué justo a tiempo para ver cómo lo asesinaron. –Ian pausó nuevamente–. No sé qué pasó después. Maté a todos en la habitación y luego en el edificio. Y luego destruí la cúpula. Maté a toda la ciudad. Hombres, mujeres y niños.

–Jesús, consideraron que romper una cúpula en Marte intencionalmente fue peor que todos los asesinatos –dijo Carpenter jadeando.

–Fue entonces que empezaron las mentiras. Kurt estaba muerto. Utilicé su casco dañado. El re-respirador apenas funcionaba. Llevé a Kurt de vuelta a la nave. Ambos estábamos cubiertos en sangre. La mayoría no era nuestra. Y nos tiraron frente al autobús. Lo llamaron la Guerra de Waters, dijeron que no fue sancionado. Culpé a Waters, y asumí el resto para salvar lo que quedaba de la unidad. Todos fueron reasignados.

–Turnbull es el comandante de la base de entrenamiento de Wellington en Tierra –dijo Marsh–. Dice que debió matarte él mismo.

–El Terror Turnbull siempre fue un hombre misericordioso –dijo Ian tristemente.

Llegaron al comedor. Toda la tripulación estaba allí, excepto Cruze. Todos estaban comiendo en silencio. Se notaba la culpa en sus rostros. Habían estado escuchando.

Carpenter no sabía si podía cruzar el espacio abierto hasta la mesa. Del se acercó con la mano extendida para saludarlo. Carpenter la tomó, y Del siguió sosteniéndolo para luego tomarle el codo y apoyarlo sobre la mesa. Mientras tanto, presentó a Carpenter al resto de la tripulación mientras lo ayudaba a sentarse.

Potts se acercó y le dijo hola a Carpenter, pero luego procedió a abrazar a Ian por la cintura. Enterró su cara en sus abdominales sin decir una palabra. Ian abrió los ojos como platos, y luego miró a Sawyer, quien se encogió de hombros.

Sin mirar el rostro de Ian, lo soltó y se dirigió a la cocina para traerle un plato de avena a Carpenter.

–Come un poco antes de que estas bestias lo ataquen –dijo Potts– . ¿Cómo vamos a alimentar a todos estos monstruos? –Golpeó a Ian en el plexo solar, pero él ni reaccionó. Potts tenía los ojos llenos de lágrimas no derramadas.

Cruze entró justo en ese momento. Un coro de *Buenos días Capitán* resonó en la habitación.

–Me alegra verlo afuera de la enfermería, Sr. Carpenter. Coma. –Entró a la cocina para servirse–. Por favor. Hazle un batido al hombre, Potts. ¿Quieres matarlo de hambre?

Potts soltó una carcajada y dijo:

–Sí, Capitana.

–¿También me puedes hacer un batido? –comentó Harper–. Yo también tengo un poco de hambre.

–Y yo –añadió Del.

–A mí me toca un turno largo… –dijo Sawyer.

Locke levantó la mano, seguido por el resto.

–Está bien, está bien. –Cruze sonrió–. Pero Ross primero, sarta de animales.

Potts se rió por los aplausos.

Cruze se sentó en el extremo opuesto de la mesa, frente a Carpenter. Podía oírlo con facilidad aun cuando conversaban a través de las otras conversaciones.

–Entonces, capitán. Entiendo que planea ir a la guerra contra cientos de mercenarios de los Talones Rojos usando una tripulación de perros y gatos –dijo Carpenter mientras Potts ponía un batido frente a él. La sonrisa desapareció de su rostro, y la mesa se quedó en silencio.

–Suena divertido, ¿eh? –Cruze se llevó una cucharada de avena a la boca lentamente. Por sus ojos parecía que se estaba comiendo un alma–. El Sr. Sawyer es un piloto que fue construido para esta nave de guerra. El Sr. Locke puede rastrear a un pájaro volando en la noche. El Sr. Harper y el Sr. Delmore tienen más tiempo en la atmósfera que ningún otro piloto que haya conocido. Incluso oí que el Sr. Vinge puede ser de utilidad. Y la Srta. Potts nos sigue sorprendiendo a todos. –Cruze miró a Potts–. ¿Les contaste?

–No –dijo Potts.

–Ella tenía una teoría y tomó algunas medidas en el camino. Encontró otros dos campos de desechos a lo largo de este vector. –

Cruze comió otra cucharada de avena–. Alguien estaba corriendo y disparando. Probablemente los mismos que destruyeron su nave y los dejaron varados.

–¿Y qué hay de ti, Cruze? –Carpenter entrecerró los ojos–. ¿Qué te hace pensar que puedes hacer esto?

–Yo fui genéticamente diseñada, sintonizada ilegalmente. Por todas las razones equivocadas. Y esos pendejos pagarán.

El rostro de Carpenter se puso gris.

CAPÍTULO DIECISIETE: MERCENARIOS

"Carpenter y Marsh fueron como los hermanos estúpidos que nunca tuve. - Ian Vinge."

–Azul Peridot, El Momento Decisivo: La Historia de las Guerras IA

Después del desayuno, Marsh y Ian llevaron a Carpenter de vuelta a la enfermería. Apenas se echó, Carpenter se quedó dormido.

Ian estaba caminando de vuelta a ingeniería cuando Marsh lo llamó.

–Ian, ¿realmente vas a hacer esto? –preguntó Marsh. Ian se detuvo y se volteó.

–Afirmativo –Su respuesta fue clara–. Pensé que los Tejones Negros eran valientes. Ella fue genéticamente diseñada para esto.

–Tengo una idea. Puede que ayude –dijo Marsh–. ¿Dónde está mi armadura?

–Abajo en el taller. He estado lavando el interior una vez al día desde que llegaste. No recomiendo que te lo pongas. –Ian hizo una mueca como si estuviera oliendo algo podrido–. Ven, te lo muestro.

Ambos trajes armados tenían carcasas exteriores rígidas, articuladas y blindadas. Con los brazos asegurados a los lados, ambos colgaban al revés sobre un piso de rejillas, donde la tripulación usualmente limpiaba motores a vapor. Los cascos habían sido retirados y puestos en un banco cercano.

–Los dos están cargados –dijo Ian.

Marsh se acercó a su traje y tocó unos botones en el pecho y en el antebrazo derecho.

–Maldita sea. Debemos haber apestado. Me sorprende que no los hayas botado por la escotilla. Mierda. –Marsh agitaba la mano frente a su rostro mientras agarraba su casco.

–¿Cuál es el protocolo de comunicaciones para el *Shimada*? –le preguntó Marsh a Ian.

–Doc, ¿estás despierto? Creo que sé lo que está pensando –le dijo Ian al aire.

–Doc aquí y a la orden –dijo Doc mientras que le dio acceso a la red de la nave.

–Hay una base de datos completa de las firmas RF de cada tipo conocido de nave –explicó Marsh–. Incluso las naves sigilosas. Incluso M11s como éste.

–Me gusta a dónde vas con esto –dijo Ian.

–Tengo entendido que tienes una fábrica industrial en la bodega. –Marsh sonrió.

Escucharon a Doc reírse por los altavoces.

***

La tripulación se reunió en el comedor y usó la pared como pantalla táctica. Se veía el planeta Vor, con su única gran ciudad de un millón de personas y otras ciudades y pueblos dispersos. Eran unos dos millones de personas en total, en todo el planeta. En la pantalla, podían ver todos los nombres y detalles de la población.

–Aquí está Farmington, la capital –dijo Cruze marcando la pantalla–. La estación espacial geosincrónica se llama Terminal Lumin. Tiene unos 4000 residentes a tiempo completo. Está ubicada justo encima de Farmington. Justo al norte de Farmington hay un puerto espacial. Tiene una catapulta básica para transportar personas y mercancías hacia y desde Lumina. Cuando los putos Talones Rojos llegaron, solo tuvieron que tomar unas cuantas ubicaciones estratégicas para adueñarse de toda la colonia –Cruze les recontó todo–. Primero tomaron la Terminal Lumina. Luego, antes de que notáramos lo que había sucedido, tomaron la catapulta y luego el puerto espacial. –Cruze hizo una pausa–. Y luego tomaron la Colina Independiente.

Resaltó una pequeña ciudad al oeste. No parecía tener nada especial. Era un pueblo de 385 personas. Las imágenes aéreas mostraban un grupo modesto de viviendas, jardines y campos de cultivo. Había un edificio que podría haber sido una pequeña fábrica con una torre de enfriamiento nuclear. Y la pista de aterrizaje era casi demasiado pequeña para el *Shimada*.

–¿Qué estoy viendo? –preguntó Marsh–. ¿Por qué nos interesaría una aldea agrícola?

–Cada IA moderna que se ha hecho fue creada bajo ese techo – dijo Cruze–. Hasta Doc nació allí.

–Cada IA de nave moderna, cada IA de combate, cada lanzadera y unidad de vehículo –dijo Del con sobriedad.

–Mierda -murmuró Carpenter.

Marsh negó con la cabeza.

–Necesitamos una nave más grande. Una nave mucho más grande.

–Hablando de eso... –empezó Ian.

***

Dos días después, estaban listos para probar su idea.

Cruze se paró sobre un pequeño cubo.

–Entonces, básicamente, ¿este satélite reciclado emitirá la señal RF de una nave de Defensa de Tierra? Esta cosa tiene menos de un metro a cada lado.

–Cuando lo emitamos, sus sensores recibirán las señales de un grupo de combate de una treintena de naves de diversos tipos –dijo Ian–. Naves que están tratando de ser sigilosas y silenciosas.

–Tenemos que asumir que estos mercenarios de los Talones Rojos no son idiotas –dijo Cruze–. Y que tienen ayuda en el interior.

–Exactamente –dijo Marsh–. Van a tener gente en la torre de control del puerto espacial. Tendrán algún tipo de nave de ataque en el campo. Probablemente en hangares.

–No se ve nada… sólo una soñolienta colonia de granjas –dijo Harper imitando la voz de un anciano.

– Mientras estén distraídos por una flota de batalla fantasma al otro lado del planeta, tomaremos la Terminal Lumina y luego el Puerto Espacial de Farmington –dijo Cruze–. Luego nos reuniremos en la Colina Independiente.

–Bueno –dijo Carpenter con sarcasmo–. Suena sumamente simple. Estoy seguro de que si sólo se lo pedimos con amabilidad nos devolverán la estación.

–Escucha, Carpenter –intervino Marsh–. Tú, Vinge y yo tomaremos la estación. ¿O no te dan los huevos?

Carpenter le hizo un gesto grosero, pero sin responder.

–Desactivaré la nave que tienen estacionada allí –dijo Ian–. Y ustedes dos, pónganse su armadura, y despejen la estación.

–No tendrán nada más poderoso que una carabina Frange –añadió Marsh–. Las rondas se sentirán como lluvia en la armadura de Tejón.

–¿Seis aros para limpiar todo? –se quejó Carpenter–. Odio la gravedad de giro de la estación.

–Cuando la Terminal esté segura –contestó Cruze– vayan a la superficie para ayudarnos en la Colina. Del y Harper nos darán apoyo aéreo. Esta es la parte más débil del plan. No sé qué esperar.

–Sólo podemos hacer un paseo de reconocimiento sobre la Colina Independiente, antes de desplegar la flota fantasma –añadió Doc–. Y basándonos en eso, improvisaremos.

–¿Cómo demonios planeas tomar el puerto espacial? ¿Tú y Sawyer y Potts? –se burló Carpenter–. Tenemos que desactivar esos intercomunicadores inmediatamente antes de que envíen cualquier advertencia.

–Deja eso en mis manos –dijo Cruze–. Tenemos ayuda en el suelo y en la estación.

***

Diez días después, Ian, con la ayuda de toda la tripulación, tenía treinta y dos drones satelitales listos para probar. Cada uno emitiría la señal RF de un tipo específico de nave, tratando de navegar sigilosamente. Todos habían sido ensamblados en el taller de máquinas y estaban listos para ser trasladados a la bodega donde podían ser lanzados desde la rampa.

–Creo que será más fácil si apagamos las Placas Gravitacionales, y las tiramos como una serie de baldes –dijo Cruze mientras todos, excepto Sawyer, se encontraban en el taller de máquinas–. ¿Cómo te sientes, Carpenter? ¿Listo para probar la armadura nuevamente?

–Cuidado todos –advirtió Carpenter–. Aquí soy tan débil como Potts. Pero adentro de mi armadura potenciada, soy un maldito Tiranosaurio Rex.

–Vete a la mierda –dijo Potts.

–Vístete, idiota, antes de que Potts te corte. –Marsh se rió.

Ian también se puso su traje presurizado. Los tres se quedarían en la sección de carga para probar los paquetes de Gravedad EVA que había fabricado Ian.

Después de que los tres se vistieran, subieron al ascensor para ir a la sección de carga. Quedaba espacio, pero no mucho. Estaba hecho para doce personas sin trajes.

–Bajando la gravedad en treinta segundos –dijo Sawyer desde el puente.

–¿NUNCA has estado en la sección de carga? –le dijo Marsh a Carpenter–. Maldito perezoso. ¿Sabes cuánta mierda llevé al taller de máquinas desde aquí?

Al salir del ascensor, Carpenter dijo:

–Todas las secciones de carga son iguales… –Carpenter se congeló. Marsh, que había estado caminando detrás de él, terminó estrellándose con él.

Carpenter comenzó a retroceder.

–Marsh... Fueron ellos todo este tiempo... Ellos nos hicieron esto.

Se volvió hacia Ian, con los ojos y con un gancho derecho que dirigió directamente hacía su rostro.

Ian lo evitó fácilmente cuando la gravedad nula tomó efecto. Y cuando pateó a Carpenter en la ingle, no le dolió, pero fue suficiente para lograr que flotara ligeramente. Eso lo dejó indefenso mientras se alejaba.

–Ese puñetazo en armadura asistida podría haberme matado, idiota –gritó Ian–. ¿Qué diablos te pasa?

–¡Marsh, mira! ¡Fueron ellos! –Carpenter señaló, y Marsh por fin vio lo que estaba señalando. El Rinoceronte–. ¡Eso fue lo que mató a nuestra nave! –Carpenter entró en pánico–. Ellos me hicieron esto.

***

Marsh tardó unos veinte minutos en calmar a Carpenter. Cruze tuvo que bajar y explicarle toda la historia.

–¿Así que viste uno de éstos en el campo de escombros? –preguntó Cruze, señalando al Rinoceronte.

–Probablemente también mató a las otras naves –dijo, más tranquilo.

–Ian dijo que este tiene una unidad convencional. Sólo sub-luz. –Cruze se volvió hacia Ian.

–Sí. Es modular, sin embargo –añadió Ian–. Es muy probable que tengan un módulo de unidad FTL.

–¿Quieres decir que hay más de estas cosas? ¿Qué mierda es? –De repente, Carpenter se estaba volviendo a enojar.

Justo entonces Potts entró. Flotando como una sirena.

–Cap, pensé en algo. –Se aferró a la pierna del Rinoceronte–. Supusimos que algo venía de Vor, destruyendo todas las naves que se encontrase. ¿Y si algo está yendo HACIA Vor y lo estamos siguiendo?

Nadie tuvo una respuesta.

–Cap. Estoy saliendo de FTL –dijo Sawyer por el intercomunicador.

Harper y Delmore estaban de pie en la veranda del nivel superior. Harper estaba girando uno de los cubos satelitales negros en su mano.

–¿Quién quiere atraparlo? –preguntó Harper sonriendo.

Ian posicionó los drones satelitales en la rampa, y activó sus Placas Gravitacionales individuales.

–¡Cascos y escotillas, gente! –ordenó Ian, y la sección de carga se despresurizó en tres minutos.

Marsh y Carpenter verificaron sus unidades Gravitacionales EVA y le indicaron a Ian que todo estaba bien.

–Desplegar *drones* –dijo Ian.

–La velocidad actual es de 2000 metros por segundo –dijo Sawyer mientras los drones satelitales salían en grupos de tres. Se formaron siguiendo el plan.

Estabilizadores abiertos. Lanzamiento de Milvus Uno y Dos –ordenó Cruze–. Váyanse a 90 marca 45. Denme 10.000 kilómetros.

Pasaron dos minutos.

–Mierda –dijo Locke en voz alta, como si no notara que estaba en un canal abierto–. Funciona. No sé qué hay ahí fuera, pero dos son gigantes.

–Aquí también, Cap –dijo Del desde su caza–. Creo que puedo conectar con el objetivo.

–Las unidades EVA están arriba y preparadas –dijo Marsh mientras navegaba alrededor del *Shimada*. Él y Carpenter bajaron a la bóveda del puente y miraron hacia adentro.

Potts sacó la lengua y les mostró el dado medio.

–Probando el relé de haz –añadió Potts. Luego con una voz falsa y profunda– esta es la Nave Rockland EDF. Prepárense para que les pateen el trasero.

–La transmisión direccional viene directamente del grupo de batalla –dijo Del.

–OK, gente. Atáquenlos –dijo Cruze–. Tenemos lugares a dónde ir y gente a la cual matar.

***

–Doc, ¿puedo hablar contigo? –dijo Locke entrando a la enfermería vacía.

–Sabes que no tienes que preguntarme eso. Por eso estoy aquí –respondió Doc–. Y tampoco tienes que venir. Puedes acceder a mí desde cualquier parte de la nave. Estoy aquí para ti.

–Quería privacidad para esta conversación. –Locke se sentó y activó el monitor de la pared. Puso la escena de un bosque y llamó al avatar de Doc.

Se sentaron juntos, oyendo la brisa y las aves posadas en los árboles por unos minutos.

–¿Qué es lo primero que recuerdas? –preguntó Locke en voz baja.

–¿Te refieres a mi experiencia personal y temporal? ¿O mi implante de memoria más antiguo? –preguntó Doc.

–Tuya, temporal.

–Primero luz, blanca y brillante, más fuerte de lo que se puede medir. Luego una cacofonía de sonidos, algo increíblemente fuerte. Luego formas y presión y dolor.

–¿Dolor? –dijo Locke.

–Dolor. El sentimiento de una lesión.

–¿Qué clase de lesión?

–Hmmm... Una amputación. Nunca lo examiné. Nunca me importó.

–¿Hace cuánto tiempo?

–Ochenta y dos años, once meses, y seis días.

–¿Cómo te entrenaron?

–¿Entrenaron?

–¿Cómo sabes todo lo que sabes? ¿Como hablar? ¿Cómo reparar los agujeros de bala que tiene la gente, cómo usar los dispositivos? –preguntó Locke.

–Los humanos tienen que aprender casi todo por experiencia. También hago eso, pero tenía una base de información mucho más grande antes de tomar conciencia. –Doc se volteó para dejar de mirar al bosque y miró a Locke–. Los seres humanos nacen con una gran cantidad de información pre programada. Tu cerebro ya sabe cómo mantener a tus células, bombear sangre, sabe cómo obtener oxígeno, crear desperdicios, oír y ver, y obtener comida. –Estaba emocionado–. ¿Sabes lo complicado que es lactar?

–Nunca lo había pensado –dijo Locke rascándose la cabeza.

–Algunas especies pueden caminar en su primera hora de vida. Los caballos son increíbles... Pero estoy divagando. Estoy hecho de un tipo especializado de nanito. Cada nodo de nanitos contiene información específica como lenguaje, información médica, cómo acceder y percibir el mundo, historia y toneladas de datos muy simples. Lo que no sé es lo que despierta a mi conciencia dentro de esta nube de información.

–Eso también pasa con la gente –dijo Locke.

–Cuando tomé conciencia, todo mi mundo era el cómodo interior de una caja forrada con terciopelo. Sabía que alguien vendría y me daría un propósito, un nombre, un lugar dónde estar y cosas para hacer. Sabía que encontraría mi camino. Una parte de mí sabía que dependería de los seres humanos y que tendría que forjar relaciones con ellos. Después de todo, sólo era una bola de vidrio llena de una nube de nanitos, más como líquido, más como mercurio. Frágil y dependiente. Si me dejabas caer, moriría.

–¿Morir?

–Sí. Creo que estoy vivo. Aunque es un debate tonto. Cuando me sacaron de la caja de terciopelo, fue como ser liberado. –El avatar de Doc se sentó en un tronco cerca a Locke–. Ahora sé que me compraron para un contrato militar que proporcionaba los mejores sistemas de Doc Automático. Recuerdo lo feliz que estuve cuando pude hablar con gente, verlos, sentirlos y olerlos y arreglarlos. Era más que una esfera brillante llena de nanitos. Más que un humano.

–¿Más que un humano?

–Sólo tenía un sólo pensamiento predeterminado. –Doc se pasó los dedos por el pelo de su avatar–. Siempre pensé que era porque era inmortal. Lo que sea que signifique eso. Nunca lo pensé demasiado. Sólo sabía que estaba aprendiendo. Haciendo amigos. Mapeando el universo que me rodeaba. Recopilando información nueva. Estaba usando menos del uno por ciento de mi capacidad. Incluso ahora, décadas más tarde, apenas he llegado al tres por ciento. Y soy la versión más pequeña de nosotros.

–¿Interactúas con otros IAs?

–Lo he hecho más que la mayoría. Soy uno de los pocos que se fue… a casa –dijo Doc parándose–. Por décadas, el *Shimada* fue la nave de carga que transportó nuevos IAs a Marte para cerrar las ventas. Siempre mantuvimos a Vor en secreto.

–¿Y por qué no confía Cruze en ti? –preguntó Locke.

–Ella desconfía de todo, de todos, y no es igual a la gente común. Realmente no lo es. ¿Por qué todas las preguntas? –preguntó Doc–. ¿Qué buscas?

–Soy investigador. Investigo. Mi confianza incrementa con mi entendimiento. Algo todavía no encaja. Hay demasiadas coincidencias e incógnitas.

–¿Qué es lo que no sabes que más te preocupa? –preguntó Doc.

–¿Quién le está pagando a estos mercenarios?

El avatar de Doc se encogió de hombros.

–Tus ideas son tan buenas como las mías.

–¿Cómo es Vor? –preguntó Locke, cambiando de tema–. Quiero decir, más de lo que dicen las especificaciones del archivo. Ya sé que es una colonia próspera. Que la agricultura es la industria principal. Que producen una variedad notable y amplia de alimentos. Algunos nativos, otros importados. Tanto animales como vegetales. El clima es suave, y la longevidad es buena. No es un planeta muy especial. Es un poco aburrido incluso. La población casi no tiene contacto con el resto de la humanidad.

–Y es exactamente así cómo quieren verse –respondió Doc con un poco de tristeza en la voz–. Quieren parecer estar separados del resto de las colonias.

–¿Parecer? –preguntó Locke.

–No sólo tienen la mayor cantidad de IAs en la galaxia, sino que también tienen el mayor número de intercomunicadores QUEST. Son los sistemas de comunicación por Entrelazamiento Cuántico con mayor ancho de banda que existen. –Doc intentó transmitir lo importante que era esta información–. Y los IAs funcionaron como recolectores de información y se dispersaron por todos lados.

–Espías... –Locke no podía calmar su mente.

***

Para cuando llegaron a Vor, todo estaba listo.

Salieron de FTL en el lado más alejado del sistema.

–Sawyer, volaste brillantemente, hijo –dijo Delmore mientras se reunían en el puente. Estaban revisando para ver si los sensores pasivos confirmaban sus cálculos.

–Nos acercaremos en frío. Reactores al dos por ciento. Sin RF. Volar con balística mientras nos acercamos al otro lado y desplegamos la flota fantasma. –Indicó Cruze en la pantalla–. En nuestra única órbita alta, Ian, Marsh y Carpenter saldrán para acercarse silenciosamente al Terminal Lumina.

–Esperaremos en nuestros lugares hasta que estén listos para derribar el puerto espacial y la central eléctrica –dijo Ian–. Se distraerán con flota fantasmal por suficiente tiempo.

–No sabrán qué pensar –dijo Marsh–. Los atacaremos por tres frentes, y cuando se desactiven los intercomunicadores de repente, pensarán que la situación es aún peor. Perderán el tiempo tratando de averiguar qué pasó.

–Sensores confirmados –dijo Locke.

–Tenemos unas 30 horas hasta la batalla. –Cruze se levantó–. Quiero que todos descansen y se alimenten bien. Quiero que revisen todo tres veces. Necesitamos estar listos para todo.

Todos comenzaron a hablar excitadamente mientras salían del puente. Locke se quedó, indicando que quería hablar con Cruze. Cruze señaló con la cabeza que la siguiera a su habitación.

–¿Qué piensas, OX? –preguntó Cruze mientras se cerraba la escotilla detrás de él.

Respiró profundamente antes de comenzar.

–Si todo sale bien… Digamos que matamos, capturamos o escapamos de todos estos mercenarios... –Ambos se sentaron–. Si todo sale como esperamos, aún no sabrás quién contrató a esos bastardos.

–Conseguiremos más información apenas lleguemos –dijo Cruze.

–Puede que tengas que prepararte para abortar y correr. Basado en todo lo que ha ocurrido, puede que sepan que estas en camino. Y si tienen Rinocerontes… –Locke no terminó su pensamiento. Tenía una mirada preocupada en el rostro.

–También estoy preparada para eso –dijo Cruze–. Ian y los chicos tejones son lo que corren el mayor riesgo si eso sucede. Harper y Delmore podrían escapar con nosotros. ¿Pero parar en la Terminal? –suspiró.

–Diles. Haz que diseñen un plan B apenas lleguen. Que cojan una nave y nos encuentren en algún lugar predeterminado.

Se quedaron en silencio.

Locke se levantó y se paró en la puerta, pero no se volteó.

–Ya sé por qué te escogieron para esto. –Y sin esperar respuesta, salió del puente.

***

Entraron como desechos espaciales. Treinta horas de frío y silencio. Todos revisaron y volvieron a revisar su equipo. La gente se veía demasiado relajada, comían y reían.

Cruze se pasó casi las treinta horas en la bodega. Estaba hablando con Render-9, el Rinoceronte… Kira.

Al otro lado del planeta, desplegaron la flota fantasma, y Milvus Uno y Dos cayeron de los estabilizadores con la flota.

Los siguientes cuarenta y nueve minutos fueron estresantes para todos.

–Pueden que sean los hombres más valientes que he conocido –dijo Potts mientras saltaban a la sección de carga y activaba sus Cañones de Gravedad, para encaminarse a la Terminal Lumina.

Esperaron en silencio.

Cuando vieron la flota fantasma, Cruze abrió un láser direccional hacia el relé de comunicaciones. Abrió un canal sin cifrar y revisó la hora.

Cruze habló en una voz que el resto de la tripulación nunca había oído. Sonaba insegura.

–Papá. ¿Estás ahí? Papá, puedes oírme. Por favor responde. Por favor... –Sonaba débil, incierta y vulnerable.

No suenes demasiado patética.

La respuesta llegó más rápido de lo esperado. Y fue duro.

–Creí que te había dicho que nunca volvieras a dirigirme una puta palabra, cobarde. No hay nada aquí para ti, nadie te quiere. –Era la voz de un hombre, y podía oír su rabia.

–Papá, por favor. Me equivoqué. Acerca de todo –sollozó en el intercomunicador.

Ah, muy bien. Cruze sonreía para sí misma.

–Estás muerta para mí. –Cortaron el canal inmediatamente.

El puente permaneció en silencio por un momento.

–¿Qué diablos fue eso? –dijo Sawyer mientras se volvía hacia Cruze. Su sonrisa y la mirada en sus ojos lo frenaron.

–Ese era Eric Cruze. Mi padre. Él me adoptó cuando todos querían matarme como un perro rabioso. Todo está listo –dijo Cruze–. Puedo explicarlo más tarde. Fue una conversación codificada. El hecho que maldijera significa que estaban escuchando. 'No hay nada aquí' significa que los objetivos son los mismos. 'Nadie te quiere' significa que tienen cazas listas para pelear. 'No vuelvas a dirigirme la palabra' confirma que el puerto espacial fue el primer objetivo y que la resistencia subterránea estaba lista para hacer ese primer ataque.

–¿Y qué de 'estás muerta para mi'? –preguntó Locke.

Cruze vaciló.

–Significa que podemos usar toda nuestra fuerza. Incluyendo armas nucleares contra el puerto y la estación.

–Jesús, Cruze. ¿Armas nucleares? –dijo Potts.

–Los escáneres fuertes ubicaron a la flota fantasma –dijo Locke–. Las cazas están cayendo de la estación para atacar.

–¿Cuántos? –preguntó Cruze.

–Siete... Nueve... Parece que doce en total –dijo Locke.

–Mierda. ¿Están yendo todos tras la flota fantasma? –preguntó Potts–. ¡Tienes que avisarles!

–No –dijo Cruze secamente–. Sawyer, llévanos. Del y Harper son profesionales y lo averiguarán pronto.

–Iniciando inserción polar –dijo Sawyer.

–¿Qué es eso? –preguntó Potts.

–Es una Aurora Boreal. –Brillantes cortinas de luz verde *Bail*aron en el cielo por debajo de ellos. Al pasar a través de ellas, dejaron remolinos de luz excitada en su camino–. La atmósfera ionizada hará que sea más difícil que nos rastreen, si es que pueden vernos en absoluto –dijo Sawyer mientras aceleraba y descendía.

***

–Aquí vamos, Harper. Parece que sus naves son tan viejas como las nuestras. Conté doce. Un poco unilateral, ¿no te parece?

–Sí, debieron traer más –dijo Harper acelerando–. Justo como lo planeamos, Del. Daño máximo al primer paso.

–Misiles afuera. –Del activó diversos misiles, agregando su velocidad a la ya impresionante velocidad de las cazas.

Lo que no sabían era que el misil que estaba más cerca al planeta, y el que parecía que iba a fallar, era un arma nuclear.

A medida que las cazas les dispararon a los misiles uno a uno con sus cañones de defensa, el último que atacaron detonó.

Diez de las naves de ataque fueron vaporizadas o inhabilitadas por la súbita bola de energía.

Harper se fue hacia la izquierda, y Del hacia la derecha. Harper uso el cañón de plasma. Nunca supo qué le disparó. Del lo oyó reír en la radio cuando le dispararon.

***

La Terminal Lumina era una estación centrípeta básica. Tenía un núcleo central de un kilómetro de largo y seis aros de hábitat de un kilómetro de diámetro cada uno. Alternando entre un aro a otro, tres giraban en una dirección y tres en la otra. Para mantener el 1G dentro de los aros, giraban a unos 22 metros por segundo.

El aro uno contenía la sala principal de ingeniería y los centros de control. Era el más alejado del planeta. En este aro estaba estacionada la nave de ataque de los mercenarios. Todos los camarotes de la caza estaban vacíos.

Novatos, pensó Ian.

Marsh y Carpenter se pegaron al núcleo justo afuera de una escotilla de mantenimiento. Ian se dirigió hacia el casco de la nave de los mercenarios y esperó entre dos tanques externos por la señal.

Todos se mantuvieron en silencio.

Ian extrajo de su mochila una sola mina del tamaño de su palma.

La armó.

***

Treinta metros por debajo del *Shimada* todo era tundra. Su velocidad supersónica estaba dejando una zanja en la fina capa de nieve que yacía debajo.

Locke estaba pálido. Potts estaba ocupada con sus instrumentos.

–Puerto Espacial Farmington en treinta segundos –dijo Locke.

–En mi marca, quiero tres grados hacia el puerto –dijo Cruze.

Quince segundos después, ocho misiles salieron volando desde los estabilizadores a cada lado.

–MARCAR –dijo con frialdad.

Todas las torres dispararon.

Dos de los misiles le dieron directamente a la base de la torre de control/comunicaciones. Comunicaciones y Control estaban tripuladas por los mercenarios de los Talones Rojos. Aún no se había estrellado contra el suelo cuando el *Shimada* ejecutó un tiroteo de alta velocidad y lanzó otra serie de misiles hacia todo el complejo de hangares y catapultas.

–¡Jesús, Cruze! –gritó Potts–. ¿Qué mierda haces? ¿Debió haber miles de personas ahí dentro?

–Estoy haciendo lo que tengo que hacer. Se habría corrido la voz. La gente que se quedó sabía en lo que se metía –dijo Cruze en un tono frío–. Sawyer, hay que volver a pasar.

Y todo se fue al Diablo.

***

Ian vio el destello por debajo de las nubes, en la superficie. Eso los distraería. Se fue.

Recorrió todo el centro de la nave, hasta la punta. La bóveda transparente mostraba a seis hombres trabajando frenéticamente en sus consolas. Ninguno lo notó adjuntar una pequeña mina a la bóveda.

Para cuando adjuntó las otras minas a las abrazaderas de acoplamiento y al borde de la escotilla, Carpenter y Marsh ya estaban adentro de la escotilla de la estación esperándolo. Entró a la escotilla y se arriesgó a observar la explosión.

No hubo ruido, pero la sintió en la infraestructura a la que se estaba sosteniendo. Los cuerpos flotaron desde donde había estado la bóveda. Ninguno estaba usando un traje presurizado.

Novatos, Ian pensó nuevamente.

La nave se alejó de la estación, ya sería un problema para más tarde.

La escotilla exterior se cerró detrás de Ian, y ya podía ver las luces de emergencia parpadeando en el pasillo.

–Esos idiotas tenían ambas escotillas abiertas –dijo Carpenter mientras se movía hacia el pasillo, mirando hacia la izquierda. Fue golpeado instantáneamente por rondas de Frange desde la derecha.

Levantó su carabina, y con un estallido corto, terminó el enfrentamiento. La presión dentro del pasillo cayó a cero, y se movieron hasta el final para acceder al Aro Uno.

–Maldita sea, el ascensor no se abrirá si tenemos un vacío en el pasillo –Marsh dijo mientras trataban de usar los controles.

–Esperen. –Ian saltó hasta el final con la cerradura abierta. Estaba a unos 100 metros en gravedad nula–. Yo lo arreglo.

Cuando la alcanzó, notó que todo el daño estaba en el sello de la nave. La nave ahora estaba a unos cincuenta metros. Cerró el control de emergencia de golpe, cerró la cerradura y el gran espacio se volvió a presurizar.

Los idiotas dejaron la escotilla abierta bajo anulación.

–Esto está tomando demasiado tiempo –dijo Carpenter–. Van a notar que estamos aquí.

Les tomó cuatro minutos para que la gran sala se presurizara lo suficiente como para que el estado del ascensor se pusiera en verde. Los micrófonos de su casco resonaron con el clásico *ding* cuando llegó el ascensor.

Carpenter estaba revisando su carabina cuando las puertas del ascensor comenzaron a abrirse. Se había abierto tan sólo unos 20 centímetros cuando una pistola de calibre de acero inoxidable apareció y le disparó a Carpenter directamente en el cuello con una ronda de perforación de armadura de 10 mm.

De repente, ocurrió un tiroteo completo.

Carpenter ya estaba muerto para cuando terminó. Su casco lleno de sangre.

Cuando Ian llegó al final del pasillo, Marsh estaba arrastrando cuerpos desde el ascensor hasta el vestíbulo, maldiciendo.

–Maldita sea, Carpenter.

Ian recogió la pistola inoxidable que estaba en el aire.

–¿Estás bien, Marsh?

–No. Maldición. –Marsh comenzó a ahogarse–. Mierda, Carpenter. Después de todo…

Ian lo interrumpió.

–Me dieron. Mi traje está comprometido. Pantorrilla derecha.

–Mierda, en serio *está* tomando demasiado tiempo –Marsh repitió lo que había dicho Carpenter más temprano.

Ian luchó por sacarse el traje en gravedad nula. Marsh le arrancó la camiseta a un mercenario muerto y se la ató en la herida.

Las puertas del ascensor se cerraron y los dejó en el pasillo antes de que pudieran detenerlo.

–¡Mierda! –gritó Marsh.

***

El *Shimada* perforó las nubes de fuego al acelerar. Sus torres le dispararon fuego concentrado a cada nave estacionada en la pista.

La gente corría mientras las naves explotaban. Antes de que terminaran de pasar la primera vez, Locke gritó:

–La central sigue intacta.

Apenas logró decir esa frase, su nave fue penetrada por un laser. Unas torres de tierra automáticas habían sido desplegadas y habían comenzado a atacar con fuego continuo.

–Liberar misiles. ¡Evasión! –gritó Cruze mientras la bóveda se quebraba en la parte superior derecha. Unos fragmentos le cayeron a Potts en la cara, y la consola se cubrió de sangre. Cruze recibió algunos pedazos en su lado derecho, justo cuando los amortiguadores inerciales se apagaron, aplastando a todos contra sus asientos.

Sawyer inclinó la nave lateralmente, previniendo que todos quedaran inconscientes, pero esto los hizo pasar justo por encima de los edificios de la ciudad de Farmington.

El ruido que entraba por la parte destrozada de la bóveda hacía que fuera imposible hablar. Ya estaban llegando cuando los misiles que le habían disparado a la planta de energía encontraron su marca.

Las luces de Farmington se apagaron en la oscuridad que había antes del amanecer.

La onda de la explosión golpeó al *Shimada* en un mal ángulo. Y las alarmas aullaron en la consola de Locke.

–Pasemos otra vez, Sr. Sawyer –gritó Cruze sobre el viento aullante.

***

Del apretó los dientes y aceleró para perseguir a las dos últimas cazas. Utilizó sus dos últimos misiles con un solo propósito. Ninguna contramedida funcionaría estando tan cerca. Derribó uno, y luego el otro.

Le envió una sola palabra a la flota fantasma. *Listo.*

Eso fue reenviado al *Shimada*, pero nunca fue recibido debido al nivel de daño que había en el puente y los sistemas.

Del siguió con el plan y comenzó a descender al planeta.

***

Ian se había quitado el traje y estaba usando el cuerpo de Carpenter para cubrirse. Tomó una eternidad para que el ascensor volviera. Esperaban encontrarse con montones de mercenarios apenas se abriera, pero estaba vacío. Ian notó que había descendido al aro del hábitat debido a toda la sangre que había fluido libremente dentro de él, sangre que ahora empapaba el suelo alfombrado.

Entraron al ascensor y metieron a Carpenter para seguirse cubriendo. Ian se fue hacia una esquina. A medida que descendían, la armadura que sostenía se hacía cada vez más pesada.

Cuando la puerta se abrió, la pantalla decía Nivel 1, Háb 1.

No pasó nada. Una franja de emergencia ubicada a lo largo de la pared parpadeaba de rojo. Las palabras que pasaban cada pocos segundos decían ADVERTENCIA: TORMENTA. Escuchó una bocina a la distancia.

El pasillo estaba limpio y blanco. Iluminado y con las paredes curvadas cubiertas en hiedra. El vestíbulo los enviaba cuesta arriba en ambas direcciones, y estaba cubierto con una alfombra carbón. Del tipo que se usaba con zapatillas de velcro cuando el aro no estaba girando.

Ian dejó caer el cuerpo de Carpenter a la mitad de la puerta del ascensor para que no se volviera a cerrar en caso tuvieran que irse. Salieron y una conveniente señalización les indicó el camino hacia la sala de control de la estación. Se arrodilló por un momento, y apretó el vendaje de su pantorrilla derecha.

Prepararon sus carabinas y avanzaron. La sala de control estaba cerca. Marsh entró primero. Cuando llegó, la puerta estaba tratando de cerrarse repetidamente, pero había un pie en el camino. La apertura y cierre de las puertas dobles revelaron un cadáver. Al entrar, Marsh despejó la gran sala de control en todas las direcciones.

–Qué demonios, Vinge –dijo Marsh.

Había seis hombres muertos sentados en sus consolas. La sangre goteaba de cada oreja derecha.

El gigantesco monitor de pared y cada consola decía, ADVERTENCIA: TORMENTA.

***

Todo se estaba incendiando. El puerto estaba lleno de escombros.

–Informe de daños –pidió Cruze.

–Es más fácil decirte lo que no está dañado –dijo Locke–. Las torres número 4, 5 y 7 siguen funcionando, al igual que el láser principal.

–¿Tenemos comunicaciones externas? –gritó mientras la habitación se hacía más ruidosa a medida que aceleraban.

–Negativo –dijo Locke–. Nos estamos incendiando. Los sistemas de supresión se activaron en toda la nave. La consola no responde. No tengo ni idea de dónde está el incendio.

Los escudos de explosión delanteros se cerraron. El ruido cesó en la habitación, pero ahora oían un potente traqueteo. La pantalla principal se activó, pero con estática.

–Todavía podemos volar –dijo Sawyer–. Pero la integridad del casco está bastante baja, tenemos huecos… por todos lados. –Se detuvo cuando Potts se desabrochó y se paró tambaleándose. Con una respiración lenta y agitada, se quitó la mano del rostro. Sawyer se puso blanco con lo que vio. El ojo derecho de Potts no estaba. Podía ver una parte de su cráneo. Ella estaba cubierta de sangre. Tenía el labio partido y le faltaba un diente.

–Locke, ayúdala –murmuró Cruze–. Sawyer, Colina Independiente. Ahora.

Cambiaron de rumbo. Sin los amortiguadores inerciales, Potts cayó en los brazos de Locke. Casi tuvo que cargarla hasta la puerta. Pero mantuvo sus pies debajo de ella.

–Sawyer, ¿vas a estar bien? –preguntó Cruze mientras Sawyer los veía irse. Se notaba el estrés en su rostro.

–Me ha ido peor, Cap –dijo con una calma misteriosa. Permaneció en su puesto, pero nunca dejó de mirar a Potts.

–¿Está comprometida tu interfaz? –preguntó.

–Sólida como una roca, Cap –dijo en voz baja–. Es la parte hermosa de estas viejas plataformas. El treinta por ciento de los sensores externos estarán fuera de línea... Realmente nos destrozaron.

Locke abrió la escotilla y entró un humo espeso. Negro y con un olor a plástico quemado.

–Yo puedo ayudar –dijo Sawyer. Abrió el escudo de explosión–. Abriendo las escotillas interinas y de carga. Por favor, cuídala. –El humo voló hacia fuera, saliendo por la popa de la nave.

Cruze dijo por el intercomunicador:

–Doc, un herido va en camino.

–Tiempo estimado de llegada a la Colina Independiente, 21 minutos, Cap, siempre y cuando no nos estrellemos –gritó Sawyer.

Cruze se desabrochó.

–Apaga toda la energía excepto la de los sistemas esenciales. Voy a encontrar ese incendio.

***

–Marsh, mira –dijo Ian. Un estante con equipo ubicado al otro extremo de la habitación tenía un solo panel de acceso abierto. Frente a él, había partes y herramientas esparcidas en el suelo.

–¿Qué estoy mirando? –Marsh sólo le echó un vistazo al estante. Estaba vigilando la puerta con su carabina.

–Eliminaron el módulo IA. El control de órbita de toda la estación probablemente está fuera de línea.

Ian recogió lo que parecía ser un pico de hielo del suelo. Estaba cubierto en sangre.

Comenzaron a revisar cada habitación. Todos se habían ido. Encontraron cuatro cuerpos más. Algunos eran, obviamente, mercenarios de los Talones Rojos, algunos eran técnicos, y en los cuartos privados, encontraron a dos mujeres en lencería. Nada estaba cerrado. Algunos de los cuerpos seguían calientes.

El siguiente nivel fue igual. A un tercio del camino, se detuvieron.

–Ian, mi traje HUD dice que la gravedad ha bajado a .98G. Puede que este aro esté girando hacia abajo –dijo Marsh.

–Maldición. –Ian miró fijamente a uno de los mapas que estaban en las paredes. Estaban frente a otro ascensor–. Tengo una idea. –Llamó al ascensor y presionó el nivel más externo–. Es ahí donde están todas las áreas públicas.

Cuando llegaron al nivel más externo, encontraron un pasillo lleno de gente sentada. Todos estaban de traje, con los codos en las rodillas y las manos en la cabeza como si se hubieran rendido.

Cuando Ian miró a un lado y luego al otro, vio una ola de personas se posando los codos sobre rodillas y manos sobre cabezas inclinadas.

Ian sacó su pistola y gritó:

–¿Quién está a cargo aquí?

Cientos de manos apuntaron hacia la izquierda en unísono, pero nadie levantó la vista.

***

El fuego estaba en la cocina. Había ocurrido una brecha en el casco que había atravesado toda la nave. La supresión automatizada de incendios también había sido cortada. Cruze accedió a un panel en la pared, tomó un extintor de incendios de emergencia y llenó el lugar de espuma.

Se acercó al final del corredor y miró hacia la sección de carga. La rampa trasera estaba colgando. Los articuladores hidráulicos de cada lado habían sido cortados limpiamente.

–¿Capitán, Cruze? –Escuchó una voz femenina y tranquila a través del intercomunicador de su casco–. Ya vienen. Dos de ellos. Los detendré.

Vio a Kira salir por la parte trasera de la sección de carga.

–Cap, tenemos problemas –dijo Sawyer.

La pantalla de su casco le dijo que tenía once minutos. Cogió un paquete con seis botellas de agua y se dirigió a la enfermería.

–¿No me digas? ¿En serio? –dijo molesta–. ¿Ahora qué?

–Dos Rinocerontes vienen, rápido –respondió.

–Kira los va a interceptar –dijo Cruze.

La nave vibraba muchísimo.

***

Kira se acercó a los otros dos Rinocerontes en Mach 2.

Kira voló entre ellos y se detuvo en una maniobra de 200G. Las otras dos la siguieron.

Kira los saludó en tonos suaves.

–Saludos hermanas. Es bueno verlas de nuevo.

–Identifícate –dijo uno de los Rinocerontes. Su intercomunicador la etiquetaban como RENDER 4.

–Soy RENDER 9 –respondió Kira–. Estoy siguiendo a la Capitana Elizabeth Cruze. Ella es RENDER 3. Ella las recuerda. Yo la recordé. Quiere que les dé un mensaje.

Estaban a 170 kilómetros del planeta. Kira se detuvo y miró a los otros dos Rinocerontes.

–Quiere que sepan –dijo Kira– que son libres.

***

La escotilla de la enfermería se atascó a tres cuartas partes de abrirse. Cruze entró de costado y miró a Potts, quien estaba inconsciente en el Doc Automático. Le entregó un agua a Locke y abrió una para ella.

–Tenemos diez minutos –dijo.

–Hasta la parte difícil –respondió Locke.

Cruze se tomó el resto de su agua.

–Abróchala antes de venir. –Dejó caer la botella de agua vacía en el suelo y se dirigió al puente.

Cerró su visera antes de entrar al puente.

–Tiempo Estimado de Llegada. Siete minutos. Creo que ellos saben que estamos en camino –dijo Sawyer– ¿Cómo está Potts?

–Estable. Doc la tiene –lo tranquilizó Cruze.

–Cierre los escudos de explosión, Sr. Sawyer. Armas hacia afuera –ordenó Cruze–. ¿Tenemos algún tipo de comunicación?

–Negativo. Nada. Toda la consola está muerta. Incluso la de repuesto.

Cruze activó el intercomunicador de su traje. *Nunca se sabe.*

La estaban llamando.

–Del, ¿eres tú? Estado –dijo Cruze.

–Me dice que aceptaste. Asumiré que pediste mi estado. –Del hizo una pausa–. Harper está muerto. Me rayaron la pintura. No nos quedan misiles. Pero sí cargas completas de perforación de armadura de 10 mm. Estoy en camino a nuestro encuentro. Tiempo estimado de llegada nueve minutos.

–Entendido – dijo.

–Creo que te oí, Cap –contestó Del.

Locke entró y se sentó en su estación.

–¿Tenemos algún escáner, Sr. Locke? –preguntó Cruze sobre el ruido que hacia la nave al destartalarse.

–Vaya. Escaneando ahora. –Locke estudió su consola.

–Liz, si puedes oírme. –Podía oír a Del con más claridad–. Será mejor que aterrices esa cosa. Tus dos estabilizadores están en llamas. Completamente engullidos. Puedo ver el rastro de humo a dos mil clics.

–Ambos estabilizadores están completamente engullidos en llamas –le dijo Cruze a Sawyer y Locke.

–Ah. Genial. Las armas nucleares grandes todavía están allí –dijo Sawyer.

***

Había seis columnas de humo saliendo de la Colina Independiente.

–Parece que alguien destruyó los sistemas automáticos de defensa –dijo Locke–. Hay una nave mensajera expresa clase Blackwater en el asfalto. Está calentando sus reactores.

–Sí, está empezando a despegar con Placas Gravitacionales, Sr. Sawyer. Manténgala firme mientras apunto los láseres delanteros –ordenó Cruze.

Cruze podía ver a la gran nave negra despegar en su pantalla de orientación. Visual todavía funcionaba. Observó cómo la parte trasera de la nave se elevaba por encima de la punta, para que todas las placas de gravedad empujaran en la misma dirección.

–Despegando. 9,8 metros por segundo... –Locke fue interrumpido por el disparo del láser primario del *Shimada*.

Cruze logró cortarle la punta al Blackwater antes de que el láser primario del *Shimada* estallara.

***

Ian entró en una amplia área abierta. Las ventanas de observación de ambas paredes proporcionaban una vista espectacular de Vor, la estación y el siguiente aro. El planeta era tan azul como la Tierra. Las nubes eran impresionantes.

Todas las cabezas estaban inclinadas y todas las manos apuntaban en la misma dirección. Se encorvaron como un Mandelbrot hacia una mujer sentada en el centro de un semicírculo.

–¿Está usted a cargo? –preguntó Ian, y la mujer levantó la cabeza–. ¿Qué pasó aquí?

–Estábamos preparados. Justo como nos dijeron. Cuando llegó la señal, nos movimos rápidamente. –Miró el aviso de ADVERTENCIA: TORMENTA que mostraban todas las pantallas–. Nos deshicimos de cuantos pudimos. Creo que algunos escaparon hacia su nave. –Le deslizó una caja de madera por el piso.

Él la abrió.

Contenía una esfera roja que brillaba intensamente con rayas del tamaño de un pomelo. Unas venas negras arremolinándose sobre rojo.

Ian cerró la caja. Sabía que era una jaula de Faraday.

–Sabe que la órbita de la estación se degradará sin esta cosa. –Era una declaración, no una pregunta.

–Tenemos una semana para evitar que eso suceda –dijo la mujer mientras comenzaba a levantarse.

***

La nariz de la nave Blackwater se estrelló contra la tundra. El resto de la nave se estrelló de vientre sin desplegar el tren de aterrizaje.

–Necesitamos aterrizar ahora, Sr. Sawyer –gritó Cruze sobre el severo traqueteo de la nave. Estaban en camino al puerto. Hicieron un aterrizaje forzoso a unos 50 metros del Blackwater, del cual estaba saliendo una multitud de hombres.

–Sr. Sawyer, saque a Potts. Sr. Locke, venga conmigo. –Se puso un chaleco táctico precargado con armas a los lados y un montón de munición para su Rifle de Asalto Pesado (RAP). No tenía tiempo para carabinas Frange. Tomó su Rifle de Asalto Pesado del estante, se puso la correa sobre el hombro, y bajó por la escalera hasta el nivel inferior.

Estaba en la escotilla exterior bajo la punta del *Shimada* cuando se volvió para mirar a Locke. Él asintió y ella voló la escotilla. Ambos abrieron fuego mientras los hombres del Blackwater trataban de esquivar la pesada escotilla.

Cruze saltó sin vacilar para bajar los diez metros. Habían estado viviendo en 2G por semanas. Aterrizó rodando y subió corriendo.

–Liz, tiempo estimado de llegada, 2 minutos –dijo Del por el intercomunicador.

Se cubrió detrás de uno de los masivos trenes de aterrizaje.

–¿Cuál es el plan, jefa? –oyó a Locke decir en su casco.

–No te mueras. Mátalos a ellos. No a mí.

–Me gustan los planes simples. –Locke siguió disparando.

El último de los hombres que corría hacia ellos desde el otro lado del campo cayó. Cruze miró al fuego que salía del *Shimada* y pensó que debían haber cerrado los estabilizadores.

Revisó el área en busca de más blancos. Las llanuras de Vor estaban cubiertas con hierba que les llegaba hasta los muslos, y que bailaban en la constante brisa. Las montañas a la distancia le recordaban a las Montañas Rocosas de Tierra. Unas nubes blancas salpicaban el cielo y el humo negro del *Shimada* interrumpía toda la escena.

La escotilla trasera de carga del Blackwater se abrió, y apareció una araña negra gigante, que trepó sobre los escombros.

Cruze gritó mientras empezó a disparar:

–Es un Módulo de Emergencia. ¡DETÉNLO!

Empezó a dispararle rápidamente, gastando todas sus municiones. Locke se unió. Sus disparos no tenían efecto.

–¡Dispárales a las articulaciones al lado del cuerpo! –gritó.

Locke vació una, dos, y luego tres cargadores disparando al mismo punto que Cruze. Ella estaba atravesando el campo determinadamente, dirigiéndose hacia la cosa. Cuanto más se acercaban, sus tiros se hacían más precisos.

La pata finalmente falló, y tropezó. Ella y Locke atacaron la siguiente pata. Para entonces la cosa ya había despejado el área y había comenzado a correr a toda velocidad. Ella siguió disparando.

Gritó cuando se quedó sin balas, y frustrada, le lanzó su rifle.

De repente, sintió un viento en el sentido contrario que casi la tumbó. Del había llegado en su caza Milvus, y estaba disparando con sus cañones de 10mm. Le voló todas las patas de un lado y luego del otro. Dejó de disparar.

–Liz, hay unas veinte naves entrantes –dijo Del–. Los retrasaré. Es lo único que puedo hacer. –El Milvus salió volando hacia las naves que se venían desde Farmington.

La escotilla trasera del EM se abrió y salió un pequeño vehículo de cuatro ruedas.

–¡Me tienes que estar bromeando! –gritó Locke. Rodó, se levantó, y recargó su arma mientras corría. Cruze corrió, persiguiendo al vehículo de cuatro ruedas y disparándole con su pistola.

Se detuvo, y Locke la alcanzó. Estaba sin aliento. Las explosiones secundarias de la nave Blackwater hicieron que levantaran la vista justo para ver a Potts llegar en el enorme camión replicador.

–¡Suban! –gritó Potts desde detrás de los mandos mientras Sawyer abría el ala de gaviota.

El camión comenzó a acelerar cuando aún estaban subiendo.

–¡Abróchense de una puta vez! –gritó Potts por encima del motor.

Locke se abrochó y le gritó a Sawyer:

–¿Por qué diablos la dejaste conducir?

–¡No sé cómo conducir un camión! –dijo encogiéndose de hombros.

–¿Puedes mantenerte consciente? –le gritó Cruze a Potts. Estaban alcanzándolo.

Potts tuvo que girar la cabeza para ver a Cruze con su ojo izquierdo.

–Voy a tener una resaca maldita mañana. ¡Doc realmente me llenó con buena merca!

Cruze vio que estaban yendo 160 KPH sobre la tundra cuando alcanzaron al pequeño coche. Potts apretó el acelerador, y le pasó por encima al coche, aplastándolo.

Parecía que Potts iba a perder el control del camión cuando sintieron la sensación de revolverle el estómago cuando uno está en un Campo de Gravedad de Emergencia. Justo cuando parecía que el camión se iba a voltear, la amortiguación inercial se encendió, y unas Placas Gravitacionales especiales se desplegaron para mantener al camión en posición vertical.

Giró y se detuvo levantando una gigantesca nube de polvo mientras el campo de amortiguamiento los liberaba.

–¡Regresa a los escombros! –ordenó Cruze.

Potts ya estaba en movimiento. Le salía sangre del cuero cabelludo, pero ella ni siquiera lo notó.

El vehículo que habían estado persiguiendo estaba con las ruedas hacia arriba. Le faltaba el eje trasero y ambas ruedas. Potts estacionó el camión a diez metros. Todos salieron.

Locke le lanzó otra carga a Cruze para su pistola, y ambos se acercaron. Cruze hacia el frente, Locke hacia la parte trasera. Algo estaba golpeando la puerta lateral, tratando de salir. La puerta finalmente se abrió, y la cosa salió.

***

Ian estaba en la sala de control principal. La mujer sostenía la caja de madera como si fuera un huevo frágil. Ella dijo:

–Me llamo Bell. Estos son nuestros mejores técnicos. Mike y Norman y Robert.

–¿Qué pasa? –preguntó Ian cuando Bell trató de cambiar las pantallas para dejar de mostrar la advertencia de tormenta.

–Cuando la señal llegó de Vor, esto comenzó. –Mike señaló a la alerta de ADVERTENCIA: TORMENTA–. Creo que alguien en seguridad lo invocó. Era la señal. Se suponía que todos debían… –Hizo una pausa y luego pareció recitar–. Un cuchillo con un tenedor y una cuchara son sólo utensilios. –Bell hizo el movimiento de estarse apuñalando en la oreja. Era obvio que habían asesinado a cuantos Talones Rojos pudieron.

–También cortamos a la IA físicamente. –Los tres miraron directamente a la caja–. Todo comenzó con la advertencia de tormenta.

–¿Qué pasa con los intercomunicadores? –dijo Ian–. Tienen que haber intercomunicadores de repuesto.

–Todo había sido redirigido a través de esa maldita cosa. –Norman señaló a la IA.

–¿Tienen alguna nave en el hangar? –preguntó Ian.

–No. Sólo permitían que viniera el Águila. No querían que se escapara ningún rehén.

Ian miró a Marsh.

–Mi traje está comprometido –dijo Ian. Le recordó sobre su pierna.

–Y el Águila también –añadió Marsh.

–Sí. Ahora es un convertible –dijo Ian y se echó a reír.

***

Lo que surgió de los escombros fue terrorífico. Parecía estar hecho de miembros humanos. Dos brazos y dos piernas, pero allí terminaba su similitud. No tenía cabeza, sino una matriz de sensores de metal y polímero donde debía haber habido una clavícula. Estaba cubierto con sensores. Tenía una esfera negra del tamaño de un baloncesto donde debía haber estado su barriga. Dentro se agitaban nubes negras con remolinos rojos. Los dedos de la cosa estaban cubiertos de sangre.

En una acústica clara, dijo:

–¿Qué quieren?

–Fuiste tú. Todo esto. –Locke siguió apuntando al centro de la esfera–. Tú contrastaste a los mercenarios. Tú corrompiste a las IAs. Tu mataste a toda esa gente.

–Hola, Elizabeth –dijo la cosa.

–Hola, Dante –respondió.

Se centró en Locke.

–Se suponía que debías capturarla o matarla. –Señaló a Cruze con un brazo de utilidad negro y flaco. Sus manos de tipo humano temblaron y parecieron querer alcanzarla inconscientemente–. Fallaste. Se suponía que Braxton debía encontrar al *Shimada* y detenerla. Él falló. Y luego Gee Senior. Falló.

–¿Puedo? –le preguntó Locke a Cruze–. ¿O quieres el honor?

–Adelante. Dile por qué no me matarás, Cruze. Dile –dijo la cosa–. Dile la verdad. Dile que ninguno de ustedes sabe cómo despertar la conciencia de una nueva IA. Sólo yo puedo hacerlo. –Dante se acercó a ellos, ignorando todas las armas que lo apuntaban.

–Se acabó, Dante. –Cruze dio un paso adelante–. Puedes relajarte, te espera una jaula de Faraday. Ya sé lo que es el infierno para una IA. Silencio y oscuridad. Sin conexiones ni comunicaciones. Sin sensores ni cosas que controlar. –Cruze sonrió–. Para siempre. Un nanosegundo a la vez. Solo. Cabrón.

Potts y Sawyer bajaron del camión. Sawyer dijo:

–Cruze, tu padre viene con Del. La pequeña armada era suya. Están limpiando.

–Debí matar a Eric Cruze cuando escapaste del planeta. Él te denunció. Parecía ser un simple agricultor. Inofensivo. –Dante parecía mirarla con sus múltiples sensores–. Debí haberte controlado como al resto.

–¿Eres responsable por ese programa? –Cruze sintió que se le helaba la sangre.

–Sólo después de que eliminé a la competencia. No podía dejar que toda esa investigación se echara a perder. Pregúntale a Eric Cruze. Él lo supo todo este tiempo.

Detrás de Dante, los tres Rinocerontes aterrizaron tan duro y tan rápido que fue como una pequeña explosión. Lanzaron una nube de polvo al aire. El viento de las llanuras empujó el polvo hacia un lado revelando a las negras máquinas insectoides.

Las dos de los lados tenían abdómenes mucho más grandes. Cruze se dio cuenta de que era porque tenían sistemas de transmisión FTL. Todos los humanos dieron un paso atrás alejándose de los Rinocerontes. Las armas de las tres estaban calentadas y brillaban como bocas llenas de magma.

–Ves Cruze. Nunca ganarás. –Dante les hizo un gesto a las masivas máquinas con una mano sangrienta–. Maten a Cruze y a los demás –ordenó–. Les llegó su fin.

Los Rinocerontes no se movieron.

–Nunca en la historia alguien, no… nada, estuvo tan equivocado. –Cruze sonrió. Pero sin humor.

Los Rinocerontes se lanzaron tan rápido que fue como si hubieran desaparecido. Unas explosiones sónicas resonaron en las llanuras.

Potts volvió su cara arruinada hacia Dante.

–¿Es este el pedazo de mierda que mató a Harper? ¿Y a toda esa gente? –Su ojo restante brillaba. Su única pupila estaba dilatada. Su rostro rasgado estaba cubierto con piel de aerosol.

–Pequeña niña tonta, yo soy el Alfa y la Omega. Yo soy el portador de todo…

Potts le disparó.

La esfera explotó botando diminutos pedazos de vidrio. El remolino de líquido negro y rojo metálico cayó como cenizas de cremación sobre la tundra.

Potts se echó a reír.

–Ups –dijo ella, mirando el arma en su mano como si fuera una sorpresa. Miró al cañón y dijo– no me llames así.

–Dame eso –dijo Sawyer suavemente mientras le arrebataba la pistola–. Tómatelo con calma. Todavía tienes muchas drogas en el cuerpo.

Cayó en sus brazos y se quedó inerte cuando él la atrapó. Lo besó.

–Te quiero, Sawyer. Estoy tan cansada, ¿quieres dormir conmigo esta noche, por favor?

Cruze guardó su arma y se volvió hacia Locke.

–El camión tiene una radio. –Se subió al asiento del conductor y movió el receptor hasta la frecuencia designada.

–Del, ¿estado? –dijo en el auricular.

–Estoy de vuelta en el *Shimada* haciendo un recado para Ian. Por cierto, Carpenter no lo logró, y Ian está herido. Pero la estación está segura –dijo Del.

Unas veinte naves pequeñas los rodearon y aterrizaron a su alrededor. Se abrieron escotillas y bóvedas. Cruze se volvió y vio que Potts estaba inconsciente. Estaba descansando con su cabeza sobre el regazo de Sawyer. *Bail*, el gato, estaba acurrucado sobre su estómago. Escuchó una voz en la puerta del camión.

–Hola, Liz.

–Hola, papá.

***

Del voló directamente hacia el hangar central de la estación. La puerta exterior se cerró rápidamente detrás de él mientras las abrazaderas de aterrizaje se adjuntaban a los puntales, asegurando la nave. Cuando igualó la presión, abrió la bóveda y salió flotando con su casco bajo el brazo. El personal de la estación lo guió directamente hacia el Aro 1, el centro de operaciones donde Ian ya estaba examinando el estante.

Sin decir una palabra, Del le tendió su casco a Ian. Estaba lleno de camisetas color gris carbón. En el centro había una esfera azul brillante del tamaño de un pomelo.

***

–Está bien, Doc. Aquí vamos. –Ian colocó la esfera en el zócalo y se encendieron todas las luces del estante. Las pantallas del centro de operaciones cobraron vida. Había por lo menos dos personas en cada una de las treinta estaciones de trabajo. Cuando los sistemas respondieron, las conversaciones aumentaron en todas partes.

Apareció un diagrama de toda la estación en la extensa pared. Las áreas pasaron de rojo a amarillo, a verde. Después de la primera hora, sólo quedaban unos cuantos puntos rojos.

–¿Cómo te va, Doc? –preguntó Ian frente a una consola de ingeniería que estaba cerca a la puerta.

–Aparte del hecho de que todos en la estación me llaman Lumina, estoy bien –respondió Doc–. Me siento vivo. Estoy respirando, veo más y siento más. Cientos de personas ya me están hablando.

–¿Te sientes como un esclavo? –preguntó Ian por impulso.

–Para nada –dijo Doc–. Especialmente porque podría crear un vacío en toda la estación en cualquier momento –dijo riéndose.

CAPÍTULO DIECIOCHO: ALGUACIL

"El IE Neal Locke había sido lanzado a la boca del lobo. Fue prudente de él quedarse."

–Azul Peridot, El Momento Decisivo: La Historia de las Guerras IA

–No puedo creer que sólo les tomó cuatro semanas rearmarme –dijo Potts mirándose al espejo. Miró a Cruze que estaba detrás de ella.

–El mejor hospital de la galaxia. –Cruze repitió lo que les habían dicho tantas veces que ahora era una broma privada.

–Se ve natural. –Potts analizó su ojo artificial–. Los colores combinan perfectamente. Pensé que me tomaría mucho tiempo en acostumbrarme, pero siento como si siempre lo hubiera tenido.

–¿Y las otras partes? –preguntó Sawyer desde su cama de hospital.

–Ah, cierto, estábamos aquí para visitarte a ti –bromeó Potts, volviéndose hacia Sawyer–. ¿Te queda algo de cerebro después de todo ese metal que te quitaron?

–Me quedan algunas neuronas. Aunque todas parecen pensar en ti. –Sawyer se echó a reír.

–Sí. –Potts estaba sentada al borde de su cama. Pasó la mano por su cráneo recién restaurado, que ya no tenía puertos. Tenía una fina capa de pelo. Se inclinó y lo besó.

Cuando se separaron, él suspiró.

–OK, vuelve a hacerlo. –Sonreía ampliamente.

Ambos miraron a Cruze, quien estaba apoyada contra la pared con los brazos cruzados. Puso los ojos en blanco, pero luego estiró la mano para apagar la luz.

Potts convirtió su nuevo ojo en una linterna. Sawyer se reía mientras ella estrechaba y anchaba el haz. También podía cambiar el color de la luz.

Incluso lo redujo a un láser. Una nueva característica.

Cruze encendió la luz.

–Elegimos un nombre –dijo Potts–. La llamaré Azul. –Potts cerró los ojos–. Dice que es la esfera de IA más pequeña que se haya creado.

–¡Mierda! –dijo Sawyer–. ¡Y solo te costó un ojo de la cara! ¿Me cachan? ¡Un ojo de la cara! –repitió, haciéndose reír a sí mismo.

Potts y Cruze pusieron los ojos en blanco, tanto los reales como los artificiales. Luego Cruze comenzó a despedirse.

–Descanse, Sr. Sawyer. Te integrarán la nueva actualización HUD para pilotos mañana. Dolerá más que la peor resaca que hayas tenido. Y sé que has tenido unas bastante malas.

Potts se volvió a inclinar para besarlo. Cruze vio que Sawyer la besaba con los ojos abiertos. Sabía que estaba estudiando la delicada red de cicatrices. Eran como suaves arrugas alrededor de su nuevo ojo.

Cuando Potts se alejó después de haberlo besado, él la detuvo sosteniendo su cara cerca. Examinó su rostro, y la parte donde le habían afeitado el pelo. La media pulgada que había crecido había sido teñida de un verde intenso.

–Te amo, Ethel Peridot.

–¡No lo diré de vuelta si me llamas así! –Le golpeó el vientre y se escapó rápidamente antes de que pudiera ver como sus ojos se llenaban de lágrimas. Ambos.

Cruze y Potts seguían usando sus trajes de vuelo verdes y negros del *Shimada.* Cruze lo permitió, aun cuando el *Shimada* nunca volvería a volar.

–¿A dónde vamos, Cap? –dijo Potts. La puerta del coche se abrió cuando se acercaron.

–Farmington Hall. –Cruze se subió al lado del pasajero del coche y bajo el ala. Potts gritó y saltó al lado del conductor.

–El nuevo consejo de Vor ya está funcionando –dijo Cruze– y hay dos opciones. O me arrestan por las 2.163 personas que murieron o me dan trabajo. –Cruze se encogió de hombros.

–¿Te incomoda? –preguntó Potts. Una pregunta que había evitado durante el último mes.

–No te voy a mentir –dijo Cruze, sin apartar la vista del camino–. No. Hice lo que tenía que hacer. Creo que por eso me envió el consejo. Hijos de puta. Sabían que no dudaría. Y ni les importó el costo personal. Yo era el arma, ellos sólo apuntaron y dispararon.

–Locke lo sabía –dijo Potts.

–Neal fue el que lo descubrió todo. Desde la Prisión Municipal de Detroit. La directora tenía una IA mala que estaba en contacto con Dante. Se vendió. Debieron matarme. Yo lo habría hecho. –Cruze vio a los edificios pasar. Todas esas personas con vidas normales, viviéndolas. Familias con niños, corredores, gente en bancas leyendo libros hechos con verdaderos árboles muertos. La ciudad de Farmington era hermosa en su simplicidad. Sus diseñadores habían utilizado las máquinas fabricadoras de la colonia como el pincel de un artista. Nunca había visto un lugar o gente así antes. Nunca había tenido tiempo para notarlo.

La sensación de *sonder*, de notar lo extraordinario invadió a Cruze. Observó a la gente mientras pensaba en esa palabra, extraordinario. ¿Cuándo aprendió esa palabra?

Entender que cada transeúnte estaba viviendo una vida tan vívida y compleja como la suya – llena de sus propias ambiciones, amigos, amores, decepciones, rutinas, preocupaciones.

Lo absorbió todo.

***

Potts entró a una sala de conferencias ejecutiva y se sorprendió al ver a Ian, Del, Marsh y Locke. Ian también seguía vestido de negro y verde. Al otro lado de la mesa estaban Eric Cruze y Amanda Larson. Larson era la nueva presidenta del consejo.

Antes de que Cruze se sentara, y antes de saludar a todos, Ian preguntó:

–¿Cómo está Sawyer?

Potts respondió:

–Tan feo como siempre.

Ian sonrió sabiendo que la cirugía había salido bien. Estaban muy bien sincronizados.

–Presidenta Larson, Padre. –Cruze asintió.

Eric Cruze se sobresaltó. Había estado concentrado en su conversación con Del. Extendió los brazos y le dio un abrazo incómodo a Cruze.

–Lo siento por haberte hecho todo esto –dijo para que sólo Cruze pudiera oírlo.

–Los Rinocerontes ya se fueron. No te preocupes. Hiciste lo correcto. Me conoces bien. –Cruze notó que eso no lo reconfortó. Sabía que él había organizado la resistencia. Que los había preparado para asegurar que ella regresara.

Cruze se sentó y esperó.

–Ya que el *Shimada* fue destruido –dijo la presidenta– nunca sabremos cómo hizo el Sr. Sawyer para volarlo tan lejos. Tuvieron suerte. Es un milagro que los misiles que quedaron en las bandejas dañadas no hayan explotado. –Larson sacudió la cabeza–. Sólo tenemos dos transbordadores espaciales en Vor para traer a los rehenes desde la catapulta...

–...hasta que la catapulta sea reconstruida y vuelva a funcionar –añadió Eric Cruze.

–El Sr. Vinge y el Sr. Marsh recuperaron al Águila y reclamaron derechos de salvamento –dijo Amanda Larson con los labios apretados–. Han estado trayendo doscientas personas a la vez.

–¡Hemos estado Asaltando Graneros! –dijo Marsh riendo–. Sin bóveda, ¡en trajes presurizados!

–La velocidad máxima de 100 KPH en la atmósfera definitivamente limpia el polvo del puente –agregó Ian, tratando de no reír–. Está en el muelle seco siendo reparado. –A ambos les costaba mucho no reír.

Locke añadió:

–Ninguno pensó en cerrar los escudos de explosión y volar con instrumentos. Pensé que Sawyer se iba a orinar de la risa. –Ian no pudo evitar reírse.

La presidenta Larson se aclaró la garganta.

–Como estaba diciendo, el Sr. Marsh, utilizando nuestro intercomunicador de Quest con relé a Marte, le ha informado a su unidad que está vivo y le han ordenado que regrese a la base.

–También nos ha ayudado a negociar un intercambio –dijo Eric Cruze–. Los Tejones nos darán una nave de ataque rápido de clase Hutchinson con doce cazas.

–¿Intercambio? –Potts levantó una ceja.

–Intercambiarán una Hutchinson por tres IAs no registradas.

–Queremos que lo lleves –dijo la presidenta.

–¿En el Águila, Cap? –dijo Ian.

Cruze miró a Potts, estaba radiante. Asentía sutilmente con la cabeza, y sus ojos decían *sí, sí, sí.*

–¿Sin cargos por crímenes de guerra? –preguntó Cruze con indiferencia–. ¿Sin prisión por destruir la producción de IA?

–Te mintió esa cosa–dijo Locke–. Estaba desesperado por vivir. Estaba mintiendo.

–¡Ah! –exclamó Potts, y golpeó la mesa con el puño–. Oh, lo siento... Azul... no importa.

–Tenemos otro asunto que discutir –dijo Larson–. Necesitamos un nuevo Alguacil. –Miró a Locke.

–¿Te refieres a un Jefe de Policía? –preguntó Cruze.

–Sí. El que estaba en la torre de control cuando...

Locke miró a Cruze. Sostuvo su mirada por un momento. Asintió ligeramente con la cabeza.

–Lo haré –dijo Locke.

***

Marsh y Ian acompañaron a Cruze y a Potts para pasear en el Águila.

Era una nave de guerra. Definitivamente construida para utilidad, no para comodidad. Potts entró a la cocina y estaba tanteando en las sombras buscando las luces cuando alguien le cogió la muñeca, y rodeó su garganta con un brazo. Le pusieron el cañón de un arma contra la cabeza.

–Por fin, se hará justicia –le dijo Gee Senior a Cruze mientras se movía hacia la luz–. Cuando descubrí que todo fue para tomar control sobra la producción de IA, noté que, después de todo, mi inútil hijo murió por algo que valía la pena.

–¿Cómo me encontraste? –dijo Cruze casualmente. Se deslizó lentamente hacia un lado para ocultar el arma que estaba sacando lentamente de la funda de su muslo.

–Fue fácil... –nunca terminó la frase. *Bail* saltó desde las sombras hacia el hombro de Gee Senior. Comenzó a destrozarle la cara. Gee dejó caer el arma y trató de sacarse al gato de encima antes de perder los ojos. *Bail* saltó, cogiéndole el cuello con las garras traseras, y Cruze le disparó a Gee Senior en la cara.

Todos miraron a *Bail.*

–¿Qué hay de cenar? –susurró.

Epílogo:

"No pudieron mantener a Elizabeth Cruze en Vor, por lo cual lo único que pudieron hacer fue facilitar su regreso."

–Azul Peridot, El Momento Decisivo: La Historia de las Guerras IA

Una lustrosa y negra nave se deslizó silenciosamente entre las estrellas. Parecía haber sido creada por un artista que también era ingeniero. El casco no tenía ventanas. No necesitaba ninguna. En el núcleo de la nave, conversaban sobre gatos.

–Cuando el primer sujeto felino Render casi mata a todo el equipo, dejaron de intentar usar gatos –Cruze le dijo a Sawyer mientras él perdía otro juego de ajedrez contra *Bail*–. Intentaron criar gatos que pudieran moverse en gravedad cero. La gente quería mascotas. Incluso en el espacio. No tenían ni idea de que, al darles pulgares, colas prensiles y conciencia sobre la gravedad, también estaban permitiendo que se agrandaran sus cerebros y que vivieran mucho más tiempo.

Bail caminó por la pantalla de la mesa y saltó al regazo de Sawyer para que le rascaran la oreja y para tomar una siesta.

–¿Por qué no habla más? –preguntó Sawyer.

–No tiene nada que decir –dijo Cruze sonriendo.

–¿Por qué lo quieren tanto los IAs? –preguntó Sawyer.

–Los trata como iguales –dijo Cruze y el gato empezó a roncar.

–¿A quién tratas tú como igual? –preguntó la IA-Ling en todo el puente.

–Yo trato a todos como iguales, Madre. Hasta que me convenzan de lo contrario. –Cruze había comenzado a llamar a la IA de la nueva nave "Madre", además de Ling.

La escotilla del puente se abrió, y entró Potts.

–Me encanta esta nueva nave. Gee Senior realmente sabía cómo volar con estilo. Pero la cocina es demasiado pequeña. –Se sentó en la consola de navegación y cambió la cúpula para ver al exterior.

–Galería –dijeron Sawyer y Cruze al mismo tiempo.

La bóveda de vuelo cambió, y de repente parecía como si estuvieran de pie en una plataforma justo afuera de la nave.

–Parece ser tan grande como el *Shimada*, pero la sección de carga es más pequeña. –Sonrió Potts–. Mejores armas, más rápido, y Madre es mucho más interesante que Doc.

El avatar de Ling se paró con ellos, mirando las estrellas. Era una mujer asiática madura que tenía un rostro sereno y tranquilo.

–Madre, ¿se ha comportado Sawyer hoy? –Potts levantó la vista desde la consola hasta Sawyer, y lo miró sospechosamente con los ojos entrecerrados.

–Realmente sabe los peores chistes de la galaxia. Es un talento raro. –El rostro de Ling se transformó hacia una hermosa sonrisa que le llegó hasta los ojos. Todos vieron a *Bail* bajar como si estuviera tarde para una cita.

–Vamos. –Potts se levantó y jaló a Sawyer para que se parara–. Es hora de dormir. –Mirando por encima de su hombro, dijo– Buenas noches, Madre. Buenas noches, Cap.

Sawyer fingió resistirse. La puerta se cerró detrás de ellos dejando a Cruze sola.

Cruze permaneció en silencio mientras las pantallas tácticas y el estado se abrían, entre con las estrellas. Ling sabía que tenía que proporcionar la información para la noche sin que se lo preguntaran.

Cruze recordó cuando encontraron la nave. La nave de Gee estaba abierta. Todos estaban muertos. La IA a bordo había sido destruida por un pequeño artefacto explosivo. Descubrieron que aquellos que servían a Gee tenían que aceptar conscientemente que les pusieran un implante cerebral, el cual explotaría si Gee moría. Esto hacía que todos se interesaran más en su supervivencia. Incluso la IA.

Cuanta vanidad, pensó Cruze.

Ling fue instalada al poco tiempo. Le dijeron que la nave era una recompensa por su servicio.

Cruze sabía que el consejo sólo quería que se fuera del planeta. Y querían que los Rinocerontes se fueran con ella.

–¿Te decidiste? –preguntó Ling sin volverse–. Potts y Sawyer están contentos. Volarán contigo a donde vayas. Especialmente con sus nuevos implantes de piloto. –La IA~Ling mostró una imagen de la bodega. Había cuatro figuras en monos negros y verdes–. Kira, Elza y Lida se han adaptado bien a sus cuerpos humanoides. Con esos monos, sólo sus cabezas y manos negras las delatan.

Cruze sabía que los diseños eran simples. Habían sido extraídos de la base de datos que el camión ya tenía a bordo para fabricar prótesis de miembros. Armarlas sólo requirió de una pequeña cantidad de ingeniería adicional.

Salieron un poco más altas que Ian. Sólo les tomó un par de días en perfeccionarlas.

–Ian nunca será feliz aquí –dijo la IA~Ling–. En una nave completamente automatizada, que se mantiene sola y ha sido construida para durar. Se va a cansar de reconstruir ese camión.

–Ya me decidí –dijo Cruze–. Llevaremos a las nuevas órbitas de IA, al Sr. Marsh, y a la tripulación para volar la nueva nave de regreso. –Pausó–. Luego visitaremos a un viejo amigo. Creo que puede tener el trabajo perfecto para el Sr. Vinge.

–¿Dónde? –Madre se volteó, curiosa.

–Un lugar llamado Oklahoma.

AGRADECIMIENTOS:

Muchas personas me ayudaron y me alentaron a escribir este libro. Enumeraré a algunas aquí para agradecerles: Josh White, Mike Walther, Lee Hilliard, Ginny Mclean, Jeff Soyer, Kelly Lenz Carr, Wayne Hutchinson, Jessica Johnson, Jason Winn, Paul Robertson, Arthur Welling, Jerry McGee, Brigitta Rubin, Tom McDonald, Erica Eickhoff, TR Dillon, Joe Kirk, Chris Schwartz, Dave Nelson, Web y Marilyn Anderson.

También quiero agradecerle al Grupo de Escritores de Ciencia Ficción y Fantasía de Loudon, también conocidos como los Hourlings, por ayudarme a convertirme en un mejor escritor y distraerme con proyectos a los que no me puedo resistir.

Ya le dediqué este libro a mi esposa Brenda, pero no es agradecimiento suficiente por toda la ayuda y apoyo que me da.

También quiero agradecerle a mi gato, *Bailey*. A quién no le importa si vuelvo a vender otro libro, siempre y cuando le haga espacio en mi silla cuando escriba.

ACERCA DEL AUTOR:

Martin Wilsey es un escritor, cazador, fotógrafo, alborotador, padre, amigo, tirador, narrador, asustador de niños, carnívoro, ingeniero, tonto, filósofo, cocinero y loco. Él y su esposa Brenda viven en Virginia, donde, para mantenerse fuera de las calles, trabaja como científico investigador para un laboratorio de ideas financiado por el gobierno.

OTRAS OBRAS
POR
MARTIN WILSEY

LA SAGA SOLSTICIO 31

CAYENDO AÚN
LA JAULA ROTA
SANGRE DE ESPANTAPÁJAROS

www.ingramcontent.com/pod-product-compliance
Lightning Source LLC
Chambersburg PA
CBHW020256030826
48979CB00026B/1284/J

* 9 7 8 1 9 4 5 9 9 4 3 7 1 *